T0279275

@DNXLIBROS

MARIELA GHENADENIK

ODISEA DEL HAMBRE

dNX DEL
NUEVO
EXTREMO

MARIELA GHENADENIK

ODISEA DEL HAMBRE

dNX

Ghenadenik, Mariela
    Odisea del hambre / Mariela Ghenadenik. - 1a ed. - Ciudad
Autónoma de Buenos Aires : Del Nuevo Extremo, 2023.
    264 p. ; 20 x 14 cm.

    ISBN 978-987-609-836-6

    1. Literatura Infantil y Juvenil. 2. Ciencia Ficción. I. Título.
    CDD A863.9283

© 2023, Editorial Del Nuevo Extremo SA
Charlone 1351 - CABA
Tel / Fax (54 11) 4552-4115 / 4551-9445
e-mail: info@dnxlibros.com
www.dnxlibros.com

Edición: Claudia Hartfiel
Diseño de tapa: WolfCode

Primera edición: noviembre de 2023

ISBN 978-987-609-836-6

Para mis padres, Jorge y Victoria,
y mis hermanos, Adrián y Gabriel.
También para mi abuela Sara
y para mis ancestros.
Gracias por traerme hasta acá.

Introducción

Es el año 2067 y, si bien se han logrado superar algunos desafíos que amenazaban al planeta a comienzos del milenio –destrucción ambiental, cambio climático, crisis energética–, la contracara de los primeros años de bienestar produjo más longevidad y super-población.

Junto con el aumento poblacional se impuso la teoría de que la Tierra *no podría soportar* el peso de tanta gente, lo que alteraría su órbita y la acercaría al Sol, amenazando toda vida en el planeta. Esto generó la creación de nuevas leyes de regulación que determinan cuánto tiempo se puede vivir, cuánto se puede pesar y, sobre todo, cuánto se puede comer.

La falta de espacio y de trabajo por el aumento demográfico, la redistribución territorial y de recursos son algunas de las dificultades que se enfrentan. Por esta razón, ningún ser humano puede vivir más allá de los 90 años –100, si se logra juntar el dinero para una Extensión Vital–, y se busca impedir que el peso corporal sobrepase las regulaciones vigentes para evitar el cambio en la órbita terrestre.

La idea de comer por gusto y no por supervivencia pasó a ser el mayor problema a organizar. Para la ideología reinante, el apetito sin fin conduce a la indisciplina, que genera la sobrecarga en la producción de determinados alimentos, estresa los recursos planetarios y desestabiliza el clima.

A pesar de haberse solucionado globalmente el tema de la alimentación, todas las personas deben mantener un margen saludable de "hambre" constante para mantener a raya la gula individual, considerada el germen del desastre.

Las personas solo pueden ingerir alimentos de acuerdo con lo que establece el Plan de Alivio Planetario y no deben sobreestimular su afán por la comida. Quienes no pueden ajustar su conducta y peso –los denominados Abundantes Gravitacionales– son retirados del Plan y forzados a alimentarse con ingredientes altos en grasas y azúcares para "pedalear" y hacer funcionar máquinas generadoras de energía limpia, dado que aún no se han desarrollado mejores fuentes estables de energías no contaminantes que la potencia humana. Las energías contaminantes aún existen, pero se reservan estrictamente para el funcionamiento de la sociedad, como el alumbrado público, la producción del superalimento base y el agua corriente, entre otros.

La prioridad mundial es cuidar el planeta, reducir al mínimo sus desechos y recomponer el ecosistema dañado durante siglos. Los viajes en avión están reservados para una élite, las ciudades con automóviles son el privilegio de los organizadores, es decir, los que aportan al mundo tecnología y alta capacitación, y también los que aportan alimentos o su acopio natural de agua dulce.

Los veraneos en playas paradisíacas, la exploración de senderos montañosos, la contemplación de la naturaleza en su estado más genuino solo son accesibles a quienes pueden pagarlos, mientras que las personas que trabajan deben vivir en zonas designadas y, a cambio de eso, se les permite acceder a "experiencias sensoriales recreativas no contaminantes".

Sofía Martínez Castro nació en 2040, considerado el inicio de la Etapa de Acomodamiento. Perteneció a una casta privilegiada que, supuestamente, no suele exceder su tamaño corporal ni su conducta alimentaria. Pero, en 2050, se superó la cantidad esperada de población y entró en vigencia de manera urgente y mundial el Plan de Reparación Posible.

Cinco años después, Sofía cometió un acto considerado impropio y su madrastra confabuló para mandarla a un Campo de Recontextualización. A partir de ese momento comenzó una pesadilla que cambió su vida por completo.

Primera parte

01.

Los Controladores Subterráneos sobrevuelan el techo de la estación. Sofía se estira todo lo posible para respirar un poco de aire entre la muchedumbre mientras aguarda a que llegue el siguiente tren. El calor es agobiante, hoy no le toca comer, y beber antes de subir al transporte está fuera de posibilidad; deberá esperar hasta después de pesarse en la sesión grupal. ¿Es sugestión o falta el aire? Cierra los ojos e intenta controlar su respiración; el corazón le late tan fuerte que mueve la tela de su camisa. Arrepentida de haber elegido el tren subterráneo, debería haber tomado la correvía; piensa en las zapatillas que olvidó en la puerta de su casa o, mejor dicho, que su abuela le pidió que no llevara, "te vas a cansar demasiado si vas y venís corriendo", le había dicho. Y tenía razón, el agotamiento corporal en los días que no le toca comer es muy intenso.

Balancea su postura: separa un poco los pies, procura que se toquen todos los apoyos, endereza la cadera para repartir bien el peso y sube un poco el torso para levantar la cabeza. Así puede mirar por los ventanales artificiales ubicados en las paredes de la estación; estos simulan una geografía que ya muy pocos tienen el privilegio de ver en vivo y en directo. Un glaciar gigante, con tonalidades azules se rompe en pedazos que rebotan contra un río helado. La frescura de esa imagen la alivia un poco mientras recuerda las veces que su abuela le contó lo emocionante que fue para ella ver un pedazo de roca congelada desmoronarse sin motivo aparente. En otro ventanal, unas cataratas descomunales rompen contra un río oculto tras el vapor que sube hacia un cielo azul intenso. La escena cambia y un lago color esmeralda refleja una cordillera de hermosas montañas nevadas.

Las imágenes de frescura la alivian un poco, pero la tremenda sed la hace dejar de mirar los ventanales artificiales y nota que las sensaciones corporales se hacen cada vez más difíciles de gestionar. *Tranquila, Sofía, hay aire suficiente,* piensa. Ideas catastróficas se agolpan en su cabeza a tal velocidad que no logra desarmarlas con la lógica, y la certeza de que va a morir asfixiada o aplastada dentro de instantes es tan fuerte que comienza a transpirar y le cuesta serenar su respiración entrecortada.

Si tuviera su bicicleta no tendría que forzarse a tomar ese tren espantoso. Hace un cálculo mental del tiempo que le falta para cobrar su sueldo y retirarla del taller de reparaciones. Trata de recrear el frescor de sentir la brisa en la piel y poder olvidarse de la nuca transpirada que tiene delante de ella.

Analiza una vez más la situación: si pudiera ingeniárselas para salir, igualmente llegaría tarde a su reunión. Ya no tiene margen de tiempo para ir caminando ni dinero para pagar un vehículo aéreo no tripulado. Quedarse donde está es su única opción.

Se estira otra vez para tomar aire; sin querer, abre los ojos y el corazón casi se le sale de la boca al ver que la muchedumbre se agolpa hasta la escalera de entrada. Está atrapada y la noción de que no tiene escapatoria si sus ideas catastróficas se hicieran realidad se convierte en sensaciones corporales cada vez más intensas. *No puedo morir acá. No puedo morir así.*

—Ni se te ocurra llamar a los Controladores, Sofía. —Leandro la frena antes de que siquiera comience el gesto.

—No soporto más, me asfixio, quiero que me saquen de acá.

—Leandro toma a Sofía de la mano, que intenta soltarse sin éxito.

—Concentrate, no te desmayes, solo faltan dos minutos. —La sostiene de la cintura—. Cerrá los ojos y respirá —le dice al oído, pero Sofía no puede dejar de mirar el enjambre de hombres y mujeres armados que flotan con arneses por encima de la gente y quiere llamarlos para que la saquen de la multitud. *Me estoy muriendo*, es lo que quisiera gritarles como pedido de ayuda.

Si no fuera porque necesita que le firmen la libreta sanitaria se permitiría desmayarse de una buena vez y dejar que los arneses la saquen del lugar. Pero Gerónimo, su jefe, le advirtió que "la cosa se está poniendo espesa". "Están muy tercos los de Recursos Humanos, Sofi. Todos los Residentes tienen que presentar la libreta; ya no sirven las exenciones bianuales".

Claro, fácil para un Normalizado, piensa. Volver al grupo de Tratamiento y Control es una pesadilla después de tantos años.

Los chalecos le pasan rozando, generando una pequeña brisa que hasta sería reconfortante si no le gritaran: "¡La vista al frente, señorita!".

Vuelve a acomodar su postura: vista al frente, brazos a los costados, pies paralelos. Una de sus manos encuentra una dosis sublingual que, apenas se alejan los Controladores, logra ubicar con disimulo dentro de su boca. En menos de un minuto le hace efecto; en menos de ese tiempo comienzan a aquietarse los latidos de su corazón, dejan de transpirarle las manos y puede hacer al menos una respiración profunda. Poco a poco, logra serenarse.

"ASISTENCIA ANTE EL CRECIENTE DESAFÍO POBLACIONAL", dicen las letras alrededor de un planeta Tierra en la parte de atrás del chaleco de los Controladores.

¿Aún existirá alguien que crea que la tarea de estas personas es la de asistir y ayudar? Se detiene un instante a pensar en las palabras *desafío poblacional.* Lo que iba a ser un acuerdo mundial temporario para salir de la crisis que amenazaba al planeta terminó por establecer una forma de vida que dista mucho de ser lo que prometieron: una transición cuidada, un esfuerzo colectivo para lograr el bienestar de la humanidad.

Con estas y otras frases le taladraron el cerebro apenas llegó al *espacio cuidado* donde la iban a *recontextualizar* corporalmente en pos de un *beneficio global*. Un pequeño sacrificio altruista que ella y las demás personas que presentaban *desafíos dimensionales* debían hacer. Pero lo que al principio era una renuncia heroica pronto se convirtió en el horror, después de que uniformados similares a los que sobrevuelan a su alrededor la pesaran, midieran y recategorizaran a ella y a centenares de personas que llegaron igual de desorientadas al Espacio Cuidado de Recontextualización Corporal para Personas con Desafíos Dimensionales y Abundancia Gravitacional.

Todo es culpa de Leandro. También esto es su culpa. Tuvo que tomarse este transporte del infierno porque él la retuvo a la salida del trabajo con su insistencia de querer hablarle, de compartir al menos unas calles juntos. Sofía terminó por acceder para no hacer una escena delante de sus compañeros. ¿Después de todos estos años, Leandro? No le preguntó cómo ni por qué fue a parar a la misma unidad que ella. *Estará aburrido y necesitará hacer algo con su tiempo*, pensó; *pero quién en su sano juicio pediría trabajar en la Agencia.* Levanta la vista: ve algunas canas incipientes en su abundante pelo castaño. Prefiere recordarlo como cuando eran adolescentes. ¿Cuánto tiempo convivieron en total? Sofía hace cálculos desde el año en que su padre se casó con Soledad, luego de la muerte de su madre, y el tiempo que tardó en hacer un bolso e irse a vivir con la abuela. ¿Un mes? ¿Una semana? Después de eso, apenas se saludaban cuando Sofía iba de visita; pero lo que se dice vivir bajo el mismo techo... ¿cuánto habrá sido?... sí, tal vez, un mes. Se estremece, la sola idea de recordar algo de esa etapa le trae una profunda amargura.

—Ya me siento mejor, Leandro, soltame, por favor —dice; él la mira para asegurarse de que está bien.

Cuando se vieron por primera vez, hace más de doce años, le había parecido el chico más lindo y bueno del mundo. Su papá le había anticipado información sobre su nueva mujer, pero no se le ocurrió presentársela antes de casarse. Fue conocer a Soledad y a Leandro y empezar a convivir los cuatro en el mismo momento. Apenas abrió la puerta y los vio ahí parados, sintió cómo su vida cambiaba para siempre; Soledad acercó su cara para darle un beso al aire y le soltó esta advertencia: "ni se te ocurra decirme madrastra". Leandro le sonrió sin quitar la vista del suelo. Tenía los ojos más verdes y brillosos que había visto; quién iba a decir que gracias a ese desconocido con cara de desamparo la vida le daría un vuelco tan grande como para saber en carne propia lo que sucede realmente en los Espacios Cuidados de Recontextualización Corporal para Personas con Desafíos Dimensionales y Abundancia Gravitacional.

—¿Te enteraste de que ahora vamos a cobrar a sesenta días? —Sofía lo mira. Sin bicicleta y sin dinero para pagar el arreglo tendrá que levantarse aún más temprano e ir caminando al trabajo. El subterráneo por la mañana es aún más imposible que por la tarde.

El único consuelo es que el pago de las cuotas de su NyC no está en riesgo; prefiere ir en cuatro patas a trabajar que atrasarse un día en pagar la mensualidad que le permitirá volver a ser una Nacida y Criada, una vez que rinda el examen. Cualquier detalle que un ser normal dejaría pasar por insignificante puede convertirse en un dato para rechazar su solicitud, y no quiere arriesgarse por nada del mundo. *Son unos meses más,* suspira. Después ya nadie podrá cuestionarla ni intimidarla en plena calle, ni hacerle rendir cuentas sobre su pasado. Volverá a ser una Nacida y Criada. De las que trabajan, pero NyC otra vez al fin.

—¿Cómo es eso de los sesenta días? ¿Hábiles? ¿Corridos? —Trata de respirar, otra vez le falta el aire—. Estoy bien, mantenete en tu espacio, Leandro.

Una anciana delante de ella pela una lámina de sustituto de caramelo y le hace un gesto a Sofía de que no diga nada, "a mí también me está por bajar la presión", le explica y le ofrece uno. Ella no responde, aunque su estómago cruje ante el dulce aroma a cereza.

Aprieta los puños, tensa el ombligo y traga saliva para aplacar el hambre; ruega que los Controladores no vean a la mujer hablándole ni descubran la sustancia aromática.

—Tal vez sean menos. Sesenta es muchísimo —dice Leandro.

Sofía se pone en puntas de pie para respirar algo del oxígeno que los Controladores finalmente deciden echar. *No era solo mi idea que faltaba el aire.*

—¿Querés que te alce? —Antes de responder, Leandro la levanta durante unos segundos y Sofía al fin respira un poco mejor. Delante de ella, el océano de cabezas se asemeja a las rocas del fondo del mar. Pronto ve acercarse el tren y el frescor de la velocidad junto con el oxígeno renovado resultan un momentáneo alivio.

—Ya está bien, gracias —le dice mientras la fila avanza veloz y ordenada. Se escucha el ping del escalón-balanza por cada uno de los que suben. En menos de un minuto los vagones se completan y los Organizadores Corporales empujan a los últimos para que puedan cerrarse las puertas.

Sofía, Leandro y el resto de los pasajeros quedan más cerca del andén y más libres de movimientos; se respira mejor.

"Aléjense de la línea amarilla", los Organizadores Corporales tocan a los primeros de la fila con un puntero. "Aléjense de la línea amarilla", vuelven a gritar y a empujar a todos hacia atrás, mientras la marea humana que viene de la entrada presiona insistente al escuchar un nuevo tren acercarse a la estación. Leandro atina a proteger a Sofía antes de que se caiga y quede presa de la estampida.

—Te tengo que entrenar en esto de viajar en transporte público, Sofi —ella no responde—. Tranquila, que ya pronto subimos.

Esta tarde no hubo incidentes, así que con suerte no habrá interrupciones en el servicio. ¿Querés un poco de agua? ¿Gel hidratante?

—No, no quiero nada —responde fastidiada. Aunque se muere de sed, mejor no arriesgar sus chances de viajar.

La muchedumbre empuja otra vez y Sofía pisa un panfleto que dice "BASTA DE MENTIRAS. EL PLANETA ESTÁ EN SU ÓRBITA". La fila avanza para entrar al vagón y Sofía se agacha para agarrarlo y lo esconde rápidamente antes de que el Organizador o alguno de los Controladores descubran el papel.

El escalón-balanza acepta el peso de Sofía, el de Leandro y el de los pasajeros que los rodean. Se acomodan cerca de la ventana del otro extremo con los brazos cruzados sobre el pecho para ocupar menos espacio mientras el escáner revisa que todos estén optimizando su lugar.

—La señorita de los pantalones morados, descruce las piernas que esto no es una reunión familiar —grita el Controlador desde el techo de vidrio— y usted, el señor de la camisa amarilla, ponga los brazos en cruz y la mochila entre las piernas o lo bajo del vagón.

Después le grita al Organizador de la puerta que haga ingresar a algunos pasajeros más. Sofía vuelve a tomar una bocanada de aire, aliviada de al menos estar cerca de la ventanilla.

—Ya están empujando a los últimos y cierran la puerta —Leandro intenta calmar a Sofía, detrás de las personas que quedaron entre ambos—. Pronto bajamos.

Pero apenas Leandro dice esto se apagan las luces y comienza a sonar la alarma de la balanza, "todos quietos", gritan por altoparlante, mientras los arneses aterrizan con linternas sobre el techo vidriado del convoy y rodean al excedido.

—Por favor, tengo que llegar a mi casa, es una emergencia, déjenme viajar —se escucha entre las sombras a lo lejos.

—¡Bajesé! —grita uno de los soldados.

—Son solo doscientos gramos...

—A las bicicletas. Dos horas de pedaleo y después se podrá ir.

—Tengo que ir a mi casa urgente, por favor —implora el hombre, la voz cada vez más lejana mientras lo abducen fuera del vagón.

El altoparlante comunica que ya fue normalizado el servicio; las puertas se cierran y, aunque Sofía tiene una masa de gente sobre su espalda, al menos se siente aliviada de no estar entre los que quedaron varados en el andén y deberán esperar a que terminen de reducir al infractor. Atrás queda el operativo que tendrá a la gente atascada durante media hora más como mínimo, según comentan algunos pasajeros.

Pronto el vagón en el que se encuentra entra en un túnel y otra vez se apagan las luces. Sofía tiene cada vez más personas encima de ella.

—Qué te pasa, huesuda, dejá de moverte —le dice alguien a su espalda.

—Me estás aplastando —responde Sofía.

—¿Y dónde querés que me ponga? Si no te gusta tomate un dron, inadaptada.

Llegan a la estación y la frenada reacomoda a los pasajeros, pero el hombre no se mueve de encima de Sofía con tal de estar más cerca de la ventanilla.

—Ey, estúpido, la estás ahogando. —Leandro atina a tocar el hombro de Sofía—. Ella es peso pluma y vos estás rozando la abundancia. Movete un poco o te denuncio por exceso de masa muscular.

—A quién vas a denunciar, polilla —le contesta amenazante.

—Basta, por favor, que todos necesitamos llegar a nuestras casas —les gritan desde atrás.

—Que se la aguante si se ubica cerca de la ventanilla —responde al aire con un mínimo gesto que simula reacomodarse dentro de su espacio.

—Sofía, ¿estás bien? Ya llegamos —susurra Leandro. Ella asiente.

—Permiso, por favor, ¿baja? ¿Usted baja? Salga de la puerta que está estorbando —dice Sofía a un rubio demasiado alto e inmóvil mientras se desmolda fuera del vagón.

—Sofía, esperá. ¿Vas para tu casa? —Leandro le toca el hombro y esquiva el tumulto hasta quedar al lado de ella.

—Voy para otro lado.

—¿Novio?

—Tengo unas cosas que hacer.

—¿Puedo acompañarte?

—No.

—Hasta cuándo vas a seguir odiándome, Sofía. Por favor, dejame acompañarte.

—Estoy apurada, quiero ver si puedo recuperar la bicicleta. Nos vemos mañana en el trabajo.

Sube la escalera de dos en dos por la vía rápida; con unas maniobras de *parkour* trepa por los molinetes y las paredes de la estación y pronto gana la calle. Afuera está lloviendo y los Agentes de Movilidad gritan a los que tienen paraguas que despejen los techos; ella se ubica en ese carril, pero va mucho más despacio que el carril de la lluvia.

¿Cuánto puede pesar el pelo mojado si voy del lado de la lluvia?, piensa y apura el paso lo más posible.

02.

—A qué grupo venís.

—Mantenimiento y Control. —Sofía mira los afiches verdes a su alrededor. Sus frases imperativas con verbos en infinitivo en tercera impersonal dejan en claro que lo que expresan es una verdad general, probablemente absoluta: "Reconocer los propios defectos es una oportunidad para ser feliz; Intentar algo nuevo es la manera de encontrar el propio eje; Tener presente las metas es el secreto del éxito".

—Hacé la fila allá para pesarte, acordate de no tocar la balanza y bajá recién cuando yo te lo indique. —La recepcionista con ambo celeste le señala el pasillo donde esperan unos diez hombres y mujeres.

—Solo necesito que me firmen la libreta sanitaria.

—Cuando termine el grupo —le contesta, sin quitar la vista de un monitor que Sofía no puede ver desde donde se halla, pero sabe que está observando a una persona arriba de la balanza, totalmente desnuda.

—¿Es necesario?

—Tengo que anotar tu peso y medidas y dárselo a la coordinadora. Es ella quien reparte las libretas. Andá a la fila, por favor.

Dos personas, serán dos minutos de espera por cada una más la que está dentro, cinco en total. Tiempo suficiente para pasar por el baño y así pesar un poco menos.

Solo siete minutos y después por fin dos vasos grandes de agua fresca. Tal vez podría tomar tres bien despacio. No, mejor solo dos para no estresar el estómago vacío, concluye. *Después me tomo un café.*

Le llega el turno de pesarse y se desviste a toda velocidad, ropa interior incluida.

—Subite —dice la coordinadora por el parlante—. Ahora, quedate quieta. —Los números de la balanza son los esperados. Alivio y pase asegurado—. Ya podés bajar, Sofía.

//

—¿Te fue bien con el peso, Sofi?

—Sí, Rosa, todo bien. ¿Me pasás el polvo láctico y el endulzante cuando termines de usarlos? —Rosa le alcanza los frascos y le pregunta otra vez por el peso.

—¿Y a vos cómo te fue, Rosi?

—Qué velocidad para beber el café. Estabas desesperada.

—Me moría de sed. El subterráneo estaba peor que nunca.

—¿Y la bicicleta?

—En el taller. No tengo ni un centavo para sacarla. Además, en el trabajo nos avisaron que nos van a pagar a sesenta días. O a cuarenta y cinco. Algo así.

—¿Por qué no renunciás de una buena vez a ese trabajo de porquería?

—Algunas personas no tenemos tu suerte y necesitamos trabajar.

Rosa se queda en silencio. Luego de unos instantes responde, incómoda: —Sabés muy bien que si pudiera te ayudaría con el dinero de mi pensión, pero no me dejan extraer más que lo estrictamente estipulado hasta que me desbloqueen la cuenta cuando finalice la *probation*.

—No fue un reclamo, Rosi, y mucho menos un pedido solapado. Solo que me gustaría no tener que trabajar más.

—Entonces planificá un accidente en un dispositivo no tripulado y listo —Rosi ríe secamente—; lo único malo de romperte cada uno de los huesos de la pelvis es que después se complican algunas cuestiones como caminar o vivir. Pero sí, tengo mi salario asegurado hasta mi terminación vital porque tuve la suerte de que el accidente saliera en todos los medios y que se necesitara ocultar lo que en realidad pasó. —Hace un gesto de desdén y cambia de tema—: Me muero por algo dulce.

—Callate, Rosa —la reprende por lo bajo Sofía y recuerda el aroma a caramelo que desprendía el sustituto que tenía la anciana del tren. ¿Cuándo fue la última vez que comió uno de verdad?

—No digas nada, Sofi —la interrumpe su amiga con picardía—, pero el fin de semana comí algo que empieza con hache y algo que empieza con pe y termina con fritas. —Contiene tanto la risa que se pone roja y le lloran los ojos.

—¿De qué estás hablando? ¡Silencio que te pueden escuchar! —murmura Sofía entre dientes, mirando para todas partes—. ¿Por qué hiciste eso? ¿Dónde lo conseguiste?

—Nah, es un chiste. Me fui a un spa inmersivo.

—Que yo sepa, ninguno de esos lugares ofrece experiencias de la Otra Época —la reprende—. ¿No está prohibida esa clase de estimulación?

—Usé mi permiso de consumo medicinal. Otro de los beneficios de romperte todos los huesos, caer en depresión aguda y no querer vivir más —le guiña el ojo—. Cuando quieras te lo presto.

Sofía ignora el sarcasmo y le pregunta de dónde sacó ese lugar tan específico.

—Otro día te cuento bien; ya tenemos que entrar. O te llevo, mejor, si dejás de querer ser siempre una ciudadana ejemplar.

—Las paredes oyen, Rosa. Por favor, no me hables más de estas cosas —dice por lo bajo, y recuerda el panfleto que tiene en el bolsillo; resuelve que será mejor tirarlo en su casa.

—No seas tan paranoica.

—Shhh.

Rosa suspira y bebe el café.

—Lo tierno que estaba el pancito… todo húmedo por la carne jugosa… Tenía el mismo sabor de antes, a manteca y leche; suave y esponjoso… no como esta bazofia que nos dejan comer. —Rosa termina el café con cara de asco—. No te conté que hoy tenemos a Julia como instructora —repite la mueca—, yo la tuve en un grupo hace mucho y es muy, muy detallista… por decirlo de alguna manera.

//

De pie y tomados de la mano, la ronda dice a coro, en voz alta: "Planeta, concédenos serenidad para enfrentar nuestra descontextualización, valor para cambiar nuestra disforia gravitacional, fortaleza para redimensionarnos en sociedad y gratitud por ésta segunda oportunidad para habitar el Universo".

—Bueno, vamos a empezar la sesión de hoy. Mi nombre es Julia y soy la nueva coordinadora.

—Bienvenida, Julia —responde el grupo al unísono.

—Gracias. No me voy a extender mucho sobre mí porque el enfoque es escucharlos a ustedes. Pero, a modo de presentación, quiero decirles que para mí esta tarea es más que un trabajo, es una vocación. —Julia hace una pausa y mira a cada participante sin pestañear—. La contextualización de las personas con desafíos corporales es una enfermedad crónica y debe tratarse con dedicación y seriedad. Por eso, les aclaro, que acá no solo venimos a controlar el peso y las medidas e irnos a casa, acá venimos a trabajar para vencer nuestros propios límites. Así que, dicho esto, quiero escucharlos, conocerlos. A todos.

—Te dije —susurra Rosa.

—Basta, Rosi.

—¿Por ahí alguien dijo algo…? ¿Tu nombre? —Julia clava la mirada en Sofía, que se pone de pie.

—Sofía Martínez Castro.

—Sofía… Bueno, recordá que "si escuchamos y obedecemos, más livianos quedaremos". Así que en las reuniones tenemos que hacer silencio, tolerar mantener la boca cerrada, ¿mmm? "Cuando la boca cerramos, más felices estamos". —Julia sonríe y vuelve a mirar a cada uno de la ronda—. Empecemos con vos entonces, Sofía. A ver… Ajá… Según tu ficha, llevás casi diez años sin variaciones… Varias exenciones por conducta impecable... Muy bien. ¿Fuiste una recontextualizada juvenil?

—Mi seudofamilia me lo dio como regalo cuando cumplí los quince —dice Sofía seria. Rosa contiene la risa.

—Un excelente regalo el que te dieron: tu salud —dice Julia sin pescar la ironía—. Contanos más sobre vos. Cuál fue tu peso máximo.

Sofía mira alrededor, hace años que no dice cuánto llegó a pesar en público y no quisiera hacerlo. Lo dice en voz muy baja, Julia asiente. Los demás se remueven en sus sillas.

—¿En tu familia hay también personas con disfuncionalidad corporal?

—Soy la única excedida de la familia, la excepción de todo un árbol genealógico intachable.

—No hablamos así, Sofi. La autoagresión es como morderse a uno mismo, la antesala del bocado, ñam, ñam —dice Julia, mientras muerde el aire.

—…

—Si lo vemos positivamente, la genética está de tu lado. Eso es bueno.

—Excepto por mi abuela, para los demás, yo arruiné el apellido.

—No seas tan dura con vos misma... La precisión entre la ingesta y el gasto calórico es casi un arte que exige un profundo autoconocimiento y disciplina. Pero volvamos un poquito para atrás... A ver, sos de la generación del '40, una de las más difíciles. Debés haber vivido el tiempo del Acomodamiento.

—Sí.

—Y cómo fue —con un gesto de las manos, Julia insta a Sofía a contar más.

—No quiero hablar de esa época.

—Está bien —Julia lee la ficha—: Residente juvenil en Espacios Cuidados para la Recontextualización Corporal a los quince; finalización a los diecisiete; residente desde los diecinueve; eximida cada dos años desde hace seis. Un legajo intachable. —La mira por encima de sus anteojos—. Pero igual no hay que confiarse nunca, Sofía —dice y luego se dirige al resto del grupo—. Como les dije cuando empezamos, acá no venimos solo a pesarnos. La verdadera curación se logra mediante la palabra. Soltar las palabras nos libera. Lo que sale de la boca no vuelve a entrar. Hay que abrir la boca para poder cerrarla, ¿mmm?

El grupo hace silencio y espera a que Sofía hable. Sofía sabe que cuando es el turno de hablar, hay que hacerlo. Respira hondo y termina el café antes de decir:

—Desde que tengo uso de razón que en casa y en el colegio se hablaba del 2050, de qué pasaría cuando naciera el niño o la niña nueve mil quinientos millones, de la grieta por cómo debería ser una alimentación sostenible... Así que, ciertos miembros de la familia, por decirlo de alguna manera, empezaron a perseguirme para que deje de comer y desde los quince años que paso hambre.

—Sofía, quiero recordarte que no usamos la palabra "hambre". No "pasamos hambre" sino que "nos reeducamos y encontramos la satisfacción en el límite". El hambre no define a la humanidad. Acá en tu ficha veo que dice ingesta en exceso de subalimento. No voy a entrar en detalles, pero me parece que tu familia no tuvo más remedio que enviarte al Campo de Recontextualización.

—Me comí unos alfajores, sí. Seis para ser más exacta —dice, y enseguida comienzan los murmullos y algunas risas.

—Silencio, grupo. —Julia se levanta. —Después de tantos años ya deberías conocer las reglas, Sofía, no se nombran los subalimentos de la Otra Época, no hablamos de "sentir hambre" y cuidamos este espacio sagrado que hacemos entre todos. —Se acerca a una pizarra, destapa un rotulador y traza un garabato indescifrable en rojo—. Repasemos el concepto: cuando pensamos en términos absolutos, como "hambre", se activa el sector del cerebro relacionado con la supervivencia y se dispara la urgencia de comer.

—Hace una pausa mientras tapa el rotulador y contempla los círculos y líneas que dibujó en la pizarra antes de volver a sentarse—. Seguramente en un par de generaciones esto ya no ocurrirá más, pero hace apenas unas décadas que se erradicó el hambre, que el hambre dejó de definirnos, y aún no llegamos a evolucionar tan rápido como para superar este temor primitivo —explica—. Sofía, gracias por compartir tu historia. Muy valiente de tu parte. Ahora veamos tu peso y medidas... —Julia revisa la ficha y asiente—. Estás muy bien, felicitaciones.

—La libreta, ¿me la das ahora?

—No, ahora las doy al finalizar las sesiones así tenemos tiempo de escuchar a todos.

—La necesito para poder entrar al trabajo mañana.

—Al finalizar la reunión daremos las libretas sanitarias. Me preocupa tu insistencia, Sofía. ¿Tenés sesión de terapia individual?

—No, vengo solo por una formalidad de mi trabajo.

—A la salida agendaremos una reunión para esta semana. Mañana es tu día de comida, ¿estás preparada?

—…

—Sofía, es parte de la dinámica, si se te hace una pregunta tenés que responder.

—Tengo todo listo, sí.

—¿Quién es tu compañero o compañera de alimentación?

—Nadie. Hace años que me manejo bien sola.

—A mí me gustaría que volvieras a las fuentes, siempre es mejor hacer las cosas como se deben. Además, te noto ansiosa y quiero que te reportes con alguien mañana. ¿Algún voluntario para patrocinar a Sofía?

—Yo puedo.

—Bien, entonces Tatiana será quien reciba tu reporte de peso y listado de alimentos ingeridos —dice y señala a la chica que le hace un gesto para verse cuando termine la sesión.

//

—Pasame tu número así te agendo —dice Tatiana mientras pestañea unos segundos para tomar una foto del teléfono. Sofía le envía un mensaje de voz para quedar conectadas.

—Interesante tu historia, Sofi. ¿En dónde trabajás? —Cierra la pantalla ocular y se acomoda la riñonera.

—En AGIL —Tatiana hace un gesto de no entender—. En la Administración General de Ingesta Local.

—Qué raro que te dejen trabajar ahí.

—Solo mi jefe sabe que tengo tendencia a ser excesiva corporal.

—Una persona en reinserción —la corrige Tatiana.

—…

—Te estaba haciendo una broma, podés hablar como quieras, estamos en confianza. —Le guiña el ojo. Detrás de ellas, el resto del grupo se despide y organiza para salir—. ¿Y cómo te arreglás cuando no te toca comer? ¿Ahí son todos Normalizados?

—La verdad es que es peor cuando sí me toca… —suspira Sofía.

—¿Vamos yendo, Sofi? —Rosa las interrumpe y hace un gesto de que corte la conversación.

—Esperá un poco que estamos conversando.

—Escuché en las noticias que hay bastante lío ahora en la AGIL —dice Tatiana—. Se separa del Sistema Único de Racionamiento, ¿verdad?

—Sí. Están reduciendo puestos, monitoreando que no haya gente de más… Hoy me enteré que con suerte nos pagarán a sesenta días. O cuarenta y cinco, algo así…

—Es complicado el tema con tanta gente… No sé cómo van a resolverlo en el mediano plazo. Pero yo de política mucho no entiendo y peor es estar en un Campo de Recontextualización —dice Tatiana—. Qué raro que te hayan metido ahí por unos alfajores. En esa época no eran tan estrictos.

—Te lo sintetizo, Tatiana —interrumpe Rosa—: la segunda esposa del padre la metió ahí porque, según decía, no quería tener problemas con la Asociación de Nacidos Originarios, pero en realidad lo que quería era sacársela de encima. Así que, cuando un día la encontraron comiendo alfajores, vio la oportunidad de quedarse con todo.

—¿En serio te comiste seis? —pregunta Tatiana haciendo caso omiso de la versión de Rosi.

—No importa. Fue hace muchos años. ¿Vamos, Rosi?

—No, esperá —Tatiana la detiene—. Nunca conocí a nadie que haya estado en un CR; acá la mayoría somos Normalizados que alguna vez nos excedimos y nos dieron la oportunidad de "volver a la buena senda para evitar caer en desgracia". Pero salir de un CR, eso nunca lo había escuchado. ¿Cómo fue estar ahí? ¿Cómo saliste?

—¿Podemos dejar la novela para otro día? Me quiero ir —dice Rosa.

—Me sacó mi abuela.

—Yo también estuve —interrumpe Rosa—. Todo muy feo salvo porque allí conocí a mi amiga. ¿Vamos, Sofi?

—¿Y vos? ¿Por qué te llevaron a un CR, Rosa? —insiste Tatiana.

Rosa exhala y explica a toda velocidad: —Tengo la extraña capacidad de subir y bajar decenas de kilos en muy poco tiempo. Me encontraron en el cine durante una razia, cuando empezaron a controlar lo que se llevaba al interior. Antes te podías llevar ahí un bolso repleto de comida y durante dos horas nadie cuestionaba lo que te metías en la boca —dice en tono monocorde—. Mientras estaba en el CR, un excompañero de colegio me mandaba cartas de amor, nos casamos, salí del infierno, me dieron una NyC por matrimonio porque en esa época a algunos nos las otorgaban; después me quedé viuda en un accidente en un vehículo no tripulado donde viajábamos juntos y ahora estoy en *probation* por supuesta mala conducta, fin de la historia. ¿Necesitás saber algo más, Tatiana?

—Basta, Rosi —la reprende su amiga.

—Encantada de conocerte, Sofi —dice Tatiana y se da media vuelta luego de dedicarle a Rosa una mirada de desdén.

03.

Antes de entrar en su casa, Sofía revisa que no haya nadie en el rellano de la escalera y abre la habitación de reciclado sin usar la llave magnética por precaución. Sabe que es improbable que alguien encuentre algún rastro que la relacione con el panfleto que ahora va a triturar, pero si algo aprendió desde muy chica es a no confiar en nadie. Sin encender la luz, busca la máquina, abre el papel, alumbra con la pantalla del teléfono y lee antes de engancharlo en la ranura:

BASTA DE MENTIRAS, ¡EL PLANETA NO SE SALE DE SU ÓRBITA!

Estamos en contra del Plan de Alivio Planetario, ¡la mentira más grande del siglo!

Somos un grupo de profesionales especialistas en cartografía, geodesia y astronomía, entre otras ciencias. Según nuestras investigaciones, la información de la Unión de las Soberanías es TOTALMENTE FALSA E INCORRECTA. No es cierto que el planeta esté modificando su órbita, producto del aumento del peso sobre la Tierra. La posibilidad de acercarnos un minuto más al Sol, con las consecuencias que eso implicaría, es una fábula ignorante diseñada para envolvernos con mentiras y controlar nuestras vidas.

El satélite balanza BLNZ1 indica que la sumatoria del peso de nuestros cuerpos es despreciable en relación con la masa total de la Tierra. Hasta un escolar con mínimos conocimientos de física entendería que no hay manera de que podamos aumentar el peso del planeta y acercarnos al Sol o alterar la órbita de la Luna. En este siglo logramos nivelar la amenaza climática y las plagas, saneamos el agujero de ozono en varias zonas del planeta, redujimos la huella de carbono, erradicamos el hambre. Nuestra existencia nunca conoció una etapa más plena y, sin embargo, vivimos la pesadilla impuesta por un grupo de poderosos enfermos de ambición e ignorancia.

Sí, somos muchos más en el planeta. Nos reprodujimos y multiplicamos, ocupamos el hábitat en perfecta armonía con la naturaleza. A diferencia de nuestros antepasados, encontramos la manera de estar sin invadir, de producir sin erosionar, de consumir sin desechar. ¿Que somos demasiados para el planeta? ¿Que no puede soportar más que un peso determinado? ¿Qué estudios nos hacen creer en estas conclusiones?

BASTA DE MENTIRAS. BASTA DE HAMBRE. SEAMOS LIBRES AL FIN.

Sofía escucha unos ruidos, apura el proceso y revisa que no haya quedado ninguna porción fuera de la máquina. Una vez dentro, se mezclará con el resto de papeles que se reciclan a diario. Sabe que, aunque sería lo más normal del mundo estar en la habitación de reciclado deshaciéndose responsablemente de la basura, si alguien le encontrara ese panfleto, tendría una multa o la detendrían. Sale sin hacer ruido y camina con cautela, sin encender la luz del pasillo.

—Buenas noches, vecina.

Frena en seco, murmura un saludo y sigue de largo sin mirar al muchacho semidesnudo que también salió responsablemente a desechar los reciclables. Cierra la puerta de su vivienda sin dejar de sentir la mirada de él, quien tampoco enciende la luz y espera quieto hasta que ella cierra la puerta.

—Hola, abuela —dice mientras levanta unas cartas que estaban en el suelo.

—¿Llegó algo importante, Sofi? —María, sentada cerca de la ventana, levanta la vista del libro para ver a su nieta. En la radio suena bajito uno de los temas favoritos de ambas y Sofía tararea mientras repasa los sobres que acaban de llegar. Agarra uno con inconfundible sello del gobierno y lo esconde en el bolsillo del pantalón.

—No, nada. ¿Qué hiciste hoy? —Se acerca a darle un beso en la frente.

—Trabajé un poco y después me junté con Delia para ir a caminar por el lago. Lo volvieron a llenar hasta la mitad y está hermoso.

—Qué raro que nadie salió a quejarse por el peso que implica toda esa masa de agua para el barrio. —Sofi olfatea el aire.

—¿Qué es ese olor? ¿Estuviste cocinando?

—No siento nada.

—Hay como olor a comida.

—Debe ser del vecino. Siempre hay un olor raro.

—Me lo acabo de cruzar en el palier semidesnudo, con una bolsa para reciclar. ¿Y si dispara el detector de olores y nos clausuran el edificio? Voy a ir a hablar con él.

—Ni se te ocurra —María la toma del brazo—. Me dijo la del H que trabaja de Controlador.

—¿Y cómo sabe eso? Desde que se mudó es la primera vez que lo veo.

—Hoy me acordé de cuando cocinábamos juntas. —Como de costumbre, María se distrae y cambia de tema—. Nunca me voy a olvidar de tu cara la vez que di vuelta el bol con claras a nieve para mostrarte que no se caían —ríe.

—¿Por qué pensás en esas cosas, abuela? —Sofía, fastidiosa, se sirve un vaso de agua y le ofrece otro a María que niega con la cabeza.

—Cuando tengas la ciudadanía voy a averiguar si se puede tramitar un permiso para que nos dejen cocinar, hacerte el pollo al limón con papas doradas que tanto te gustaba. Una parva de papas te voy a hacer.

—¿Qué les pasa hoy a todos que no dejan de hablar de comida? —Sofía apoya el vaso, se quita las zapatillas y frunce el ceño mientras le cruje el estómago—. Y qué raro que me hables de cocinar.

—Delia me contó de la fiesta de casamiento del nieto. León, ¿te acordás de él? Jugaban como locos a perseguirse, creo que a él le gustabas. Bueno, ¡se casó con otra! Dejó a la novia que tenía y se casó con una NyC bastante feúcha con nombre de muerto, Catalina o algo así. Delia me contó que el casamiento fue escandaloso porque el padre es funcionario y, no sabe cómo hizo, pero sirvieron más que las raciones permitidas y hasta comieron salmón. ¡Salmón! Desde esta tarde que no puedo dejar de pensar en la manteca cuando se calienta en la sartén y ponés el pescado hasta dorarlo —niega con la cabeza y hace una pausa larguísima—. Me dieron ganas de una papa hervida con aceite y sal —dice con amargura—. ¿Te acordás de cuando cocinábamos juntas? ¿Sofi?

—Al final voy a tener que darle la razón a Julia en eso de que no hay que nombrar sustancias.

—¿Quién es Julia?

—Nadie. Me voy a bañar.

—¿Te fue bien en el trabajo hoy?

—Todo bien —miente mientras se desviste.

María retoma la lectura y con un suspiro agrega: —Estás demasiado flaca.

Sofía no responde, toma una toalla y envuelve las cartas que llegaron. Por qué se seguirá usando papel en las comunicaciones es algo que no logra entender. Cierra la puerta con traba y mientras llena la bañera hasta la mitad, observa el sobre con el sello del gobierno. Lo abre con manos temblorosas y un nudo en la garganta.

Unión de Soberanías del Cono Sur, 7 de septiembre de 2067
Sra. María Castro Solano
Ref: Adelanto de Terminación del Ciclo Vital

Valorada ciudadana:
   De acuerdo con nuestros registros, el 7 de diciembre usted cumplirá su onomástico número ochenta y ocho. Celebramos que haya llegado con tanta salud y bienestar a este hito en la vida de una persona.
   Como todos sabemos, la Ley de la Vida es algo ante lo cual nos debemos atener con sobriedad. La sobriedad es no quedarse de más, no pesar de más, no ser de más.
   En las últimas décadas nuestra expectativa de vida se multiplicó exponencialmente, algo que vivimos como un logro de la especie humana. Nuestra gran victoria sobre el tiempo. Sin embargo, también nos encontramos con una limitante: es necesario dejar lugar a las siguientes generaciones. Que otros sean nuestros amados abuelos, sabios representantes de la vida en su ciclo total. Por eso la invitamos a que considere anticipar la terminación de su estadía en nuestro amado planeta y se despida con alegría y agradecimiento de este tiempo compartido.
   A cambio de su generosa donación de vida, la Unión de Soberanías le otorgará una Compensación Única de Lauda Opcional para quien usted elija como beneficiario/a. Sabemos que no es una decisión fácil, pero creemos que elegir nuestro último gesto y que este se convierta en un legado que pueda trascender el tiempo y los recuerdos impulsará las vidas de quienes aún tienen todo por delante. Eso es, para muchos, una manera de completar el ciclo de una vida plena de significado.
   Si decide optar por esta alternativa, solicitamos que complete el formulario adjunto. También le recomendamos que

durante el plazo entre que reciba esta carta y el día de su terminación, recopile todo aquello que usted considere de alta intensidad simbólica y se reúna con sus seres queridos para recibir el siguiente paso. En esta etapa, usted tendrá permiso para celebrar despedidas sin autorización previa. Sugerimos, eso sí, que confirme la fecha de la última cena y cuántos serán los que la acompañarán para hacerle llegar los ingredientes necesarios.

Por nuestra parte, queremos agradecerle por haber sido una ciudadana con un registro de actividad impecable y estamos a su disposición para hacer de esta etapa un proceso pleno y feliz.

Atentamente,

Juan Ruiz
Director de Gestión Ciudadana

Sofía rompe la carta en pedazos. ¿De dónde salió esta locura? ¿Sacrificar a los mayores por plata como en una casa de empeño? De la angustia pasa a la furia y termina de romper el papel en decenas de pedacitos antes de bañarse.

Ella tiene trabajo, su abuela también, viven con ciertas comodidades, está a meses de ser una NyC y poder aplicar a otros trabajos mejor pagos para ahorrar y pedir la Extensión Vital de María. Pero otras personas no tienen esta opción de poder cambiar su estatus legal. Sabe que se aprovechan de la desesperación.

El agua caliente la reconforta; cierra los ojos, se abraza las piernas y se deja flotar un rato en la semibañera o "palangana grande", como la llama María. Para Sofía tiene tamaño suficiente para dejarse flotar si logra acurrucarse bien. Se hunde hasta las orejas y oye cómo se distorsionan los sonidos, lejanos, y a la vez, contemplar a la vecina que juega con su hijita a la que está bañando. O escuchar el ruido incesante de la casa de su vecino, como un motor o un aire acondicionado en permanente funcionamiento. O a su abuela que cambió la estación de radio y ahora escucha otra de sus canciones favoritas.

Conoce la vida de María como si la hubieran vivido juntas gracias a su habilidad de contar anécdotas coloridas y llenas de detalles. Sofía jamás podrá contarlas como lo hace ella: con dos o tres trazos logra pintar un cuadro vívido acerca de sus múltiples viajes. Cuando el mundo se dividía en países en vez de latitudes y longitudes e idiomas. Cuando viajar podía significar ir a un lugar muy distante. Ahora es imposible saber dónde quedan aquellas montañas en las cuales María hizo *trekking*; los bosques en los que se perdió y vio las estrellas más hermosas; el mar en el que nadó contra la corriente; los países y castillos, museos, climas, playas, hoteles congelados con las camas cubiertas de pieles de animales; los puentes, los barcos, las góndolas; la selva en medio de la ciudad; el río grande como un mar color tierra que hoy ya nadie puede navegar. Y de pronto, los tsunamis, huracanes, terremotos, el cambio de clima y el regreso al clima; la inversión de los polos, el derretimiento del Ártico y la vuelta a las estaciones y los hielos; los animales en peligro y fuera de peligro; las exploraciones a la Luna, a Marte, a Venus; las bombas de ozono, los paracaidistas de la estratósfera que componían el agujero en el cielo y redefinían fronteras; los libros reimpresos, los mapas redibujados, los hemisferios reorganizados, el descubrimiento de la dimensión real de la Tierra. El planeta creciente, oceánico y duplicado más allá de los mares y debajo de ellos. El mundo ya era otro cuando Sofía lo conoció. Un mundo perfecto, fuera de peligro… pero cruel.

Sale de la bañera, el estómago le cruje con furia. La noche siempre es su momento más difícil. Se envuelve en la toalla y se da cuenta de que debe esconder los pedazos de la carta. Mueve la rejilla de desagote, pero desiste porque haría desbordar los caños. Ir otra vez al cuarto de reciclado crearía sospechas. Cualquier cajón o libro queda descartado: en una vivienda tan minúscula es imposible guardar secretos. Rompe la carta y el formulario en más pedazos; también el folleto de abuelos sonrientes con la vista al cielo. Desecha algunos en el inodoro y el resto los mastica hasta hacerlos desaparecer.

//

Con el mínimo ruido posible, Sofía ubica sus recipientes del día siguiente sobre la mesa mientras mira a su abuela dormir; corre la cortina para que la luz no la moleste y, en puntas de pie, abre la separación en la pared para sacar su cama, también abre la puerta de entrada y una hendija de ventana para que circule un poco el aire. Enciende el ventilador y lo orienta hacia la habitación para secar la humedad que quedó en el baño.

Desde la cocina presta atención a los sonidos que la rodean: los vecinos y sus programas de televisión, los silbatos de los Controladores Urbanos organizando el tráfico de peatones, el rodado de las bicicletas y sus llantas sobre la calle aún mojada. Baja un poco la persiana, las luces de los edificios a esa hora dan tanta claridad como si aún fuera de día.

Enciende el velador y pone la radio con el volumen bien bajito; su abuela tiene el sueño liviano y no quiere molestarla. Se acerca despacio, coloca una mano suave sobre su hombro. Parece que no, pero respira, y Sofía vuelve a sentir el nudo en la boca del estómago. Le acaricia apenas el cabello, la cubre con la manta y retoma la organización de su comida del día siguiente sin dejar de mirar cada tanto la cama donde María duerme.

Está agotada y no solo físicamente. El encuentro con Leandro, el ataque en el subterráneo, Julia, la carta... Qué bien le vendría una dosis doble para dormir bien esta noche. Separa los recipientes: desayuno, media mañana, almuerzo, media tarde, merienda y cena. En los más chicos ubica cubos de fruta liofilizada; abre un paquete de pollo disecado, lo pesa junto a unos vegetales deshidratados y prepara el almuerzo y la cena. Para el desayuno y la merienda, elige unas claras en polvo con sabor a queso cheddar, tienen un olor a aromatizante tan concentrado que, al abrir el envase, le hace fruncir la nariz y volver a taparlo. Los dulces: láminas de papel de arroz vaporizadas con saborizante de vainilla, le dan ganas de ponerse uno en ese momento entre la lengua y el paladar, pero resiste la tentación. Sería romper con su rutina por algo insignificante, preparado para que el sabor se active por unos segundos, justo antes de que realmente se llegue a degustar.

Mira la pila de minienvases y cae en la cuenta de que nada de lo que tiene sobre la mesa se mastica, nada se pega en las muelas, nada se procesa dentro del cuerpo. Es como ver fotos de comida. Se deja caer en la silla, invadida por el recuerdo que su abuela le trajo del pollo, las papas, el aroma a limón que irrumpía en la casa apenas se abría la puerta de la cocina, las ventanas empañadas por el calor del horno que recorría cada ambiente. La anticipación de sentarse a la mesa, espiar la preparación en la cocina y mojar un pan en esa salsa alimonada que soltaba el pollo dentro de la fuente, picotear una papa hasta quemarse; esa papita crocante del costado de la fuente donde se doran más.

En silencio trata de ordenar sus pensamientos, traerlos de regreso para que la ayuden a terminar lo que necesita hacer ahora. *No te podés dar el lujo de ir hacia los recuerdos, Sofía.* Pero ya es tarde, un área de su cerebro se despertó con las imágenes del pasado y no deja de proyectarlas en su mente como un carrusel de diapositivas.

No es comida lo que ve, es otra cosa. Es una sensación de abrazo y libertad, de abundancia y colores brillantes. El confort de estar sin pensar, de actuar sin supervisar cada tarea de su cuerpo, de ser con la certeza de tener todo por delante.

"Y qué hacemos con esto, Sofía. Hay que seguir", cuántas veces Rosa le repetía esa frase mientras estaban en el Centro de Recontextualización y se abrazaban para ayudarse a dejar de temblar de fatiga. A veces era Rosa la que caía derrotada, a veces era ella. Cantaban despacito melodías de cuando el mundo era otro, se esperaban hasta que el miedo cedía un poco y se daban la mano para ponerse de pie. Y siempre se decían lo mismo: "todo es temporario, esto también pasará".

Esto también pasará, se dice ahora y se recupera despacio, dejando a un lado el vacío que siente en la boca del estómago y que no es hambre. Anota todo en su diario y toma una foto para enviarle a Tatiana, quien enseguida responde "está perfecto, suerte mañana con la ingesta". No puede evitar pensar lo horrenda que le resulta la palabra "ingesta" y todas las que se usan en los lugares donde se condiciona lo que una persona debe comer.

Repasa la sesión de grupo que tuvo; volver otra vez con un patrocinador es tan del pasado que por unos instantes Sofía se siente excedida otra vez. Se toca el abdomen chato y comprueba que no es así, pero la sensación la envuelve de todas maneras. Hablar de su historia para conformar la curiosidad de Julia también contribuyó a sentirse un poco desorientada, como si estuviera de pronto en un cuerpo y un tiempo artificial. Algo que le sucede con frecuencia cuando se toma unos segundos para mirar alrededor y caer en la cuenta de que todo cambió demasiado y que ya nada tiene mucho sentido. Antes sí, antes las cosas tenían un sentido porque se proyectaban por fuera de los propios sueños y le hacían creer que podían cumplirse en una ilusión de futuro.

Sacude las ideas molestas y se enfoca en guardar los frascos en la alacena, cerrar los recipientes, ubicarlos estratégicamente dentro de su mochila para que no abulten demasiado y evitar sanciones, como cuando Gerónimo olvidó quitarse la mochila al subir y ponerla entre sus piernas y los Controladores casi le embargan medio sueldo por ocupar espacio vital con objetos. Guarda la mesa, pliega las sillas y mueve la pared para desarmar el living y desenrollar la pantalla de televisión. Corre la cortina para separar su cuarto del de su abuela, se recuesta bajo las sábanas y hace zapping sin volumen. Los canales de noticias muestran gráficos del peso planetario respecto del año anterior: la buena noticia es que no se agudizó el problema. Pero inmediatamente ponen imágenes del hundimiento de un pueblo impronunciable en la costa del Pacífico, cerca de lo que alguna vez fue Australia: tribus de gente con abdómenes redondos sin una línea que demarque los grupos musculares. Hombres en taparrabos que apenas ocultan una cola flácida, mujeres cachetudas amasando una especie de pan infinito, familias con las piernas enormes y andar bamboleante. "Todos ellos, culpables de haber hundido su propio territorio por no seguir el Plan de Alivio Planetario", dice el *videograph*. Sofía sube un poco el volumen. "Al menos ya son menos toneladas las que el planeta debe soportar", dice uno de los presentadores de la noticia mientras que el resto de la mesa asiente con cara de gran preocupación y las imágenes se repiten permanentemente en la pantalla que está detrás de ellos. Comienzan a debatir diferentes variantes de una idea única que se explicita en el nuevo *videograph*: "La sobriedad corporal es nuestra salvación".

—Pensar que fue la primera zona donde comenzaron las reparaciones del agujero en la capa de ozono por ser la más afectada. Yo no entiendo —se indigna una de las mujeres de la mesa, mientras la cámara la enfoca—. Estuvimos meses encerrados esperando a que el Cónclave de Científicos por la Naturaleza lanzara las misiones de restauración en nuestra zona, ¿y esta gente responde así? Bien merecido se lo tienen.

—Para colmo, defendían sus cultivos de Otra Época porque —según argumentaban— "constituía parte de su patrimonio e identidad cultural" —agrega otro participante mientras asiente a su propio comentario.

—¿Patrimonio? Excusas para ingerir. Una zona productiva que se niega a brindar sus recursos no merece ni siquiera que haya habido instancias de negociaciones previas por parte de la Unión de Soberanías Administradas.

Todos continúan con diversos argumentos que refuerzan la indignación de la audiencia mientras emiten imágenes de los destrozos del huracán Cruz en la parte oeste del Hemisferio Norte Occidental, las cuales —para sorpresa de Sofía— logran volver a causarle terror tantos años después. "El mundo es uno solo, todo es de todos", refuerza el *videograph*; la muletilla constante de los Controladores en el Campo de Recontextualización.

Sofía sacude el recuerdo con un escalofrío y da una tercera vuelta de zapping: películas repetidas que ya vio mil veces, publicidades de nuevos microdepartamentos en zonas subterráneas ganadas al río, otros noticieros, dibujos animados. Se detiene en un torneo de catch en el cual, en un ring, tres hombres rodean a otro disfrazado de abundante; tiene un traje desmesuradamente amplio, tal vez relleno de silicona, y, entre todos, tratan de tumbarlo, pero el falso abundante se mantiene en pie y los golpes solo hacen rebotar a los atacantes que, cada vez con más furia, intentan que caiga al piso. Cuando el falso abundante está contra las cuerdas, aparece un abundante real, con una malla diminuta que deja al descubierto su corporalidad. Tiene una capucha y, al subir al ring, los tres hombres comienzan a golpearlo brutalmente.

Sofía cambia de canal y mira la publicidad de una deshidratadora de alimentos en el canal de compras que logra captar su atención durante más de quince largos minutos: imágenes de papas fritas crujientes convertidas en láminas que una pareja se da de comer en la boca, una torta gigantesca de crema reducida a migajas que una mamá guarda en una bolsita para el almuerzo de su hijo, un pollo jugoso y chispeante pasa a ser escamas que se guardan en un frasco minúsculo. "Con el Dehydrator 2067 todos los ingredientes se convierten en superalimentos. Todo el sabor, todos los nutrientes, sin calorías ni carbohidratos ni azúcares ni aceites que afecten el Planeta".

El estómago de Sofía cruje fuerte y con ruido. No debería haber mirado esa publicidad, ahora solo puede pensar en las papas fritas, el pollo y la torta. ¿Cómo es posible que permitan publicidades que remiten a la palatabilidad de los alimentos? Respira pausado, cierra los ojos y se concentra en cada parte de su cuerpo. *¿Tengo hambre realmente o me sucede otra cosa? ¿Qué parte de mí tiene hambre? Es solo mi mente que acaba de registrar todas esas imágenes, no es mi necesidad real; es solo mi cabeza*, repite tres veces antes de exhalar. Vuelve a tomar aire, lo retiene plegando las costillas, las piernas, los hombros y la cabeza. *Ocupo cada vez menos espacio, mi cuerpo no invade el de los demás; mi cuerpo es justo y preciso, en el tamaño que necesito, que necesitamos.*

Abre los ojos y aunque la publicidad del Dehydrator terminó, Sofía solo puede pensar en papas fritas crujientes, saladas... saladísimas. La grasa y las migas pegándose en los dedos mientras saca otro puñado de una bolsa imaginaria; hasta el sonido puede recrear, como un ronquido que, con mínimo esfuerzo, hace estallar lo crocante y el sabor de una lámina tan minúscula como letal: un superenemigo cargado de grasa, sal y carbohidratos. Corre a la cocina y bebe un vaso de agua con vinagre, pero es tanto lo que imagina que ve una bebida negra, azucarada, dieciséis cucharadas de azúcar, prístina, refinada con los químicos más nocivos del planeta, cada grano perfecto y brilloso, dulce como un cargamento de miel disuelta en un vaso de espeso néctar negro y burbujeante, y la idea contrasta tan fuerte con el agua con vinagre que la hace vomitar violentamente.

Revuelve en el botiquín del baño buscando los inhibidores de hambre nocturnos pero se olvidó de comprar. Se cepilla los dientes, bebe agua de la canilla; el agujero en su estómago es tan intenso que se dobla de dolor. ¿Debería llamar a Tatiana?

Es estrés, nada más que estrés, se dice. *Es hambre emocional por la carta, ansiedad por el trabajo, cansancio por el viaje, angustia por la aparición de Leandro y los recuerdos, aburrimiento... o tal vez, es que me siento sola,* se dice enumerando las causas del hambre emocional. *Esta es la razón por la cual las personas comemos de más, quiero decir, ingerimos alimentos en exceso. Hablá con propiedad, Sofía. Esto no es hambre, no uses la palabra "hambre", esto es una disforia de sensaciones orgánicas, volvé, volvé. Mañana comprás más inhibidores, mañana te toca comer, mejor no pienses más en eso, no pienses en la espuma de leche del desayuno y las claras saborizadas, usalas con saborizante de vainilla si estás muy tentada. Hablá con Tatiana, capaz sepa de algún reemplazo para las papas fritas. No las nombres, para el "alimento prohibido", decí. Respirá, respirá más profundo.* Sofía hace las maniobras en el diafragma diez veces. *Vos podés transformar la comida... ¡no digas esa palabra! "Los alimentos en fuente de autoconocimiento y renovación". Lo demás es sufrimiento. Elijo que los alimentos sean mi fuente de autoconocimiento y renovación; elijo que los alimentos sean mi fuente de autoconocimiento y renovación; elijo que los alimentos sean mi fuente de autoconocimiento y renovación...*

04.

Con los primeros redoblantes y acordes de piano, Sofía salta de la cama y se pone de pie en un gesto completamente mecánico. No está en las barracas, no tiene puesto el camisón de tela rústica que le raspa el cuerpo, no duerme con otras veintinueve abundantes que se levantan al alba para pedalear. Está en su casa, en su cama, su abuela se está preparando para ir a trabajar, pero Sofía no ve nada de eso. Sonámbula, al pie de su cama, canta la "Marcha de la Fuerza":

> *Los brazos en alto simbolizan el triunfo que debemos alcanzar.*
> *Las conquistas al hambre y al exceso, son estándares de nuestra [institución,*
> *son resultados de la lucha y la pasión.*
> *Con amor y sacrificio, allá vamos, utopía de nuestro corazón.*
> *La fuerza inquebrantable del espíritu,*
> *con ayuno lograremos la ansiada redención.*
> *Fuerza, fuerza, tengamos fuerza. Voluntad de acero es lo que [somos.*
> *Jamás tropezaremos con la debilidad y juntos haremos respetar*
> *el mandato sagrado de la sobriedad y el bienestar.*
> *Derrocado será el exceso, no debemos temer.*
> *Seremos felices por siempre, juntos ya sabemos qué hacer.*

—Sofi, ¿qué te pasa?
—Están tocando el himno en los altoparlantes de la calle.

—Sí, pero no tenés que pararte a cantarlo. Ya no estás en el Campo de Recontextualización. —Su abuela se acerca y le acaricia el cabello para traerla de regreso como tantas otras veces. Sofía se sienta en el borde de la cama y se seca la transpiración en la tela del pijama.

—¿Querés un café con leche?

—Sí, gracias. Con treinta mililitros de espuma de leche y ochenta de café y dos sobres de endulzante.

—Ya sé como tenés que tomar el café. Hoy te tocan los huevos en polvo, ¿los querés dulces o salados?

—Dulces. Un sobre por porción. Rociales vaporizador de coco y de vainilla.

Su abuela cierra la cortina mientras Sofía se cambia la ropa, tiende y guarda la cama; mueve el módulo de habitación para desplegar el espacio de desayuno. Su abuela ya guardó su cama y desplegó el sillón. Sobre el tapizado ve una carta con el sello del gobierno, el mismo que ayer había creído destruir.

—Abuela, ¿de dónde sacaste esto? —pregunta con el sobre temblándole en la mano.

De espaldas, mientras prepara el desayuno, María no le contesta.

—¿Abu?

—Es una solicitud para adelantar mi terminación vital —responde rápido sin levantar la vista del anafe donde calienta el café.

Sofía se acerca hasta esa figura menuda de un metro cincuenta ("un metro cincuenta y cuatro", según exagera su abuela), un poco encorvada y de melena cortita y blanca, que sirve el café humeante en una taza impecable, sin mirar a su nieta.

—Sé que rompiste la que llegó acá a casa y no te voy a decir nada al respecto. Pero te olvidaste de que esto también lo reciben los empleadores —dice su abuela con un tono de enojo que su mirada triste no puede sostener.

—Es opcional, así que no tenemos de qué preocuparnos.

—Anoche no te quise decir nada porque te vi cansada. Tal vez deberíamos charlarlo hoy cuando vuelva de trabajar.

—No hay nada de qué hablar.

—Pienso en tu futuro, Sofi. Vamos a gastarnos todo en tu NyC y no nos va a quedar ni un solo centavo.

—Pero voy a conseguir un trabajo mejor pago, vamos a ahorrar y pedir tu Extensión Vital.

María la mira sin verla. Sofía sabe que ese cambio en el foco de sus pupilas quiere decir que está desmenuzando alguna idea compleja mientras busca en el catálogo de sensaciones cuál es la más adecuada para expresar lo que siente. Es la persona más racional e intuitiva que conoce; la receta de la lucidez, desde su punto de vista. Cualquier persona que puede convivir con ambas cualidades de razón e intuición es alguien que puede soportar la crudeza del mundo sin necesidad de creer en ninguna fuerza superior. Y como si alguien hubiera chasqueado los dedos, María vuelve de su hipnosis de lucidez.

—Se me hace tarde, Sofi. A la noche hablamos. No te olvides de llevar la libreta sanitaria. En la radio dicen que están endureciendo los controles. Hoy la Tierra pesa 6.100 trillones de toneladas por la lluvia de ayer.

Se despide con un beso en la frente, Sofía la abraza, María le acaricia suavemente el pelo y la mece como a un bebé a punto de dormirse. Con los ojos cerrados, Sofi se deja rodear por el aroma a talco de su abuela, siempre tan tranquilizador.

//

El tráfico está tranquilo; Sofía lleva buen ritmo y se alegra de haber decidido correr en vez de tomar el subterráneo. Los carriles de circulación rápida funcionan de maravilla si se mantiene la velocidad. Se siente mucho mejor que el día anterior, a pesar de que el calor y la humedad de la lluvia de la noche ondulan desde el asfalto en cada pisada. Correr siempre le aclara la mente y la tranquiliza, aunque no soluciona que no le hayan pagado aún, siga sin su bicicleta o que a su abuela le hayan ofrecido adelantar su terminación vital. A la luz del día, la confusión siempre se despeja y eso ella lo sabe bien. De noche, en las barracas del Campo de Recontextualización, las paredes le asfixiaban la poca cordura que era capaz de sostener después de un día extenuante de pedaleo y amenazas. Esas noches, el recorte de sombras sobre la pared era la única oscuridad en la barraca donde, con suerte, podía dormir de a ratos. Con el tiempo aprendió a leer las sombras y a usarlas para comunicarse con Rosa; la necesidad humana de expresarse es capaz de crear cualquier lenguaje y poner algo de todo ese infierno en palabras; aunque fueran tan limitadas y dependientes de la claridad de la luna y las estrellas, eran lo único que la aliviaba. Solo había que pasar la noche; a la luz del día, las ideas vertiginosas que se agolpaban en su cabeza hasta hacerla tambalear por fuera de sí misma encontraban un camino por donde transitar. Tal vez la quietud, las ventanas herméticas o la certeza de que el día siguiente sería igual al anterior, rutinario e intranquilo, hacía que las noches fueran peores que los días, eran el momento en que sus terrores hacían fila para soplarle la base del pelo con sus alientos enrarecidos hasta hacerla temblar.

Cuando en las noches sin luna no podían comunicarse a través de las sombras, Rosa, que tampoco dormía mucho, se pasaba a su cama sin que la vieran. O tal vez la veían y a nadie le importaba. Era el doble de tamaño que Sofía, pero se las ingeniaba para meterse debajo de la sábana y abrazarla mientras su amiga se sacudía en un llanto mudo y acongojado.

Sacude la cabeza, no quiere recordar. Pero algunas experiencias se quedan a vivir para siempre aunque ya no duelan. Cicatrices que el tiempo logró blanquear, pero nunca borrar, que se adaptaron al cuerpo, o el cuerpo a ellas, y pasan a ser algo con lo que hay que convivir; pequeñas lagunas fantasmas en el medio de una idea que jamás se pronuncia. Con nadie. Porque nunca se deja de creer que el tiempo podrá erosionarlas. O cambiarlas de forma, convertirlas en un paisaje involuntario que podría haber tallado las rocas de su mente hasta convertirlas en algo más que un recuerdo plano y resbaloso, imposible de traspasar. Tal vez del otro lado de estos recuerdos haya un lugar donde no sea tan difícil respirar.

Ahora, más cerca del centro de la ciudad, el tráfico se pone denso y Sofía trota despacio mientras espera que el Agente de Movilidad dé la señal para que avance su carril. Al lado de ella, un chico lee su mano en la que se proyecta la pantalla táctil del teléfono, y no deja de leer a pesar de que la fila lo presiona para avanzar.

—Vamos, apurate, te creés que vas solo por la calle —le grita un hombre de cabello y dientes postizos muy blancos, para que el chico apure el paso, pero como está con los auriculares puestos, no puede oírlo—. ¿No ves que estás estorbando? Tengo que llegar al trabajo, ¡movete!

—Cambiate de carril si tanto te molesta —dice una mujer que camina rápido por el carril lento.

—Está prohibido circular con la pantalla táctil. ¡Y encima va en zigzag! Está pidiendo a gritos que lo multen.

—Tiene razón el señor. —Uno de los Agentes destinado a arriar a los costados de las sendas peatonales detiene ambos carriles rápidos y se acerca patinando hasta el chico del teléfono—. Documentos y libreta sanitaria, por favor. —El chico, confundido, levanta la vista y entrega sus papeles en silencio mientras encierra la pantalla dentro de su puño. Los demás, Sofía incluida, deben esperar a que termine el procedimiento.

—Al final nos perjudicaste a todos, cabeza de nube.

—Callate, rubia mal oxigenada.

El Agente de Movilidad devuelve los documentos:

—Está obstruyendo el fluir de circulación por mirar la pantalla móvil. Deberá acompañarme a un costado y pedalear.

El chico, manso, sigue al Agente hasta un costado, donde, *posnet* en mano, enchufa el cable a la bicicleta fija y la programa para pedalear durante el tiempo que le diga el tarifario. Probablemente sea una multa bastante cara por obstruir el tránsito en hora pico.

—¿Y? ¿Estás contento ahora, cabeza de nieve? Mirá la cara de ese pobre chico —dice la mujer de los tacos.

—Cosete la boca, excedida corporal —grita el hombre antes de continuar a toda velocidad, empujando a los que no logra esquivar delante suyo, y se pierde en la muchedumbre.

—Con esos dientes ni insultar podés, mendrugo de fósil —grita la mujer mientras acelera el paso. Después mira a Sofía—. Estoy convencida de que ese viejo corre a esa velocidad porque se tomó un acelerador. Para mí que se muere en dos cuadras. Mejor, uno menos para el planeta —dice irónica y se aleja trotando despacio con gran habilidad a pesar de los tacos.

//

—Hola, Gero, ya tengo la libreta. —Sofía se asoma a la puerta de su jefe que le hace señas para que entre.

—Pasá que estoy solo. —Gerónimo corre la cara cuando su empleada-protegida-amante le intenta dar un beso.

—No hay nadie, vamos.

Duda unos instantes, después, toma el rostro de Sofía entre sus manos y la besa con intensidad. Ella cierra los ojos y deja caer su cabeza para que él le lama el cuello y lo muerda despacio para excitación de Sofía que busca desabrocharle el pantalón. Gerónimo acaricia los bordes de su cintura con suavidad y con una maniobra rápida y certera la ubica de espaldas y con firmeza, la presiona contra él, le levanta el cabello para besar su nuca mientras con la mano libre la acaricia y pellizca con suavidad, le murmura frases incitantes al oído y le desabrocha la ropa, que luego tira sobre el escritorio. La mejilla de Sofía, presionada contra la frialdad de la superficie, contrasta con el calor del resto de su cuerpo; se deja penetrar por Gerónimo hasta que ambos terminan en silencio, agitados. Él apoya su cabeza contra la espalda de Sofía que le acaricia el cabello hasta que ambos recuperan la respiración y se incorporan.

—Sofi, tengo algo que contarte —dice mientras se abrocha el pantalón y se acomoda el cabello antes de sentarse otra vez en su sillón de gerente y señalarle a ella que haga lo mismo en la silla de enfrente.

—¿Qué pasa? —pregunta sin mirarlo mientras termina de abrocharse el corpiño por debajo de la ropa.

—Bueno… las cosas no están nada bien —respira hondo y vuelve a acomodarse el mechón del cabello que insiste en ubicar siempre del mismo lado—. Todas las dependencias están iguales o peor… No sabemos qué va a pasar… —la mira y sonríe—. Me alegra que consiguieras la libreta. De verdad. Me deja tranquilo.

—Pensé que me ibas a decir algo de tu novia y de lo nuestro —dice molesta.

—Te estoy hablando muy en serio, Sofía. Y a mi novia no la voy a dejar, eso ya lo sabés. —Gerónimo se mira las manos mientras le repite esa frase dicha tantas veces.

—No hace falta que seas tan crudo.

—Soy directo.

—Sos cruel.

—Yo jamás te mentí, Sofía.

—Para qué estás con ella si estamos tan bien juntos —interrumpe Sofía y se odia por no poder quedarse callada y digna.

—Vos y yo no podemos estar juntos y lo sabés. ¿Por qué estamos hablando de esto?

—No hace falta que levantes la voz —dice Sofía en un susurro—. En unos meses me dan la ciudadanía; tu familia no va a tener nada que objetar. Y vos tampoco.

Gerónimo suspira y apoya la frente entre las manos con los ojos cerrados. Una conversación que tuvieron demasiadas veces. ¿Cómo podría hacerle entender que aunque tuviera la ciudadanía de Nacida y Criada su familia tampoco la aceptaría? Ningún árbol genealógico decente puede aceptar a una excedida recuperada en un CR, por más que esté limpia y sin recaídas desde hace diez años. Las células estiradas quedan en los genes y podrían pasar al único hijo que los dejarían tener después de tramitar innumerables y agotadores permisos. Tener un hijo es el único proyecto que lo mantiene con la ilusión de seguir adelante y no romper todo como tiene ganas de hacer. "No, Sofía, jamás me dejarían formar una familia con vos", piensa Gerónimo mientras calibra qué respuesta darle esta vez. Es cierto que en unos meses ella podría pedir la ciudadanía y se la darían por buena conducta. Y entonces las cosas sí que se le van a complicar. Aleja estas ideas con una pequeña sacudida de cabeza.

—Ya veremos cuando llegue el momento. No soy de hacer promesas falsas —responde al fin, conforme de poder desviar la conversación—. Concentrémonos en el hoy; no sé cuánto tiempo voy a poder protegerte, Sofi. Están revisando todos los legajos con lupa, están revocando las relaciones de dependencia para los residentes y empezarán a ofrecer pagar solo por día trabajado, sin beneficios.

Sofía siente una presión en la boca del estómago, nunca puede distinguir si es hambre o ganas de vomitar.

—No entiendo… ¿Me estás echando?

—No, no. Entendiste mal. Solo te quiero poner sobre aviso de que las cosas están más complicadas de lo que se ve en la calle. No sabemos qué va a pasar.

—A menos que vos les digas, no tienen manera de saber nada acerca de mí, Gero. Mi legajo está impecable.

—No lo tomes a mal, Sofi, pero… los dos sabemos que tenés… —tose mientras busca las palabras— ciertos rastros de tu pasado en el cuerpo.

—¿Rastros de mi pasado en el cuerpo? —Sofía hace una pausa—. ¿Te referís a mis estrías? ¿A mi celulitis? —Gerónimo esconde la mirada—. ¿Y eso qué tiene que ver con mi desempeño profesional?

La presión en la boca del estómago le sube con tanta fuerza que le presiona el pecho como si tuviera cientos de kilos de explosivos que podrían hacer explotar la oficina, el hall de entrada, los cuarenta pisos, los diez subsuelos de la intachable Administración General de Ingesta Local, entidad central en el racionamiento, empaque y distribución de la alimentación metropolitana para el Plan de Alivio Planetario.

Sofía entrecierra los ojos; Gerónimo se convierte en su única mira. Claro, su novia, Jimenita, preciosa, Nacida y Criada, privilegiada, que vive del otro lado del puente, donde no necesitan ensuciar sus horas con trabajo, donde tienen todo el tiempo del mundo, donde la Terminación Vital llega diez años más tarde porque pueden pagarla, donde abunda el ozono en la atmósfera… y tienen más dientes que el resto porque son los peces gordos y feroces de la cadena alimentaria en este océano empantanado en el cual cada uno se arma alguna historia para sacar la cabeza afuera y no terminar atado a una bicicleta dieciséis horas por día para que Jimenita tenga aire acondicionado, electrodomésticos, fuentes de agua, esclavos y heladeras llenas de alimentos permitidos que no provocan excesos ni dejan "rastros del pasado en el cuerpo".

—Lo que quiero decir —susurra Gerónimo— es que escuché que algunas organizaciones están rehaciendo los exámenes preocupacionales, en los que se incluyen test genéticos y antropomórficos. A cambio de que bajen los impuestos, algunas empresas están entregando a sus exabundantes.

—¿Dónde escuchaste eso?

—Lo escuché. No importa dónde.

—En casa de tu novia, de la boca de tu suegrito, dueño y negrero, seguro, mientras comían los *zoodles* del domingo.

—Basta, Sofía. —Gerónimo da un puñetazo en la mesa, ella se sobresalta por la reacción. Luego baja la voz—: Te lo digo en serio, cuidate. Están buscando gente que haya tenido abundancia gravitacional para volverlos a exceder porque las relaciones con los autóctonos están cada vez más endurecidas; los abundantes se están organizando, no quieren pedalear, exigen ciertos alimentos y se están reduciendo los generadores de energía. Con estas lluvias no se está pudiendo almacenar nada de energía solar en los paneles. Lo bueno es que nos estamos acercando al verano, pero igual están hablando de empezar a hacer cortes de luz programados si esto no mejora. Imaginate el desastre que puede significar. ¿Cómo haríamos sin aire acondicionado ahora que viene el verano? Sin heladeras para almacenar los congelados, sin conexión para comunicarnos, sin acceso a los datos, sin…

—¿Sabías que yo solía tener las piernas gordísimas? —Sofía se levanta de la silla y se acerca despacio hasta Gerónimo—. Acá, esta parte se rozaba con esta. —Sofía pellizca un abductor duro y firme. Gerónimo traga saliva sin poder dejar de mirarla. —Pero "con amor y sacrificio", utopía de nuestro corazón, logré la ansiada redención… y un par de piernas que podrían romper una pared a patadas.

—Tenés unas piernas hermosas… —Gerónimo acerca a Sofía, la sienta sobre sus piernas y hunde los labios en el escote—. Me volvés loco —murmura sin dejar de mover las manos por todo el cuerpo de ella.

—¿Cuando me den la ciudadanía vas a dejar a tu novia? —le dice Sofía al oído.

—Lo que quieras, hermosa.

—O sea que en unos meses, después de mi cumpleaños ya vamos a poder blanquear lo nuestro y voy a conocer a tus padres —murmura mientras cierra los ojos—. Aunque me faltan las últimas cuotas y el derecho de examen —recuerda en voz alta—. Gero, ¿cuándo vamos a cobrar?

Se escucha el sonido de los primeros empleados llegando a sus escritorios, Sofía vuelve a su silla y Gerónimo respira hondo para calmar su excitación.

—¿Tenés idea cuándo cobramos? —repite.

—No sé… Están demorados con los pagos. Espero que pronto. Andá a trabajar —la toma de la mano—, y tené mucho cuidado porque están al acecho.

—Gracias por tu preocupación, pero sé cuidarme muy bien.

//

Mientras espera que suba el montacargas, Sofía disuelve en su boca el supresor de hambre de media mañana junto con su dosis diaria.

—Estamos casi en el 2070 y todavía no inventaron algo mejor que un montacargas minúsculo para bajar a los subsuelos —dice una compañera.

Sofía asiente con un gesto; no puede abrir la boca hasta que las pastillas terminen de fundirse y entrar en su organismo.

—Vos estás en Distribución, ¿no?

—Sí —dice Sofía cuando al fin puede hablar. Le alegra compartir el viaje en el micromontacargas. Cualquier otro preferiría usar los diez pisos hacia abajo para tener un momento de soledad y silencio, pero a Sofía, aún tantos años después, le resulta traumático bajar a su lugar de trabajo sola, en esa cápsula con espacio para dos personas peso pluma y lento como si un par de infantes de manos minúsculas tiraran de una polea. A trabajar diez pisos bajo tierra ya se acostumbró. Las ventanas que simulan paisajes y el aire presurizado hasta le parece agradable. Lo complicado es tener que soportar los casi tres minutos de descenso.

—¿Y cómo está todo por ahí? En Racionamiento están bastante inquietos con la demora en los pagos. ¿A ustedes les pagaron? Hay un par de abuelos que están por recibir su carta de terminación. Incluso hay algunos que la recibieron dos años antes. Y se rumorea que ningún residente está recibiendo extensiones. Hay que dejar entrar a los nuevos, dicen.

Sofía empalidece. Entonces es posible que sea cierto. Que ya no otorguen extensiones porque el control de natalidad está por encima de las expectativas a pesar de todas las medidas de los últimos años, y cada vez hay menos puestos de trabajo para más gente. No ve la hora de tener su NyC y poder acceder a un trabajo mejor pago y sobre tierra.

—Pasá, que yo bajo después que vos. Menos mal que somos chiquitas las dos, ¿no? Un abundante tendría que meter panza para que cierre la puerta.

—¿Es cierto que están midiendo las circunferencias abdominales de los hombres?

—Si ven que algún ojal de la camisa está flojo porque el botón está presionando demasiado te echan sin siquiera medirte. Al amigo de un amigo le pasó.

Sofía busca un tema menos deprimente para conversar y distraerse durante los minutos restantes. Por suerte su compañera de montacargas habla sin que se lo pidan y parece encantada de que Sofía la escuche con tanta atención.

—¿Me prometés que no decís nada, Sofi? Solo a vos te lo cuento porque sé que sos muy discreta —sonríe.

—Sí, claro, decime —responde Sofía, contenta de tener unos minutos más de charla para distraerse del ataúd móvil que ambas comparten.

—Me dieron el permiso para gestar vida —dice emocionada.

—¡Te felicito! ¿Cómo lo conseguiste?

—Fue terrible. Por un lado quieren que algunas personas tengan hijos porque si no... imaginate lo que sería esto... Este año se retrasaron los cupos porque hubo un problema con la cantidad de nacimientos entre los Abundantes y un error de cálculo con la generación de energía anual y eso demoró todo. Pero en junio se definieron cuántos permisos querían los NyC y cuántos quedaban disponibles para los normalizados según cada región. ¡Y me dejaron anotarme! Pasamos todos los permisos y exámenes, y esta semana me sacan el dispositivo y así poder quedar embarazada. ¿No es espectacular? Tengo tres meses para intentarlo porque tiene que ser antes de fin de año, pero vengo de familia superfértil, así que seguro que voy a quedar en el primer intento —sonríe feliz.

—Me alegro muchísimo y te felicito de corazón. —Sofía le da un apretón cariñoso en el brazo antes de despedirse cuando el montacargas llega a su subsuelo—. Que tengas lindo día —dice antes de que se cierre la puerta.

//

Ya en su área de trabajo, Sofía empieza su tarea de organizar la montaña de alimentos disecados ya racionados que deben ser categorizados, etiquetados y ordenados para maximizar el espacio disponible y agilizar su salida y distribución.

Lo primero que hace es separar los alimentos en categorías según sus macronutrientes: proteínas, carbohidratos y grasas. Una vez separados, le sigue una segunda etapa de categorización: carnes rojas, pescado, pollo, tofu, algas, mariscos. Carbohidratos simples y complejos. Verduras, frutas, harinas integrales y no integrales, almidones, legumbres. Aceites, grasa vegetal y animal. Cada subcategoría de cada macronutriente luego es etiquetada e reingresada en el inventario. Una tarea que cualquier robot podría realizar si tuviera pulgares en oposición, la capacidad de abstracción espacio-temporal y la agilidad que tiene Sofía.

Porque acomodar cada caja de diferentes tamaños –un aspecto que, por suerte para el presente profesional de Sofía, no lograron normalizar– requiere de una habilidad de optimización espacial y creatividad que ningún desarrollo pudo igualar aún. Poder acomodar con pericia milimétrica cada tamaño de caja en un espacio tan reducido como el depósito con el cual cuenta la agencia perteneciente a este distrito es un desafío que requiere de una habilidad sumamente específica, al igual que contar con entrenamiento en *parkour* para trepar a los estantes más altos. Movimientos que una máquina todavía no ha logrado tener. El resultado de la tarea cotidiana de Sofía es llenar pasillos y estantes con cajas encastradas con la perfección de un tetris donde quedaran visibles las descripciones de los macronutrientes y el nombre comercial de cada alimento.

Con las cajas ya categorizadas, lo que sigue es detectar los espacios que se pueden optimizar. De un salto, Sofía llega al entrepiso y con las manos en los rieles avanza en su jungla de metal hasta el extremo norte de la góndola donde la palestra le permite subir por las tomas. Está tan concentrada que no escucha que se abre la puerta. Leandro, desde abajo, la ve trepar como una ninja veloz hasta que gana el segundo nivel. Ahí la ve quitar unas cajas, descender de un salto para buscar unas más pequeñas y subir con una sola mano mientras da saltitos con la mano libre, balanceándose hacia un lado y hacia el otro para impulsarse y alcanzar la toma siguiente. Así llega a la rampa y la sube a zancadas para llegar al tercer nivel desde donde, con medio cuerpo hacia abajo, acomoda las cajas que subió con la mano libre. Leandro nota que no lleva puesta la línea de vida y, desde esa altura y en esa posición, podría tener una caída fatal, pero Sofía hace un salto mortal en el aire y cae sobre sus pies con la misma facilidad que lo haría un gato silvestre. Vuelve a tomar dos cajas, las ubica en un bolsón que se prende de las caderas y sube otra vez por la rampa; cuando llega hasta la altura que necesita, salta de un barral al siguiente, se toma de los costados de la góndola y avanza de a saltitos. Lleva guantes para poder sostenerse sin resbalarse. Es liviana y ondulante como una tela, veloz y chiquita como una ardilla, movediza como un mono y precisa como un reptil. Leandro podría mirarla durante horas, pero recuerda por qué vino a buscarla.

—Sofi, ¿estás muy ocupada?

Sofía desciende de un salto. Gotitas de transpiración se acumulan en su frente y otras resbalan por el cuello. Leandro desvía la mirada mientras le dice que Gerónimo pidió que la vaya a buscar.

—Llamaron del hospital… Tu abuela tuvo un problema en el subterráneo —explica después de una pausa.

—¿Qué problema? ¿Dónde está? ¿Está bien? ¿Qué pasó? —Sofía se quita la ropa de trabajo traspirada sin importarle la presencia de Leandro. De pronto el calor le resulta agobiante, el corazón le retumba demasiado fuerte y piensa más ideas de las que es capaz de distinguir. Ya vestida, asalta a Leandro con más preguntas; él intenta acercarse muy despacio, pero al primer gesto, Sofía da un salto hacia atrás.

—Quedate tranquila, me dijeron que está bien —señala Leandro con una mano abierta como quien le muestra a un animal nervioso que no lleva ningún elemento que pueda dañarlo.

—¿Cómo sabés que está bien? ¿Por qué Gero te mandó a vos a decirme esto? ¿Por qué no viene él? —Ella intenta contener las lágrimas que caen sin parar por sus mejillas mientras murmura que la abuela había salido temprano y que no entendía por qué estaría en el subterráneo a esa hora.

—No creo que sea nada grave, Sofi. Parece que está en observación nada más —miente—, parece que estaba en una de las avalanchas que a veces se arman para entrar en los vagones. —Sofía pega un grito ante la palabra avalancha y algunos compañeros del subsuelo se acercan a ver qué pasa.

—No, esperá, María está bien. Te juro que está bien, está consciente. Quedate tranquila. Yo te llevo al hospital.

—Me voy ya, me voy sola, vos avisale a Gerónimo que me fui y que me descuente el día si quiere. Y que se vaya a la mierda si no es capaz de bajar él mismo a avisarme algo así. —Se seca las lágrimas y sale del depósito para llamar al montacargas. A su alrededor, los compañeros la miran desde una distancia prudente.

—Este pedazo de chatarra tarda un siglo en bajar. —Sofía patea la puerta externa con furia, un ruido metálico y continuo invade el espacio sin que Leandro la pueda contener. La puerta termina por abollarse y rompe parte de la pintura de la pared.

—Sofi, pará, por favor, te van a suspender. —Leandro la sujeta hasta que se detiene.

—No me importa, quiero ver a mi abuela, ¡ya! —Sofía rompe en llanto, Leandro la abraza, ella se suelta de él como si la hubiera tocado una plancha caliente.

—Sofi, calmate. —El grupo de compañeros del área se acercan para contenerla—. Ya desocuparon el montacargas y lo mandaron para acá —le explican. Sofía respira hondo, solo puede imaginar la avalancha sobre su abuela diminuta y se sacude con más llanto.

—Escuchá, a esta hora el sol ya está demasiado intenso para que vayas corriendo y hay alerta meteorológica otra vez —dice Leandro, después gira para hablarle a los que se acercaron—. ¿Qué les parece si ayudamos a Sofi para que se tome un vehículo no tripulado y pueda llegar al hospital a ver a su abuela?

Sofía mira a su alrededor; unas diez caras asienten mientras sacan dinero de sus bolsillos y se lo dan a Leandro.

—No puedo aceptarlo, de verdad, gracias, pero no. —Sofía se seca las lágrimas, sus compañeros y Leandro insisten hasta que toma el dinero y un poco de agua.

—Ya llamaron y el VNT está llegando en cinco minutos. Salís del montacargas, te subís y en nueve minutos estás ahí con tu abuela. Quedate tranquila —insiste Leandro.

Sofía asiente, mira la abolladura que dejó en la puerta y la pared llena de marcas de sus zapatillas y con la pintura descascarada y trata de no pensar en las consecuencias. Solo desea que no las haya.

Ya en el montacargas, Leandro, que se subió aprovechando el momento, la mira en silencio por el rabillo del ojo; Sofía prefiere contar de cien hacia atrás para aquietar su mente, pero vuelve a llorar cuando piensa en su abuela, tan menudita, soportando una estampida de bestias alienadas que solo se preocupan por sus preciosos minutos de mierda y no se detienen a pensar en una anciana que a su edad debe seguir trabajando para sostenerse, "ser productiva para continuar justificando su existencia", mientras otros, como la madre de Leandro, se tiran a comer proteína en polvo y holgazanear en una reposera a disfrutar del sol sin preocuparse por las quemaduras, porque ahí el sol no arde como en la ciudad, porque ahí se ocupan bien de la capa de ozono. Del otro lado del puente, en la tierra de los Nacidos y Criados, el sol es como cuando su bisabuela era niña, lindo y radiante, y no la bola de fuego que tienen que soportar ellos. Y si un día hace mucho calor usan el aire acondicionado o el ventilador y lo dejan prendido todo el día aunque salgan, porque total la energía eléctrica no la generan ellos, es un manantial inagotable que otros producen y a ellos les viene regalado. Pasean sin que nadie los empuje ni los atropelle porque ahí tienen lugar para caminar, porque les sobra tiempo y espacio. *¿No es así, Leandro?*

—¿Qué hacés acá, Leandro? —De pronto, con este nuevo foco de atención y rabia, Sofía puede dejar de pensar en su abuela.

—Te acompaño a ver a María.

—No. Me refiero a qué hacés acá en estas coordenadas geográficas, lejos de tu tierra de privilegiados.

Leandro suspira. El montacargas es tan minúsculo que Sofía podría patearlo sin piedad como hizo con la pared hace unos minutos.

—No es el momento de hablar de mí, primero veamos a tu abuela.

—Tenemos tres minutos de montacargas, más seis de VNT. En nueve minutos podrías ingeniártelas para darme una explicación de por qué estás acá en vez de disfrutar de todos los beneficios de ser un Nacido y Criado pura sangre. —Ya sin estar quebrada por el llanto, la voz de Sofía retumba, grave, dentro del reducido espacio.

—¿Cuántas veces necesitás que te pida perdón para dejar de sufrir por el pasado?

—Por toda la eternidad. A mí y a mi abuela. Vos no tenés derecho a verla. No tenés derecho a estar acá. No tenés derecho a mirarme, ni a hablarme, mucho menos a tocarme. —Se ubica todo lo lejos que puede contra la pared contraria que vibra, mientras sube despacio. Solo quedan cuatro pisos más.

—Yo era chico, Sofi, igual que vos. Y me hice cargo de lo que pasó.

—¿Cargo? No me hagas reír.

—Vos no sabés nada de mí.

—Lo único que sé es que sos un nene de mamá que me arruinó la vida y que mi abuela tuvo que entregar todo lo que tenía para rescatarme del infierno al que me mandaron vos y tu querida madre para poder quedarse con lo que me correspondía.

—Te falta nombrar a tu papá —contesta Leandro entre dientes.

La sola mención de su padre la deja sin palabras. Él no tuvo nada que ver, no estaba en casa cuando la vinieron a buscar después de la denuncia y se murió de un infarto por el espanto que le causó que su propia mujer entregara a su única hija. Y no se habla de los muertos. Ni de su mamá ni de su papá, ni de nada que la retrotraiga a su vida anterior.

—Creo que vos y yo tenemos que hablar en serio; hace mucho que te lo vengo pidiendo.

—¿Por qué ahora, Leandro? ¿Por qué, después de tantos años, ahora necesitás tanto que te perdone? ¿Y por qué estás trabajando si no lo necesitás?

—Ya te dije, no sabés nada de mí. Vayamos a ver a tu abuela, mejor.

//

El Hospital Interprovincial Jiménez Orozco de Personas Unitarias en Tratamiento Asistido, construido en 2025, carece de terraza habilitada para el estacionamiento de VNTs, dice el controlador aéreo por el intercomunicador. Indica a los pasajeros que deberán saltar al techo o regresar al lugar de partida. Eligen en la pantalla la primera opción y, una vez que descienden al máximo permitido sin estacionar, se abre la cabina y ambos alcanzan sin dificultad el techo del hospital, bajan los veintidós pisos a los saltos sin detenerse hasta llegar a la recepción, donde les indican el piso de terapia intensiva.

Luego de atravesar puertas, pasillos, patios internos, descender y volver a trepar escaleras, encuentran la unidad de terapia intensiva: una sala de espera con un sillón de uso rotativo para tomar descansos por fracción de minutos, el mostrador de recepción, paredes mitad color crema y mitad blancas y una pantalla gigante con la programación del día.

—Buscamos a María Castro Solano. Fue ingresada hace un rato —el tono acelerado de Sofía contrasta con los gestos afables de la enfermera que acomoda papeles en la recepción.

—¿Son parientes? —dice mientras cierra con cuidado el cajón donde ubicó los papeles que tenía en la mano.

—Soy la nieta. ¿Cómo está?

—La doctora Valente está terminando la ronda; los atenderá en breve. Es un alivio que hayan llegado, estuvimos tratando de comunicarnos con un familiar.

—¿Qué pasó? —El corazón de Sofía se acelera con la anticipación de suponer el peor desenlace.

—Su abuela fue trasfundida y la doctora necesitaba hablar con un familiar directo para ponerlos en conocimiento de los pasos siguientes de acuerdo con las normas vigentes.

—¿Dónde está la doctora? ¿Le puede avisar que estoy acá?

—Por favor, tome asiento, que en breve estará con ustedes. No se preocupe que su abuela está fuera de peligro. —Sofía no se mueve, la enfermera señala el sillón con la palma de la mano hacia arriba—. Por favor, tome asiento. No se preocupe por el tiempo, puede tomarse los minutos que necesite.

Leandro, atento a la conversación, acompaña a Sofía cuando acepta sentarse. El sillón es tan cómodo que la desorienta: aunque su abuela está grave, todo lo que quiere es quedarse sentada y disfrutar de la serenidad de estar en un lugar sin tiempo ni gente alrededor. Como aquella vez que Rosa y su abuela, para su cumpleaños número veintitrés, le regalaron una hora de flotario en un lujoso spa del lado NyC. Las empleadas del lugar la recibieron con amabilidad y sin esa mirada de sospecha que suele recibir en cualquier lugar adonde va. Le ofrecieron una bata tibia y suave, la invitaron a quedarse sin ropa interior, le preguntaron qué música deseaba escuchar y con qué aromas quería envolverse. Le costó decidirse entre tantas opciones del catálogo de experiencias. Pero no quiso desaprovechar su tiempo y, sin pensarlo demasiado, eligió la experiencia de color violeta con aroma a fresias y jazmines que, en su recuerdo, la trasladaban a las noches tibias de verano. Entró en un espacio templado donde había una especie de estanque. Las luces bajas adoptaron una tonalidad entre rosa y lila como cuando comienza a oscurecer en un cielo limpio y sin nubes. La música comenzó a sonar, se quitó la ropa despacio, descendió unos peldaños y se dejó flotar envuelta en aromas de verano. En el techo, una filigrana de estrellas plateadas titilaba armoniosa y una brisa cálida apenas perceptible le recorría la piel que sobresalía del agua.

—Sofi, ¿querés agua? —Leandro le acerca un vaso y el gesto la despabila. Se levanta de un salto y comienza a caminar de una punta a la otra de la sala, ida y vuelta, por largos minutos, hasta que una mujer de unos cincuenta años, de pelo castaño, ojos redondos y mejillas con rosácea se presenta ante Leandro y Sofía.

—Soy la doctora Valente. ¿Usted es la nieta de María? —La mujer le tiende una mano fría y delgada, de uñas mordidas.

—Sofía Martínez Castro, sí. ¿Cómo está mi abuela? ¿La puedo ver?

—En un rato, primero quería conversar con usted. —Apaga una notificación en la pantalla táctil y la vuelve a guardar en el bolsillo del ambo—. Su abuela sufrió un corte profundo lateral en el cuero cabelludo, heridas internas y un esguince al caerse durante una avalancha y cortarse con la puerta del subte. —Sofía, desesperada, se sacude y comienza a pedir detalles y explicaciones—. Tranquila, por favor. Su abuela está fuera de peligro. ¿Quiere sentarse? ¿Tomó su dosis del día? La noto alterada.

—Estoy bien —dice Sofía mientras se limpia las lágrimas con el brazo y vuelve a romper en llanto.

La doctora Valente continúa el relato mientras el bolsillo de su ambo brilla y vibra.

—Perdió bastante sangre porque fue un corte profundo. Por suerte sucedió cerca de la entrada del andén y las puertas estaban cerradas. Cuando se abrieron, se cayó dentro del vagón y perdió el conocimiento. La cámara registró la caída y cerró las puertas, eso permitió frenar la estampida, según me contaron los Controladores que la trajeron hasta acá. Es una mujer muy fuerte su abuela.

—¿Por qué hubo una avalancha esta vez? ¿Por qué estaba en el subterráneo a esa hora? —Sofía se seca las lágrimas que caen sin freno. Leandro le ofrece un pañuelo que ella ignora y en cambio acepta el que le ofrece la doctora.

—Hoy hubo varias manifestaciones en el centro con sus consecuentes cortes de energía. Nosotros tenemos nuestro propio grupo electrógeno y por eso podemos seguir funcionando. Sofía asiente. Puede adivinar la sala de máquinas: un subsuelo equivalente a todo el perímetro del hospital, con capacidad para unas mil bicicletas y calor agobiante, el piso de goma completamente bañado en transpiración mientras los abundantes pedalean y miran televisión;

con descansos de diez minutos para comer grasa y reponer bebida azucarada. La imagen la estremece y a la vez le da hambre. Respira pausado, exhala y bosteza disimuladamente mientras intenta aquietar su mente y dominar su estómago.

—La ingresamos y la tuvimos que transfundir debido a la cantidad de sangre que perdió. Le hicimos una tomografía y no se ve nada grave, pero hay que esperar y controlarla. Los órganos vitales están bien, no sufrió ninguna herida de gravedad, solo tiene el esguince de la muñeca. Pero la pérdida de sangre fue significativa, por eso le hicimos una transfusión. Usted, ¿qué grupo y factor tiene?

—A positivo.

La doctora asiente y se toma un tiempo antes de continuar.

—¿La puedo ver? —insiste Sofía.

—En cuanto terminemos de conversar. Quiero que hablemos de que, dada la cercanía de su abuela a la terminación de su ciclo vital, no podemos asegurarle otra bolsa de sangre en caso de que resulte necesario, a menos que se reponga la ya utilizada. —La doctora suspira y la mira a los ojos con cierta pena—. Espero que sepa entender.

—¿Usted me quiere decir que si su situación se agrava la van a dejar morir? —Sofía cuestiona con un hilo de voz.

—Eso no es lo que dije.

—Es exactamente lo que dijo: que si llegara a necesitarlo no le van a hacer otra transfusión por la edad que tiene.

—Nuestro banco de sangre es limitado, debemos priorizar el estado de gravedad y la edad de las personas. Si usted se accidentara y fuera cero negativo como su abuela, sería un paciente prioritario. Su abuela lamento decirle que no lo es. Lo lamento. De verdad.

—Yo soy cero negativo. ¿Aceptan dadores directos? —dice Leandro. Sofía se da cuenta de que él nunca se movió de su lado.

Lo mira en silencio mientras la doctora explica que se necesitan dos bolsas de sangre, una por la que se utilizó y otra por requerimientos del hospital y que él podría donar solo una.

—¡No pueden exigir dos bolsas! —Sofía golpea la pared con el puño, Leandro la toma del brazo con fuerza y le pide que se calme.

—Nos cuesta mucho conseguir donantes que tengan el peso requerido —explica con paciencia la doctora.

—Sáquenme más entonces —dice Leandro.

—No es posible hacer eso.

—Entonces que lo que yo done vaya para reponer lo de la paciente y el resto lo conseguimos de otra persona. —Sofía lo mira con rabia, ¿otro donante cero negativo con el peso mínimo requerido dispuesto a venir hasta el hospital? ¿De dónde, Leandro?

—Está bien —dice la doctora—. Le haremos una prueba y, si está en condiciones, le sacaremos sangre para reponer la que usamos para la paciente. También le extraeremos plaquetas y se compromete a conseguir otro donante.

—¿Cuánto tiempo va a estar mi abuela acá?

—No lo sabemos aún. Por la edad que tiene es posible que necesite tiempo para recuperarse. Por ahora necesitamos que quede en observación y ver su evolución, controlar la herida y repetir la TAC.

Se hace un silencio entre los tres. En la pantalla de televisión, imágenes de manifestaciones en diversos lugares de la ciudad: hombres y mujeres de caras gigantes tapados con pañuelos grises agitan carteles que reclaman salarios y comida digna. El *videograph* aclara: "El grupo rebelde de los Abundantes Gravitacionales amenaza con hundir el Congreso de la Soberanía del Cono Sur si no se promulga la ley de alimentación digna".

La doctora Valente sacude la cabeza y se vuelve hacia Sofía.

—Ya que nos pusimos de acuerdo con el curso de acción, puedo autorizar que pase a verla. —Hace un gesto a la enfermera para que la dejen pasar—. Y usted, ¿señor...?

—Leandro Costa Estrada.

—Venga conmigo para realizar la donación. Tenga en cuenta que el proceso dura un poco más de dos horas por la extracción de plaquetas. Puedo darle un certificado para su trabajo.

Sofía mira a Leandro alejarse, respira hondo para abrir la puerta de terapia intensiva cuando suena su teléfono y recuerda que se olvidó de almorzar y llamar a Tatiana.

//

—Hola. ¡Tatiana! —Sofía se agarra la frente y cierra los ojos—. Perdón por no llamarte a la hora en que quedamos.

—Soy Julia, Sofía. Tatiana me informó que te desconectaste después del desayuno y no hablaron para la hora del almuerzo.

—Julia, cómo estás. Mi abuela tuvo un accidente grave, estoy en el hospital a punto de verla —dice Sofía con voz temblorosa.

—Sabés bien que ante todo está el compromiso con nuestra salud y con el planeta.

—Estoy en una emergencia, Julia. Atendí para explicarle esto a Tatiana.

—Te freno en seco con la queja y te propongo que mejor sigamos con la metodología.

Sofía resopla y luego toma aire. No puede arriesgarse en este momento en que tanto necesita mantener un legajo impecable. *Solo quedan unos meses, Sofía,* se dice. Hace una seña a la enfermera de que irá después de terapia. La enfermera le señala los horarios de visita y ella cierra los ojos mientras se acomoda en el sillón para seguir con la mímica ridícula del protocolo comenzando con la infame bienvenida. Si logra cerrar a tiempo podrá ver unos minutos a su abuela.

—Hola, Julia. Hoy estoy preocupada porque mi abuela tuvo un accidente y está en el hospital. Me hago responsable de que no me hice el tiempo para llamar a mi patrocinador y con esto me doy la bienvenida a esta conversación.

—Ignoraste la alarma...

—En realidad, no escuché la alarma porque estaba hablando con la doctora.

—No pongas la responsabilidad en otro. Eso es victimización y ya sabés cuáles son las puertas que abre esa predisposición.

—Ignoré la alarma y fallé en mantener mis compromisos...

—La impecabilidad de tus compromisos —interrumpe Julia.

—La impecabilidad de mis compromisos. Y con esto me doy la bienvenida a esta conversación.

—Bienvenida, Sofía. ¿Qué vas a hacer para reparar el daño?

—Bienvenida, Julia —repite mecánicamente Sofía mientras mira la pantalla donde siguen las imágenes sin volumen acerca de los cortes energéticos por el paro de los abundantes—. Para reparar el daño, me pongo a tu disposición para conversar sobre mi salud. Escucho y te agradezco por estar del otro lado.

—Bien. Detallame, por favor, tus ingestas del día. Tengo la foto del desayuno pero me falta la del almuerzo.

—Es que no almorcé todavía.

—Te estás arriesgando demasiado a tener un atracón en la cena. Debo frenarte ya mismo. ¿Tomaste los supresores?

—Sí. Eso sí. Me dejé la comida en el trabajo.

—¿Y podés volver a tu casa para almorzar?

—Estoy lejos de casa y no anda el transporte. Pensaba comprar algo acá en el hospital. —Sofía piensa en el grupo electrógeno y siente ganas de llorar.

—¿Comprarte algo fuera de tu casa? Sofía… Me preocupa un poco tu situación. Mandame una foto de tus comidas y subí el registro antes de que termine el día.

—Me gustaría que entendieras que estoy en una situación límite con mi abuela. Me dijeron que no le darían otra bolsa de sangre en caso de necesitarlo y quiero asegurarme de que reciba lo que necesita. Por favor, hagamos una excepción. Llevo diez años sin cometer un solo error.

—El compromiso con la salud no tiene excepciones, Sofía. Con las excepciones comienzan las excusas. Y con las excusas se rompen los compromisos. Y aunque tengas diez años de impecabilidad, siempre vas a ser una Abundante Gravitacional en recuperación. Es arrogante que te creas curada y me preocupa. Te pido que hoy vengas a verme.

—Pero mi abuela está grave, solo tengo un ratito más para verla y quiero asegurarme de que reciba la transfusión. Por favor, te pido que lo entiendas.

—Y yo te pido que sigas el protocolo o tendré que llamarte la atención. —Julia hace un silencio, luego suspira.

—Entiendo la situación por la que estás pasando, no soy tan obtusa —otro silencio seguido por un suspiro—. Está bien. Pongo mi granito de arena y amplío mi horario para que puedas venir a verme en cuanto te desocupes. Y quiero ver la foto y registro de tus ingestas. ¿Estás de acuerdo con esto?

—Sí. Gracias, Julia.

—Nos vemos —dice antes de colgar y sin esperar que Sofía se despida como indicaría el protocolo.

//

Sofía entra sin hacer ruido. De un lado, una mujer está sentada al borde de una cama, con la mirada perdida en un bulto inmóvil cubierto con una frazada gris. Detrás de ella ingresa un cura y Sofía corre la cortina. En la cama, su abuela yace con los ojos cerrados, la cabeza vendada y un cabestrillo en el brazo derecho. La ropa es la misma que la que llevaba puesta a la mañana, pero está manchada de sangre y polvo.

—¿Abu? ¿Estás despierta?

María abre los ojos y comienza a llorar, Sofía la abraza fuerte y lloran juntas.

—No quiero que me veas así, Sofi —María se sacude; pregunta qué pasó. Sofía le acaricia la espalda y trata de calmarla.

—Estás bien, abu. Estás bien. No te pasó nada grave. Tranquila.

El párroco corre la cortina y pide permiso para retirarse. Del otro lado, ve que el bulto debajo de la frazada gris es una mujer que habla en voz muy baja con la acompañante. Por las palabras sueltas que sin querer escucha, la mujer-bulto está en sus últimas horas antes de la terminación vital.

Sofía ajusta la cortina lo más que puede, acerca la silla al costado de la cama de María y la toma de la mano en silencio. Del otro lado, susurran frases sobre dinero y comida: que cuánto hay para repartir, qué menú van a elegir para la última comida, que tiene que ser merienda o cena. A quién van a invitar, con quiénes no quieren quedar mal. La conversación se anima cuando hablan de la ropa que se van a poner y la música que elegirán. Parecen entusiasmadas.

—¿Te acordás qué pasó? —pregunta Sofía cuando ambas están más calmadas.

—La verdad es que solo recuerdo estar esperando a que abran las puertas del vagón que no respondían y después me desperté acá.

—Hubo un corte sorpresivo de suministro energético, según vi en el *videograph*. Pero, ¿qué hacías en el tren a esa hora?

—Me mandaron a casa —dice en un susurro—, quieren que tome el Anticipo de Terminación Vital y que no vaya más. Sofi, no quiero ser una carga para vos. —María llora desconsoladamente.

—No sos una carga —Sofía se sube a la cama y abraza a María.

—No podemos seguir viviendo así, ¿qué vida es esta para vos, Sofi? ¿Qué futuro te espera con esta situación?

—Basta, tenés que descansar.

—Estuve pensando en la carta, tal vez sea mejor que la usemos, ¿cómo vamos a hacer si ya no puedo trabajar?

—No pienses en nada de eso ahora. Lo vamos a arreglar. —*No sé cómo, pero lo vamos a arreglar,* agrega para sí.

—Yo ya tuve una vida, Sofi. Viajé, trabajé, estudié lo que me gustaba, elegí lo que quería en cada etapa de mi vida, celebré cada logro, formé una familia, disfruté del arte, de no hacer nada… pero a vos, ¿qué te espera? Ya no soporto verte controlar cada bocado, cada movimiento en tu vida y yo te hice eso; te metí en este plan de recuperar tu NyC creyendo que así te protegía. Pero me da tanta culpa verte así… —Se seca las lágrimas con una de las manos—. Tal vez deberíamos habernos ido de acá hace mucho.

—De qué hablás. Irnos dónde.

—No sé. El planeta no puede ser esto que vivimos y nada más. El mundo que nos niegan es demasiado grande.

—¿Querés irte a vivir al Descampado como bestias salvajes, siempre en peligro? —dice Sofía—. El mundo cambió desde que eras joven.

—No puede haber cambiado tanto. —María respira hondo, se toca la herida.

—¿Te duele?

—Un poco, necesito estar acostada porque me vuelve el mareo.

—No hables entonces.

—No. Tenemos que hablar ahora, antes de que sea demasiado tarde.

—Basta de hablar como si te fueras a morir.

—Siempre me pareció lo más justo que recuperaras los derechos que te arrebataron, que eso te iba a proteger de caer otra vez en ese lugar horrible cuando yo ya no estuviera. Pasaron los años, invertimos tanto esfuerzo, dedicación, vida y dinero en esto, que no tenía sentido volver atrás. Pero hoy me di cuenta: ¿cuál es el sentido de toda una vida dedicada a esta locura? ¿Qué te espera realmente del otro lado?

—NOS espera —remarca Sofía.

—¿Un trabajo mejor pago? Eso está bien. Más espacio, mejor racionamiento, un poco de mejor calidad, pero ¿qué clase de vida? ¿Qué amigos, qué personas, qué valores?

—Abu, ¿tomaste tu dosis de hoy?

—Así es como nos tienen tranquilitos, con dosis. ¿Te conté de Ana, mi amiga de la facultad?

—Shh, ¡abu! —Sofía le hace gestos para que no siga hablando, revisa detrás de la cortina y ve que la compañera de habitación duerme profundo, roncando con la boca abierta. De espaldas, la acompañante habla por teléfono entre susurros, tan compenetrada que no nota a Sofía que se acerca despacio hasta la puerta, revisa que no haya nadie y se asegura de cerrarla bien.

—Hace unos años logró hacerme llegar un mensaje.

—¿La del Descampado? ¿Cómo se contactó con vos? ¿Tenés idea de lo que eso podría habernos causado? —dice casi inaudible.

—Tomé mis recaudos y no pasó nada.

—Cómo hiciste eso. No lo puedo creer —Sofía se lleva la mano a la frente.

—Ves lo que te hicieron estos años de vivir así... Cómo puede ser que te hayas vuelto tan temerosa.

—Probá sobrevivir en un Campo de Recontextualización dos años de tu vida y después contame si no te quedás temerosa.

—No me recuerdes eso, por favor —María se acomoda—, no me lo voy a perdonar nunca.

—No tuviste nada que ver con eso.

—No me voy a perdonar no haber estado cuando te llevaron, no haberte podido sacar antes. De solo pensar en lo que sufriste ahí... Y ahora haberte forzado a vivir esta vida horrible... —Se agarra la herida con la otra mano.

—Basta, no tengo una vida horrible. Te tengo a vos, tengo a Rosa, a Gerónimo...

—No me hables de ese mal hombre.

—Gracias a él tengo trabajo, abu.

—No entiendo que te puede gustar de él...

—Tenés que descansar.

—No, prefiero que hablemos. Hoy lo veo todo clarísimo —dice.

—Abuela, por favor, tenés que tomar la dosis. Llamo a la enfermera. —Sofía aprieta un botón y una enfermera se acerca enseguida.

—Mi abuela me acaba de avisar que no tomó su dosis diaria.

La mujer abre grandes los ojos, busca en su bolsillo y carga una jeringa.

—No, no quiero nada de eso. Sofi, por fav...

—Ya te vas a sentir mejor, abu —dice mientras la enfermera introduce el somnífero y las gotas caen con velocidad.

—La cerradura de la puerta del baño —dice María antes de cerrar los ojos y quedarse dormida.

—Le di una dosis de calmantes suficiente para que descanse mejor.

—Gracias. —Sofía espera a que la enfermera termine de ajustar las sábanas y entornar la puerta al salir. Luego las acomoda como le gusta a su abuela, controla su respiración, le da un beso en la frente y sale de la habitación despacio.

//

*La capacidad de tomar buenas decisiones se reduce a muy pocas al
día*, piensa Sofía. Como si se lo explicara a un público imagina-
rio, continúa su razonamiento y agrega que por eso siempre usa
prendas de gabardina (pesa menos que el jean y, si llueve, se seca
rápido). Colores blanco y negro para blusas, camisetas y abrigos.
Zapatos solo de dos tipos: deportivos y urbanos. No se trata de
una cuestión de optimización de espacio o de comodidad; la simplificación de las decisiones allana el camino para las cosas im-
portantes: estar alerta, elegir siempre la vía más rápida para llegar
donde tiene que ir y no desviarse jamás de su alimentación.

Los días que no tiene que comer son fáciles: supresores de
hambre, mucho líquido fuera de las horas de viaje, si tiene que
tomar transporte; proteína bebible en cantidades predetermina-
das. Nada más. Pero cuando tiene que alimentarse, la cantidad de
variables en juego se multiplican y es fundamental mantenerlas al
mínimo: nada de alimentos que no hayan sido previamente ana-
lizados por el Observatorio Central de Conciencia Alimentaria e
incluido en la lista de alimentos permitidos. Pero desde que los
Abundantes Gravitacionales están al acecho, según dicen, están
interviniendo algunos alimentos para incluirles azúcares y harinas blancas. Leyenda urbana o no, en la sesión del grupo alguien
comentó que no se estaban incluyendo las proporciones diarias
aconsejables de algunos componentes para que no saltaran alar-
mas de que un alimento contenía, por ejemplo, más carbohidratos
de los permitidos por porción.

¿Y ahora qué hacemos, Sofía? En el Establecimiento Autoriza-
do para el Consumo de Suministros del hospital, los alimentos
disponibles son: avena, bizcochuelo proteico de avena, barritas de
avena, postre de avena, panqueques de avena, galletas de avena,
alimento láctico con avena. Aunque Sofía no distinga si tienen o

no sello, cree que deben ser alimentos aprobados por el ObCeCA, ya que son todos a base de avena. Honesta, pura y eficiente, la avena controla los niveles de glucemia y por eso es el alimento de cabecera del ObCeCA.

El único problema es que Sofía no tolera comerla. El *porridge* gomoso era la única comida que le daban en el Campo de Recontextualización. Eso y porciones gelatinosas de avena preparadas con semillas de chía. Jamás pudo superar la tripofobia que le generaron esas imágenes.

Tiene que comer y enviarle las fotos a Julia o va a estar en problemas. Y tiene que comer antes de que se le vaya el efecto del supresor (si es que no se fue a estas horas, tan pasadas ya del mediodía), o las consecuencias de comer sin su antídoto pueden ser graves.

Elige la opción más pasable: algo parecido a un bizcochuelo proteico de avena y unas láminas sabor frutilla. Se le hace agua la boca con las de banana, pero la combinación avena y algo sabor banana es una trampa para principiantes. Revisa el monitor en su muñeca: tiene disponible varios gramos de proteína, carbohidratos y grasas, pero prefiere reservarlos para darse el gusto de un café con leche real. Aunque el tren subterráneo no funcione y seguramente tenga que volver al trote, no corre riesgo de quedarse abajo del transporte por exceso de líquidos.

—¿Para ingerir acá o para llevar? —pregunta el empleado larguirucho que recibe el pedido. Sofía responde que va a quedarse en el lugar—. Tarjeta verde, por favor —dice mientras ubica el bizcochuelo y el café con leche humeante en la bandeja.

Ella le entrega su tarjeta verde, el chico la escanea y asiente al comprobar su legalidad para comer lo que le acaba de pedir.

—Que le beneficie la salud —dice y Sofía asiente a modo de agradecimiento.

Elige una mesa cerca de la ventana; el aroma a café la reconforta y le despierta el apetito. El estómago le cruje con dolor y tiene muchísima sed. Cierra los ojos, posa con disimulo las manos en la boca del estómago para hacer sus respiraciones y bajar el nivel de su voracidad. Toma una foto del plato y se la envía a Julia que responde "bien por la elección", seguido por la letra y audio de la "Marcha de la Fuerza" y gifs varios de "tú puedes, eres genial, aquí estoy si me necesitas, y cada día es una oportunidad". Sofía responde con un lacónico *gracias* y mira si hay más mensajes. El grupo de Mantenimiento y Control al que Julia la sumó sin consultarle envía frases positivas con fotos de amaneceres y mares calmos. Algunos de sus compañeros de trabajo preguntan por su abuela; Rosa le manda un video de un concurso de abundantes que compiten por quién exhibe el pene más pequeño. Debería llamarla, pero sabe que se tomaría un VNT para ir al hospital y prefiere estar sola.

Ningún mensaje de Gerónimo. ¿Debería enviarle uno contándole cómo están las cosas y avisarle que hoy no va a volver al depósito? Después de todo es su jefe. Nunca podrá distinguir qué actitud es la correcta; debería existir algún protocolo a seguir como con la comida. Todo lo que uno no sabe manejar debería seguir un protocolo. Decide que ante la duda y el impulso, le conviene abstenerse, aunque se muere de ganas de hablar con él. *Basta, Sofía*, se dice. *Tenés demasiado en qué pensar. Ahora, a comer y después, con el estómago lleno y carbohidratos en el cerebro, podrás acercarte a tus decisiones que son muchas y no son fáciles como, por ejemplo, de qué van a vivir si María ya no puede seguir trabajando, ¿cómo vas a pagar el alquiler si no te depositan en fecha?*

La asaltan pensamientos inculcados sobre la alimentación: *¿De qué realmente necesitás nutrirte, Sofía? La comida es mi fuente de renovación, ingredientes que me brindan la energía que necesito. El sabor* *es solo una excusa y un exceso de estímulo. Mi bienestar no depende de mis papilas gustativas sino de todo mi cuerpo.* Mira el plato y cuenta hasta veinte. Ignora el dolor en la boca del estómago. *Mala idea la del café, demasiado estimulante en su aroma y sabor. Primer dato: visual. ¿Cómo es este bizcochuelo, qué color tiene, qué textura? No pienses en adjetivos ni en la satisfacción que creés que te dará: solo observalo. Segunda etapa: aroma. ¿A qué huele? ¿Tiene esencia de vainilla? Y el café, ¿podés distinguir el aroma de la leche o solo se siente el del café? Ahora sí, tomá una porción. Tenés que hacerlo sin la distancia que proporciona el uso de cubiertos, pero vos podés. ¿Qué temperatura tiene? ¿Es esponjoso? Lo acercás a la boca, contás hasta veinte y mordés el bocado más chiquito que puedas. ¿Hace ruido al masticarlo? Tercero, el sabor: no lo juzgues, no pienses si está rico. Solo concentrate en el sabor, ¿es dulce? Masticalo bien antes de tragar. Contá hasta veinte. Ahora tomate el café.*

Lentamente, Sofía logra comer su almuerzo mientras piensa en las palabras de su abuela y, antes de darse cuenta, termina todo el bizcochuelo. Desorientada y con ganas de más, se acerca a la caja.

—Hola, disculpame —dice con suavidad. El chico deja de acomodar las bandejas y la escucha con una sonrisa—. Me parece que no… que no estaba en buen estado el bizcochuelo… —Sofía mira hacia abajo para esconder la mentira—. Un poco verde, ¿hongos quizás?

El chico se pone rojo de vergüenza: —Mil disculpas, ¿tenés el producto?

—Ehhh… lo tiré.

—No puedo devolverte el dinero si no tengo la mercadería —le dice con gravedad.

—No, no… Está bien, está bien. ¿Tendrás otro en buen estado, entonces? —dice en voz muy baja.

—Por temas de inventario, me es imposible darle otro a menos que reciba el que está en mal estado. Pero puede adquirir otro.

—No, está bien —dice Sofía. La tarjeta verde no admitiría otra ración.

Le da las gracias y mira la hora, debería regresar al trabajo, pero le tomaría demasiado tiempo llegar a pie y después tener que volver para estar a horario en la reunión extra del grupo. Decide avisarle a Gerónimo que se tomará el resto del día y comienza a caminar sin prisa fuera del hospital.

05.

—Me hago lío con los hidratos y proteínas. No sé cuál es cuál.

—A esta altura eso es inaceptable, Luz; pero te la dejamos pasar porque hoy tengo un buen día —sonríe Julia—. Sigamos con las dudas.

—¿Se pueden ingerir galletas de algas? —pregunta una mujer bastante mayor que hasta hace unos segundos dormía con la cabeza hundida en su propio escote.

Julia dice que sí y la mujer vuelve a dormirse con la cabeza colgando; luego de unos segundos, la vuelve a levantar para respirar y pregunta otra vez lo mismo.

—Hace cuarenta años que peleo contra mi cuerpo rebelde y acá estoy, nunca me doy por vencida.

—Y lo bien que hacés, Cecilia; entre todas las que estamos acá… ¡Somos todas mujeres hoy! No me había dado cuenta —Julia sonríe—. Bueno, entre todas y comparando los pesos máximos y los de hoy, pesamos casi como una persona menos. Logramos ser una persona menos para el planeta —dice, y todas aplauden.

—Yo, cuando enciendo la televisión y muestran a los abundantes, no puedo creer el potencial de horror que puede alcanzar la forma del cuerpo humano. ¿Vieron las últimas noticias?

—Concentrémonos en el aquí y ahora —corta Julia—. Sofía, ¿estás bien? Te noto muy callada. Muy seria.

—Sí, todo bien —dice, luego, con disimulo revisa su teléfono, no hay respuesta de Gerónimo. Tampoco sabe nada de Rosa, que parece haber desconectado su teléfono o se olvidó de cargarlo, para variar. Solo un mensaje de Leandro que le avisa que ya terminó con la donación.

—Bueno, cuando te sientas más libre de tus propios pensamientos, me encantaría que participes de esta reunión. Creo que te puede venir muy bien —dice y asiente con la cabeza—. Para las que no saben, Sofía hoy viene a una sesión extra porque está un poquito vulnerable.

El resto del grupo la mira y Sofía les regala una mueca a modo de sonrisa y se acomoda en la silla; Julia se pone de pie y hace un trote suave en el lugar, mira su reloj y pide que sigan con la reunión mientras ella equilibra sus números.

—Sigo yo —dice una que, según su identificación, se llama Miriam—. Antes de recuperar mi ser, tenía todo tipo de dolencias; especialmente en la cintura. Ni levantarme podía, tenía que ir en cuatro patas, ponerme de espaldas a la ventana por donde entraba el sol, me levantaba el camisón para que el calor me dé de lleno en el ciático y rezaba durante treinta minutos. Después me iba a la ducha y recién ahí podía ponerme de pie para bañarme con agua hirviendo y caminar como un ser digno —respira hondo y hace una pausa—. Me compadezco de mí misma por esos años, y por eso hoy me premio con la adherencia a la salud a través de una nueva mentalidad.

—¡Bravísimo, Miriam! Excelente tu testimonio. ¿Quién más?

—Yo —levanta la mano una mujer rubia, sentada al lado de la que duerme con la cabeza en el escote—. Me doy cuenta de que solía poner ilusión y buscar alegría en la comida.

—Comida no, "comestibles" —corrige Julia mientras trota en su lugar.

—Pero me di cuenta de que eso era fijar un mecanismo de acercamiento a los comestibles que me iba a llevar a buscar más. ¿La alegría no debería estar en otra parte y dejar el consumo de raciones solo para cubrir mis necesidades básicas? Así que la búsqueda pasó por lograr una sistematización y así no pensar nunca más en las ingestas; copiar la mímica de la alimentación y hacer siempre lo mismo para liberar mi cabeza, y desde que lo hice, dejé de soñar con ingredientes —termina.

—Los perros sueñan con comida —interviene Julia—, comen y comen porque no tienen criterio. ¿Ese es el mejor amigo de la humanidad? Cada uno y cada cosa en su lugar. El exceso nos hace estúpidos, nos distrae de los pensamientos. Un perro, vaya y pase, ¿qué cosa puede pensar un perro? Pero un ser del bien no puede darse el lujo de perder su poder ante cosas inanimadas servidas en un plato.

—El ayuno me hace poderosa —dice Miriam.

—¡Exacto! —exclama Julia que vuelve a trotar despacio en el lugar—. La disciplina, el control no nos hacen más sumisos, como nos quieren hacer creer los indisciplinados de la televisión. Por el contrario, el autocontrol nos libera de la dependencia. Y a veces no hace falta tener un cuerpo desobediente para ser un abundante. La salud empieza acá —se señala la sien—, y a veces hay casos en que no se evidencia en la ruptura del patrón corporal.

—Hay abundantes mentales —interviene la que dormía en su escote—, pero a esos no los podés denunciar porque no hay pruebas.

—Tarde o temprano esos caen también —dice Luz.

—Volvamos a enfocarnos en el aquí y ahora. Dejemos de lado lo que pasa en otros lugares. Acá estamos del lado de la solución y no del problema.

—Yo no quiero volver nunca más a eso —dice la rubia con voz quebrada—. Nunca más.

—Pensemos en positivo y hablemos en afirmativo —corrige Julia—. De lo contrario, atraés las malas emociones que flotan en el aire, entran en tu sistema y se convierten en pensamientos negativos que pueden llevarte por el mal camino —dice y apaga el reloj antes de tomar asiento—. Cuando eso sucede, lo mejor es tomar un vaso de agua con unas gotas de alcohol.

—¿Etílico?

—Al 70 por ciento o más. El que tengas a mano.

—Pero ¡eso hace mal! —exclama Sofía.

—Lo que hace mal es pensar mal y cuando te posee la negatividad hay que cortarla de plano o te pudre la voluntad.

—Me pasó una vez —dice Rocío que levanta la mano—. Me tuvieron que contener físicamente porque me quise tirar encima de unos ingredientes durante una Terminación.

—Es que la biología humana es asombrosa —agrega Julia—. El hambre es un mecanismo del sistema nervioso que hace que no nos olvidemos de comer y así podamos sobrevivir. Y el placer también sirvió de guía como un mecanismo regulador frente a un entorno natural incierto. El problema es que esos mecanismos empezaron a usarse mal y llegamos a lo que ya sabemos. Hoy no existe en el mundo alguien que pueda morir de inanición. Superamos plagas y desastres climáticos, y gracias a nuestros líderes, nadie jamás morirá por falta de alimentos. Nuestro desafío es reeducar siglos de cerebro primitivo. Y en eso estamos los que todavía tenemos el potencial de mejorar. Otros... Bueno, otros ocupan otro lugar en la sociedad.

—Esos no tienen remedio, y para mí son traidores planetarios —dice Miriam—. Deben agradecer el estar vivos.

—Esa gente merece menos de lo que tiene —asiente Luz—. Yo me acuerdo lo que era no poder pasarme la mano para limpiarme después de ir al baño; tenía que torcerme de maneras que no podría siquiera graficar. Y los baños me resultaban tan minúsculos que, una vez, intentando una de mis maniobras habituales me resbalé, me golpeé contra el lavatorio y quedé desmayada en el piso. Me encontraron sucia y despatarrada; mi familia me denunció y les estoy agradecida por eso.

—¿Agradecida a tu familia por enviarte a un CR? —pregunta Sofía.

—Absolutamente. Cada día de sufrimiento me acercó al bienestar.

—Hay que ingerir lo que la biología de tu cuerpo necesita, no lo que tu cabeza supone que querés —dice Julia—. El deseo y la búsqueda de placer son ideas que solo llevan al desequilibrio. Transitar el camino del medio, el de la moderación, no es fácil. Créanme que lo sé —suspira—. Nos tambaleamos al recorrerlo, pero cada vez que perdemos el equilibrio, la práctica de la atención pura nos ayuda a rectificar nuestra dirección.

—A mí me parece que lo que Sofía no entiende es que los alimentos son un remedio, que nos permiten sobrevivir y nada más —dice Luz.

—¿De dónde sacaste lo que yo entiendo o no entiendo? —Sofía se pone de pie.

—Muy buena tu observación, Luz. Sofía —Julia levanta un brazo para frenarla—, tomá asiento, por favor, y abrí los oídos a las buenas intervenciones que te quiere regalar tu compañera —hace una pausa hasta que Sofía vuelve a sentarse—. Los alimentos son remedios para garantizar nuestro funcionamiento metabólico. Solo eso. ¿Sabían que los sabores y las hierbas prohibidas se utilizaron para disfrazar los alimentos que estaban en mal estado? La sal, por ejemplo, se empezó a usar cuando no había heladeras. El problema es que la sal y las especias nos abren las papilas gustativas, la boca, las fauces… Son puertas de entrada sin salida —dice y hace una pausa dramática.

—Yo no quiero que el planeta se salga de órbita —dice Luz dirigiéndose a Sofía—. Así que los postulados son LEY para mí —

remarca—; les debo la vida y estoy dispuesta a todo para defenderlos, y estoy agradecida al CR. El sacrificio solo fue parte de lograr un bienestar mayor para la humanidad. Solo lamento que no haya otras fuentes de energía y tengamos que seguir sosteniendo abundantes, que encima tienen exigencias y pretensiones.

—No hablemos de política; es un pedido y también una advertencia —exige Julia.

Sofía hace un esfuerzo por contenerse y no decir nada más. Como revancha, se imagina a Luz excedida, aletargada y sin dientes por la bebida azucarada, tal vez con algún hueso roto por quedarse sin calcio, pedaleando las últimas bocanadas de vitalidad antes de que algún Controlador la empuje a la zanja y la deje allí a esperar el final.

—Bien, sigamos, que ya estamos por terminar —dice Julia, y les pide que se pongan de pie para la oración de cierre.

06.

A la salida del grupo, las calles están amarillentas y lánguidas. Una marea de gente arrastra los pies de regreso a sus casas y el cielo está atestado de drones y VNTs. En los parlantes de las calles dan las noticias oficiales del corte: "Por cuestiones ajenas a nuestra posibilidad, el transporte público se encuentra fuera de servicio. El alumbrado estará vigente hasta las veintitrés horas y después se establecerá toque de queda".

Por lo frágil de las luces de la calle, Sofía estima que el grupo electrógeno no llegará a pedalear hasta las once de la noche y, si las negociaciones con los Abundantes Gravitacionales no prosperan, mañana tampoco habrá luz. Y aunque lo minimicen en las noticias, Sofía sabe que el corte fue muy grande.

—Anunciaron que nadie se puede quedar de acompañante, ni siquiera en el piso ni sentados en sillas. Sacaron a todos de las salas de espera, pasillos, cafetería, escuché decir a la enfermera —detalla su abuela por teléfono.

—¿Te sentís bien, abu?

—Mareada, pero bien. Escuchá, solo dejan que se quede un integrante por familia en casos pediátricos, pero de esos imaginate que ni hay. Y en la guardia, atienden solo casos de gravedad. Despejaron todo el sanatorio para que nadie aproveche que acá hay luz, así que debe ser grave. Juntá toda el agua que puedas, Sofi —le indicó antes de colgar.

Al menos con el cierre de puertas del hospital no la presionarán con el donativo de la segunda bolsa de sangre. Leandro cumplió con lo que había prometido y apenas terminó su extracción de sangre y plaquetas le escribió dos veces; la segunda, para verse y conversar. No le respondió; salvarle la vida a su abuela es lo mínimo que podía hacer por ambas.

El peregrinar es lento y desesperante; Sofía se detiene cada diez pasos, los carriles de velocidad rápida están igual de embotellados como los habilitados para los de movilidad reducida. Respira hondo, evita pensar en su bicicleta y mira a la gente a su alrededor: parecen muñecos de cera avanzando con la mirada perdida. A su izquierda, una chica proyecta la pantalla de su teléfono con mucho disimulo y la luminosidad al mínimo para navegar mientras camina. Sofía hace un cálculo mental de la multa que le cobrarían si la descubren. O cuánto tiempo aguantaría el pedaleo antes de caer desmayada, después de borrarle la memoria del teléfono y hacer circular las fotos más avergonzantes que encuentren o que le sacarían ellos mismos.

Pero mejor es no meterse en donde no la llaman; se aleja lo más posible de la chica del teléfono mientras trata de recordar cómo era vivir en una ciudad con avenidas y veredas; ahora todas son calles, bocas de trenes subterráneos, ciclovías y correvías, y las veredas que quedan son para los Controladores que monitorean el ritmo de las calles y los infractores que deben pedalear su mala conducta vial.

Alrededor, las velas en las ventanas de las casas alumbran un poco; algunos pedalean para mirar algo de televisión y ese reflejo intermitente se suma a la luz blanca de los drones que atraviesan el cielo como rayos de tormenta. Pero es como avanzar a tientas; la luz tenue apenas si llega a iluminar el camino; como en una ruta en la noche, solo se puede ver lo que alumbran los faros del auto. La sensación de una ruta despejada y vacía; el sonido de la velocidad colándose por ese huequito de la ventana por donde entraba el aire fresco y perfumado del día que hacía crecer los campos de soja y trigo, girasoles robóticos y desmesurados, apuntando obedientes al sol. El horizonte en movimiento y las nubes gorditas secándose en el cielo siempre azul y brillante. Quién transitará esas rutas vacías hoy, además de los camiones que transportan el suero de maíz y los alimentos disecados. Por momentos, le resulta inverosímil creer que se necesitan tantas hectáreas para fabricar alimentos optimizados para "solucionar el desafío poblacional creciente". Por qué ya no se puede transitar por esas rutas en las que, según recuerda, en muchas no había nada más que vacas y ovejas, y por momentos solo campo.

Respira pausado para combatir el callejón sin salida que empieza a crecer en su mente. Trata de convencerse: avanzan lento, pero avanzan. Respira hondo una vez más. A los costados, algunos caminan con las manos extendidas para no chocarse con los de delante y parecen zombis. *Pero avanzan, Sofía. Tranquila. Pensá en otra cosa.*

Se concentra entonces en el baño caliente que tomará antes de irse a dormir. Primero deberá pedalear un poco para dejar el teléfono cargado por si llama su abuela y reportarse con Julia después de comer, luego podrá desconectarse y dormir. No cree que le queden fuerzas suficientes para mirar sus canales favoritos; justo hoy que vio que Adela Sendra ya subió el video de cómo usar cajones de los *freezers* de la Otra Época para almacenar objetos que no se usan a diario. No conoce a nadie que tenga el espacio suficiente como para tener un *freezer* de más, a menos que, claro, sea un NyC. Da igual; Adela es magnética y creativa y la podría mirar por horas. Cuando al fin logre su NyC, Sofía también abrirá un canal de organización como Adela, creará contenidos inspiradores, tendrá sponsors, seguidores, más velocidad de conexión, clientes…

Influirá sobre lo que hay que comprar para tener una vida ordenada y feliz.

Se tiene fe porque posibilidades hay. Según leyó, dada la cantidad de gente que sobra para cada puesto de trabajo, el gobierno piensa crear un ministerio de aliento para emprendedores donde den capacitación y préstamos. Por su edad y buena conducta alimentaria no tendrá ningún problema en conseguir ambas cosas. Suspira, solo unos meses más de esta vida. Después de recuperar su NyC será libre de irse al otro lado del puente a probar suerte. No más grupos a menos que caiga en *probation* como Rosa –algo que no sucederá jamás–, no más impuestos demenciales, no más ayunos, no más pieza en lugar de casa, ni calles atestadas, ni cortes de luz, ni Agentes de Movilidad. Solo libertad para ella y su abuela. Una vez que compren la extensión vital, podrán disfrutar por fin de lo que tendría que haber sido normal en la vida de ambas. Solo hay que aguantar unos meses más.

—¡Muévanse que esto no es una peregrinación religiosa! —grita uno de los Controladores a la vez que pita el silbato antes de apartar a una chica que se detuvo para rascarse la pierna.

—Y usted, señora, camine en línea recta que no está jugando en el bosque. Vamos, ritmo, ritmo, ritmo. —Aplaude marcando un compás y, de a poco, lo sigue el resto de los Controladores en las veredas.

En menos de un minuto los altoparlantes anuncian a los transeúntes que se preparen para un *flash dance mov*; una mezcla de timbales, tambores, bongós y cajones peruanos comienza a marcar el paso. Un dron abre una pantalla en el cielo y proyecta la imagen de un Controlador punteando una coreografía de pasos para ayudar a arriar la masa fuera de las calles de manera eficiente, antes de que los grupos electrógenos caigan agotados y no quede más luz.

—¡Eeesa! Un, dos, tres, un pasito pa'lante… Un, dos tres, no des ni un pasito pa'trás.

En la pantalla, un Agente de Movilidad grita enérgico, aplaude y se mueve en el lugar para guiar los pasos a repetir. Sube el volumen y de a poco la marea sincroniza el ritmo.

Sofía lo sigue con soltura y alivio. A su alrededor, algunos hasta sonríen un poco y agregan leves movimientos de hombros o caderas, y pequeños saltitos como si estuvieran bailando una coreografía en una playa de la Otra Época, para divertirse después de una tarde quieta de sol y mar, y no arriándolos como ganado para movilizar a la masa fuera de las calles.

—Vamos... costado, costado, costado. Una pierna, la otra, piso, piso. Aplaudo. Sigo. A-ho-ra-dia-go-nal. Un paso, va. Otro paso, va. EN LÍNEA RECTA COMO CORRESPONDE. IMAGINEN UNA PUERTA DELANTE DE USTEDES —grita en el micrófono y acopla en el altoparlante.

La percusión se acelera, algunos levantan las manos y cierran los ojos. Los que están en trance avanzan a mayor velocidad que el resto y Sofía aprovecha los huecos. Delante de ella, una abuela con bastón y mochila se detiene para tomar aire. La que hace un rato leía en el teléfono choca contra el bastón y cae encima de otra, terriblemente huesuda, se desploma contra el asfalto sin llegar a frenar con las manos.

La danza masiva avanza igual y deja paso a los Controladores que pitan mientras patinan hasta donde están las caídas. Sofía se apura a seguir a la *rave* del costado, pero es interceptada por uno de los Controladores.

—Usted, señorita, alto ahí —le dice el Controlador mientras frena con el taco uno de sus patines, luego se agacha para levantar del piso a la escuálida, la chica del teléfono y la señora del bastón.

—Abuela, usted tiene que ir por el carril de prioridad lenta, ¿qué hace con un bastón en plena muchedumbre? —grita un Controlador mientras con una linterna de luz blanca demencial alumbra el rostro de la pobre anciana y el otro la acompaña hasta el carril que le corresponde.

La chica del teléfono llora porque alguien la pisó y la estampada contra el piso apenas mueve los párpados.

—Un VNT. Necesitamos un VNT de urgencia en la intersección de Palo Alto y Díaz de Obligado —dice a la radio que tiene en el hombro y desde donde le llega una respuesta de palabras entrecortadas—. Señorita, usted, diga su nombre y apellido y cuéntenos qué pasó —dice otro mientras empuja a los roedores de Hammelin hipnotizados por la percusión que avanza inalterada.

—Sofía Martínez Castro. No sé qué pasó, yo estaba avanzando a ritmo. —Sofía le muestra las cifras del pulsómetro en su muñeca; el Controlador aleja el pulsómetro con un gesto de la mano, sonríe y le dice que está bien. Ella se queda tiesa y desorientada; es la primera vez que uno de ellos no quiere intimidarla.

—Mirá, Hernán, acá está el problema: ésta andaba mirando el teléfono, se tropezó y se llevó puesta a la chica esqueleto que todavía no reacciona —dice su compañero mientras repite el llamado al VNT.

—No aprenden más, eh. No entienden que mirar el teléfono en plena calle estorba al resto y no les importa. Llevala al costado. Y vos, vení conmigo.

—Pero yo estaba a tiempo con la coreografía —insiste Sofía.

—Vení conmigo.

Petrificada, avanza despacio, evitando a la muchedumbre que sigue el compás de los tambores. Repasa opciones posibles respecto de lo que sucederá apenas lleguen a la vereda: que le hagan test de abundancia para saber si tiene sustancias en el cuerpo, que la cacheen y revisen si tiene comida, que le hagan un control de pulsómetro e índice de masa corporal; o que solo tengan ganas de molestarla un rato, la hagan beber un litro de bebida azucarada sin pausa para respirar ni eructar, la pesen, sobrepase el límite y la hagan pedalear hasta que la transpiración y el pis le reduzcan los gramos de más. Lo último no está dentro de las posibilidades, porque para eso siempre procura estar debajo del peso de lo que indica la Tabla Oficial de Pesos y Medidas. Lo demás, tampoco, tiene los papeles en regla, no porta sustancias en ningún formato ni carga comida. Se tranquiliza en parte, pero no del todo. Con los Controladores nunca se sabe cuándo pueden cambiar las reglas de juego.

Ya en la vereda, el Controlador comenta a un colega lo sucedido entre la muchedumbre; en la placa dice Controlador Hernán Cavana. El apellido le suena de alguna parte, pero no recuerda de dónde, y esa sonrisa no la olvidaría tan fácilmente: tiene la dentadura de un NyC, potente, derecha y brillante. Como la cotidianeidad de quien no tiene de qué preocuparse.

Varios minutos después, el Controlador Cavana le pide identificación. Sofía le da su documento, él lo sostiene sin mirarlo.

—Hola, Sofía. ¿No me reconocés? Soy tu vecino.

Sofía asiente, ahora recuerda que el nombre lo había leído en las expensas; uno de los pocos propietarios de la conejera donde viven. De haberse metido a ser Controladora ella también tendría acceso a un crédito y estabilidad laboral como para pagarlo. Pero volver al Campo de Recontextualización, aunque fuera del otro lado del mostrador, hubiera implicado seguir años ahí, tener que reírse cuando los abundantes vomitaran por exceso de actividad física y bebida azucarada, obligarlos a no dormir y tenerlos con las luces prendidas para que produjeran energía sin parar como gallinas en proceso de engorde, pero al revés.

"Se gana bien porque ver abundantes vomitar y transpirar está nomenclado como trabajo insalubre", le había dicho su orientadora vocacional cuando tuvo que insertarse en el mercado de trabajo después de rendir sus estudios de manera libre y elegir, sin demasiada convicción, la única carrera gratuita que consiguió. Aunque fue sin pensar y obligada por su abuela, tuvo suerte y el estudio se convirtió en un refugio donde sanarse. María trabajó por ambas para que ella se dedicara a estudiar bien y, en retrospectiva, esos años fueron bastante buenos. No felices, pero tampoco malos.

Ser Controladora era la opción mejor paga y con mejores beneficios que, según puede ver ahora en su vecino, les hubiera evitado sufrir cada mes para pagar el cuartucho en el que viven. Pero trabajar solo por dinero era una opción aún más pobre que toda la vida a la cual estaba destinada después del Campo de Recontextualización. Eligió lo más parecido a lo que le gustaba: ordenar el caos sin que la molesten. Ver un ambiente despejado le da paz mental; la tarea de organizarlo ordena su cabeza y hacerlo en soledad le evita tener que lidiar con la miseria humana.

La orientadora era de pocas palabras, pero por alguna razón quiso ayudarla. O la habrá visto demasiado ágil y eso la llevó a conectar ideas, por eso la recomendó a la Agencia. Quién sabe.

Se queda en silencio esperando a que su vecino Controlador la autorice a hablar. Alrededor, la luz parpadea nerviosa. El teléfono vibra en su muñeca y el corazón late de entusiasmo al pensar que tal vez sea Gerónimo, que la llama para decirle que está libre esa noche. Justo hoy que tiene el departamento para ella sola tal vez pueda hacer realidad el sueño de dormir abrazada a él y se entusiasma de solo imaginar las cosas que le haría. Se sacude la idea para evitar tener que explicar su sonrisa involuntaria.

—Parece que te están llamando —dice y señala la luz en el brazo de Sofía—. Atendé si querés. —Ella niega con la cabeza; jamás se arriesgaría a caer en una trampa semejante. Atender un teléfono en la calle, delante de un Controlador y en plena movilización de emergencia. No, gracias. Pronto el teléfono deja de vibrar. Si era Gerónimo o no lo averiguará después.

—Supe lo de tu abuela —dice en voz baja mientras sostiene el documento como si estuviera realizando un control de identidad—. Me llamaron del hospital para confirmar, como representante del consorcio, si el domicilio era correcto y saber si había alguna deuda para autorizar la atención médica —aclara en respuesta al ceño fruncido de Sofía.

Siente la adrenalina preparando cada músculo de su cuerpo; hacia dónde va esa conversación es imposible de adivinar. Respira profundo, en guardia para responder con lo que sea que venga a plantearle.

—¿Cómo está ella ahora?

—Estable —responde Sofía casi en un murmullo.

—Lo que necesites, avisame —dice y le devuelve los documentos que no había mirado.

Sofía los ubica en su bolsillo y con la mirada en la vereda aguarda que la autorice a seguir la marcha.

—¿Vas para tu casa? —Sofía no responde. ¿A ella le pregunta?

Hernán le toca el hombro con suavidad: —¿Vas para tu casa? —repite—. Yo ya terminé mi turno y si querés te llevo en el VNT. La peregrinación va a durar horas.

Sofía continúa sin reacción, sin saber qué debería contestar. ¿Dejan llevar civiles a sus casas en VNT de Control Urbano?

—Vamos, no te quedes ahí parada, que nos van a multar a los dos si estorbamos el paso.

Obedece y caminan hasta el vehículo; él le abre la puerta con un gesto casi burlón de caballerosidad; dentro, su compañero no se sorprende ni tampoco la saluda.

—Vamos, subí.

Pronto el suelo vibra. Sofía lo mira asustada, ¿un terremoto?

—Apurate que los abundantes están saltando y nos vamos a quedar sin luz. Subí.

Ella entra, cierra la puerta y el compañero de Hernán despega a toda velocidad.

//

Ya no queda luz. Sofía espera a que Hernán descienda también y juntos entran en el edificio. Usan la linterna de él para bajar la escalera con cuidado.

La calle debe ser un caos horrible; ya sin luz es muy probable que empiecen los disturbios y siente un profundo alivio de que su abuela esté en el sanatorio y ella ahora en su casa. Pero si la situación está tan tensa, ¿su vecino no debería haberse quedado a prestar servicio?

—Es muy probable que haya disturbios, pero como estuve de guardia treinta y seis horas antes de ayer y hoy trabajé doble turno no me van a llamar —dice como si le hubiera leído la mente—. ¿Tenés hambre? En casa tengo una pasta de claras de huevo —dice mientras baja los peldaños—. Las compré en un Deli cuando fui a visitar a un amigo NyC y están muy bien de sabor. Hay que ponerles algo de creatividad, pero se dejan comer.

Sofía, unos escalones más arriba, se queda en silencio.

Después de algunos segundos, dice:

—Yo no puedo comer eso.

—¿Por qué no podés? —Hernán se da vuelta para mirarla y la alumbra con la linterna. Tiene el ceño fruncido y después de algunos segundos sonríe.

—Así que sos una regenerada —dice—. Mirá qué sorpresa. No se te nota —agrega mientras mueve el haz de luz de arriba hacia abajo para observarla de cuerpo entero.

—Recontextualizada —corrige—. Lo dice en mi documento.

—Ni me fijé, la verdad. Vamos, bajemos que tengo ganas de llegar a casa. —Baja despacio los escalones y vuelve a hablar de la pasta hecha con claras de huevo.

—Pero yo creo que no deberías tener problema de comerlas, son por y para NyC; no tienen ninguna sustancia extraña, que yo sepa —se detiene de golpe después de decir esto—, me parece que estamos solos en el edificio. No se escucha ni un ruido.

Sofía también cae en la cuenta de que es muy probable que no haya nadie y de que al lado de su habitación vive un Controlador Urbano. Tal vez debería llamar a Rosa para que vaya a dormir con ella, si es que se digna a atenderla de una buena vez. Pero no debe haber VNTs para pasajeros. ¿Y si llamara a Tatiana y le dijera que necesita que la esponsoree esta noche? Tiene la razón perfecta para pedir ayuda, pero descarta la idea enseguida: Julia no la dejaría tranquila nunca más.

Respira hondo y baja hasta que llegan ante sus puertas.

—Gracias, oficial, por la ayuda —dice Sofía.

—Me llamo Hernán y ya tenemos confianza, me viste varias veces acá en el palier, en calzoncillos y pantuflas, yendo a tirar el reciclado —ríe.

—No tenía idea de que eras un Controlador.

—No somos tan malos. Tenemos mala fama nomás.

Sofía se contiene para no decir las palabras que desearía contestarle. Piensa en la carta de terminación vital de su abuela, ¿en el edificio estarán al tanto?

—Gracias por traerme. Espero que descanses después de tantas horas de guardia —dice mientras con mano temblorosa pulsa el código de su puerta.

—¿De verdad no querés hacerme un rato de compañía? —Hernán, detrás, juega con el haz de luz mientras repite la invitación.

—Otro día, ¿puede ser? —responde concentrada en acertar el código de su puerta mientras el haz de luz de la linterna de su vecino juguetea a su alrededor—. Estoy extenuada. Voy a cargar el teléfono y eso es todo lo que puedo hacer hoy.

—Tengo un tomacorriente, si querés —susurra Hernán. Sofía se detiene en seco—. Te lo presto, está conectado a la electricidad central, tu teléfono se va a cargar rapidísimo. O ver tele, o no estar a oscuras. Para qué somos vecinos si no es para ayudarnos un poco.

A Sofía no le gusta tanto el cariz de la conversación, pero la idea de no tener que pedalear para cargar la batería es demasiado tentadora.

—No hace falta que entres a mi casa si no querés, desarmo uno de los enchufes y pasamos un cable.

Sofía se queda en silencio mientras hace un cálculo mental de los riesgos de aceptar el ofrecimiento de que un Controlador, de la manera que sea, tenga acceso a la electricidad central que se usa exclusivamente para la producción de alimentos y las necesidades burocráticas, como Defensa y Telecomunicaciones del gobierno; sin dudas, es un delito grave. Que ella haga uso de eso también la implicaría en caso de que se descubriera, pero no es ella la de la conexión principal. Si solo usan un cable que se desconecta será imposible rastrear que haya hecho alguna vez usufructo de un servicio de bien común. Lo único que podría delatarla es que otro vecino viera un cable desde el palier, pero si con desarmar un enchufe o hacer un agujero en la pared alcanza para pasar un cable, entonces no habría de qué preocuparse. Por lo tanto, no cree que haya riesgos en aceptar el ofrecimiento, excepto por tener cualquier vínculo con un Controlador, que además es miembro del consorcio. ¿O podría ser ventajoso en caso de retrasarse con el alquiler con esto de la internación de su abuela?

Mientras evalúa las opciones, Sofía abre la puerta de su casa; Hernán alumbra con su linterna desde el descanso.

—¿Ves algún tomacorriente cerca de la pared que da a la mía? Sofía hace una pausa, asiente en silencio y, ya dentro, observa a su alrededor para intentar ubicar el plano de su vecino –que seguramente será un espejo del suyo– y en dos pasos está frente al guardarropa.

—Me parece que la pared que compartimos es esta —dice Sofía con un nudo en la garganta, ¿de verdad va a acceder a esta idea? ¿Qué opinaría su abuela?

—¿Puedo pasar? —pregunta Hernán desde el descanso. Sofía se queda callada mientras evalúa qué objeto cortante tiene a mano en caso de necesitar defenderse de un desconocido mientras su vecino, aprovecha el momento para entrar y abrir el guardarropa sin pedir permiso.

—Qué ordenado que está esto. Deberías ayudarme con el mío —dice sonriendo, mientras alumbra de arriba abajo y en los costados las posibilidades del espacio—. Acá —señala con el haz de luz—, si hago un agujero acá, pasamos el cable prolongador para que lo enchufes a mi tomacorriente y listo.

—¿Y cómo hacemos un agujero sin luz?

—Estas paredes de cartón no necesitan de herramientas neumáticas —ríe, da un golpe seco y resquebraja la pared del costado.

Sofía ahoga un grito al ver una porción de pared hundida en el lugar donde su vecino dio el puñetazo. Hernán, al ver la expresión de Sofía, da golpecitos suaves en el agujero como si sus manos tuvieran el don de tapar, masillar, lijar y pintar en un solo movimiento.

—No te preocupes que después te lo arreglo. Perdón. No quise romper tu pared.

—No, no, dejá. Está bien. Que quede así, total no se ve desde afuera —dice en un susurro mientras evalúa cómo tapar con algo el hueco que acaba de hacer su vecino.

—Bueno, voy a casa a buscar el cable prolongador. Mientras despejá acá abajo que es donde vamos a pasarlo. Te dejo la linterna, yo en casa tengo luz —dice y le guiña un ojo.

—Esperá. ¿Cómo hacemos para que otros vecinos no vean que se filtra un haz de luz por la puerta de entrada?

—¿No era solo que querías cargar tu teléfono?

—Estoy pensando también en la heladera donde tengo todas las raciones del mes.

—Podemos mover la heladera cerca del guardarropa y la conectás al cable prolongador, pero no uses luz si no querés que se vea.

—¿Y vos cómo hacés?

—Yo uso la luz solo para iluminar mi guardarropa.

—¿Para qué querés que haya luz ahí?

Hernán sonríe y se queda en silencio.

—Voy a casa a buscar eso y toco la puerta en unos minutos —dice y le entrega la linterna.

Sofía alumbra la parte hundida y rota de la pared que su vecino golpeó, le pasa la mano y suspira. *Qué estás haciendo, Sofía.* Mira el teléfono para llamar a Rosa o, mejor dicho, escribirle un mensaje para que su vecino no la escuche, y ve dos llamadas perdidas del hospital; las que seguramente habrán entrado cuando estaba en la calle.

Con manos temblorosas marca el número del sanatorio. El corazón le late a una velocidad tan fuerte que siente que podría sacárselo por la boca.

—Ho-hola —dice con la voz ahogada—, me llamaron de este número; mi abuela, María Castro Solano, está internada en terapia intensiva.

—La comunico con el sector —dice la voz del otro lado. La música suena por apenas unos segundos hasta que atienden de terapia intensiva y Sofía repite lo que acaba de decirle a la recepcionista anterior.

—Sí, la doctora la quería contactar.

—¿Pasó algo? —pregunta Sofía con voz ahogada.

—Espere que le va a hablar la jefa de enfermeras que está a mi lado —dice, tapa el auricular y le comenta algo que Sofía no alcanza a oír. Después lo vemos, escucha susurrar.

—Buenas noches, ¿es usted familiar de la paciente Castro Solano?

—Sí, por favor, dígame qué pasó —dice Sofía con la voz temblorosa.

—Su abuela está bien, tuvimos que atenderla de urgencia por un shock anafiláctico. ¿Por qué no nos informó que su abuela era alérgica?

—Nnnno sé de qué me habla —dice Sofía con un hilo de voz—. Por favor, déjeme ir a estar con ella.

—Le pido disculpas pero nadie puede ingresar al sanatorio. Su abuela está bien, quédese tranquila. Está consciente y descansa —dice más suave la enfermera.

—La quiero ver, por favor…

—Imposible, señorita. Lo lamento —carraspea la enfermera—. En cumplimiento de las normas vigentes nos comunicamos con usted para ponerla en conocimiento de que su abuela fue debidamente socorrida, se encuentra bien y que esta atención suplementaria que hemos brindado deberá ser compensada al momento del alta.

—¿Cómo dice?

—Estamos recibiendo varios pacientes por los disturbios que son de público conocimiento y necesitamos racionar los recursos. Su abuela tuvo que ser nuevamente auxiliada y eso implica hacer uso de material médico que, en los casos de cercanía a la terminación vital y en estas circunstancias, nos vemos obligados a solicitar su reposición.

—Pero no se puede ni circular por las calles. ¿Cómo supone que voy a hacerles llegar jeringas y gasas?

—No le solicitamos un material específico, sino el cumplimiento de la reposición de los materiales. Es nuestro deber notificarla y por eso intentamos comunicarnos anteriormente.

—Pero eso tienen que cubrirlo ustedes, mi abuela y yo pagamos los impuestos sin retrasarnos ni un solo día. No es que me están solicitando una donación, me están exigiendo reponer el material que usaron, ¿qué es esta locura? —Sofía da puñetazos en el hueco donde lo había hecho su vecino y aprieta los dientes para no gritarle a la mujer del otro lado del teléfono.

—Son disposiciones que nos exigen cumplir.

—...

—Tenga en cuenta que la restitución del abastecimiento deberá garantizarse al momento del alta. Le avisamos con treinta y seis horas de anticipación para que pueda organizarse.

—¿Treinta y seis horas? ¿Y cómo saben que mi abuela va a estar bien en treinta y seis horas? Si no se recupera ¿qué van a hacer? ¿Tirarla a la calle por su proximidad a la finalización de su ciclo vital? —estalla Sofía.

—Señorita, por favor cuide lo que dice. Le recuerdo que esta conversación está siendo grabada.

—¡Primero me piden una segunda bolsa de sangre después de, incluso, donar plaquetas! —grita—. Ahora, prácticamente, ¡me extorsionan para que pague por darle la atención que le corresponde según los impuestos siderales que pagamos cada mes!

—No vamos a solicitarle la segunda bolsa de sangre —interrumpe la enfermera.

—Ah, pero qué considerados.

—Esta conversación ha llegado a su fin, señorita Martínez Castro. Queda usted debidamente notificada y oralmente advertida de que esta conversación está siendo grabada. La atención óptima prestada deberá corresponderse al momento del alta; caso contrario, retendremos la libreta sanitaria hasta saldar el monto adeudado. Buenas noches.

Sofía se queda unos segundos paralizada hasta que corta también; se sienta en el piso y esconde la cabeza entre las manos. No tiene la menor idea de cuánto dinero será, pero lo que sea, no lo posee ni tiene forma de conseguirlo.

Pensá, Sofía, pensá. Alguna forma tiene que haber. Enumera sus opciones más inmediatas: Rosa, descartada porque sigue con sus cuentas inhibidas. Préstamo en el banco, muy arriesgado a meses de recibir su NyC. Sus ahorros para pagar la NyC, totalmente imposible. ¿Acaso le va a pedir a la zorra de su madrastra que les devuelva lo que les robó a ella y a su abuela?

Trata de recomponerse y marca el número de Gerónimo. Sabe que no lo tiene que llamar, pero no le importa. Es su única opción; tiene que poder gestionarle el pago antes de los sesenta o cuarenta y cinco días. *O me das un adelanto o le cuento todo a tu novia*, piensa. Nadie contesta; marca *redial* una y otra vez hasta que ya no logra comunicarse.

Su desconsuelo es total. Entre la oscuridad y la nebulosa del llanto distingue a Hernán que se acerca y la abraza con fuerza. Sofía se deja abrazar. Huele bien. ¿Se puso perfume?

—Escuché la conversación, Sofía —dice mientras le acaricia la espalda con suavidad y apoya la cabeza encima de la de ella; la abraza más fuerte mientras se sacude con el sollozo.

Los gemidos se entremezclan con los ruidos erráticos de alguna tubería y la vibración lejana de la muchedumbre que intenta volver a sus casas.

—¿Qué voy a hacer? Me dan treinta y seis horas para pagar no sé cuánto dinero por atención médica suplementaria estas basuras humanas —balbucea Sofía sin importarle ya si su vecino quiere denunciarla por expresarse en forma deficiente ante una autoridad legítima.

Hernán le acaricia el cabello en silencio mientras ella masculla una mezcla de insultos, lamentos y estimaciones monetarias. Sin oponer resistencia, deja que su vecino le dé un beso suave en el hombro, por encima de la ropa, y subir por la línea del cuello. Lo mira en la penumbra y, cuando se da cuenta, es ella la que lo está desvistiendo y él quien la detiene.

—Tenemos toda la noche, linda —dice y le besa la nuca al tiempo que acaricia el borde de su ropa interior con suavidad y, en brazos, la lleva hasta su casa sin dejar de besarla y susurrarle frases acerca de su piel, su suavidad, sus formas, que Sofía recibe y no sabe si responderlas o no.

Sabe perfectamente cuál será el desenlace de la situación, pero se inmoviliza ante la dedicación de Hernán que se concentra en ella. Cada tanto abre los ojos y distingue, por ejemplo, que ambos están desnudos, en una cama que no es la de ella. Él desciende aún más para besarle los pies, con suavidad y firmeza, sin dejar de acariciarla entre las piernas y acrecentar su excitación. Hernán ubica uno de los pies encima de su calzoncillo para que ella también pueda acariciarlo mientras él vuelve a deslizarse hacia arriba. Entrecierra los ojos y arquea su cintura; detrás de Hernán, un haz de luz se filtra por el guardarropa y alumbra las sombras rítmicas que ambos dibujan en la pared.

//

—¿Querés comer algo?

—¿Me quedé dormida? —Sofía se sobresalta—, ¿qué hora es?, ¿dónde está mi chip?

— Lo puse a cargar.

—¿Dónde está?

—Adentro del guardarropa —señala Hernán con el mentón. Sofía se levanta de la cama, siente la mirada de él que la sigue a cada movimiento. Abre la puerta y la luz inunda la habitación.

—¿Qué es esto? —Sofía cierra la puerta de golpe.

—No te preocupes que no se ve nada desde el pasillo y mis ventanas están tapadas también. Abrí tranquila —dice y enciende un cigarrillo.

—¿Qué tenés ahí?

—Mi propio jardín vertical. Me gusta la naturaleza —ríe. Sofía abre lentamente una de las puertas. Adentro, ve que las paredes están forradas con papel metalizado de color dorado, hay tubos de luz amarilla y decenas de macetas con plantas crecidas, otras con brotes mínimos en envases plásticos de dos centímetros.

—¿Qué es esto? ¿Especias? ¿Cultivás especias? —Sofía manotea su ropa para intentar vestirse y piensa que eso es una locura.

—Sí. Y también cannabis. Las especias sirven además para disimular un poco el olor, pero ambas cosas cotizan muy bien según donde las vendas. Cada público tiene sus necesidades.

—¿Un alterador del apetito? ¿Y las especias para qué, si solo se permite cocinar en terminaciones? No te conozco, nunca pasó nada entre nosotros. Me voy. —Sofía hace un cálculo mental de la ruta para irse a la casa de Rosa. No tiene idea de qué hora es, pero si corre por calles interiores puede llegar pronto y evadir a la muchedumbre.

—Esto que ves ahí te puede ayudar a pagar la cuenta del hospital de tu abuela —señala Hernán.

Sofía cierra el guardarropa de un portazo, la diferencia de temperatura se hace sentir enseguida y tiembla un poco, mezcla de frío y adrenalina. Hernán, aún desnudo y sentado en el borde de la cama, le hace un gesto para que ella se siente también. Sofía continúa vistiéndose.

—No entiendo cómo esto puede ser una solución. Estás loco.

—Escuchame —la toma de la mano con suavidad para que se siente a su lado—, los hospitales están recaudando de esa manera. No es por los disturbios de hoy, lo están haciendo con todos los pacientes mayores —hace una pausa para observar la reacción de Sofía que, con el pantalón en la mano, lo escucha sin pestañear—. Te dicen que es por los disturbios, las camas, el *triage*, etcétera, pero te puedo asegurar que a lo sumo hoy van a tener veinte heridos, y exagerando —insiste.

Se da vuelta para abrir el cajón de su mesa de luz y toma una bolsa de semipapas fritas: —¿Querés? —Sofía respira hondo, su estómago cruje de hambre, pero sacude la cabeza.

—¿Tenés un poco de agua?

Hernán se levanta de un salto y sirve un vaso hasta el tope mientras tritura con ruido un puñado que saca de la bolsa.

—Acá tenés —le extiende el vaso y Sofía bebe sin respirar—. No te voy a mentir —dice con la boca llena mientras se mete otro tanto—, a veces nos bajan órdenes de dejar que se maten un poco entre ellos, pero hoy la orden fue de, a lo sumo, inmovilizar a alguno con un *taser*, pero eso no les hace daño. —Sofía le entrega el vaso vacío y Hernán le sirve más agua que ella vuelve a tomar de un trago sin respirar—. Ni gases ordenaron para hoy. Estampidas tampoco, porque la orden era aplicar protocolo de contención y nada de maniobras, por lo que te aseguro que es imposible que los hospitales estén en riesgo de colapso. Capaz que la huesuda que se estampó delante tuyo en la calle termine internada, pero son contados los casos que necesiten cama en un sanatorio. —Vacía el resto de la bolsa dentro de su boca—. Te están mintiendo y lo hacen para recaudar.

Sofía hace una respiración profunda, se rasca la cabeza y después de unos minutos, deja el pantalón en el suelo, dispuesta a seguir escuchando. Hernán se limpia las migas, se sienta al lado de Sofía, la abraza y le besa la frente.

—No te preocupes, yo te puedo ayudar a conseguir lo que necesites —dice y le levanta el mentón para mirarla a los ojos—. Desde que me mudé que tenía ganas de conocerte más. Pero vos nunca me miraste siquiera. —Le da un beso breve en los labios—. Hablemos de negocios. —De un salto abre el guardarropa—. ¿Qué opinás de mi invernadero, eh? —dice sonriente con los brazos abiertos, toma una bandeja con brotes y los acaricia con el dedo—. Estos son mis bebés. Mirá lo que son. —Los acerca a la cara de Sofía que da un respingo hacia atrás y sigue mirando la instalación de plantas. La luz es intensa y cálida—. Tengo bolsas de curry, romero, perejil, tomillo, menta... Olé. —Le acerca una bolsita con menta; el aroma es tan fresco que Sofía cierra los ojos y huele una y otra vez—. En mi emprendimiento todo está a la venta —sonríe—. Salvo por esta, que me gustó y la planté. Mirá, le salió una flor. ¿Alguna vez viste una flor de romero? —dice mientras corta una ramita—. *Rosmarinus officinalis* se llama. Es bueno para la tos y el asma, además, si cocinara, quedaría muy bien con pescados, tomates y carnes rojas. En el lenguaje de las flores es símbolo de franqueza y buena fe. —Huele la flor y la ofrece a Sofía con una pequeña reverencia—. Un recuerdo de nuestra primera cita, *madame.*

Sofía la toma sin reaccionar. *¿Qué estás haciendo, Sofía?* Retrocede en la sucesión de hechos que la trajeron hasta esta habitación: la caminata hasta su casa, ¿podría haber tomado otra calle en vez de la avenida? No había otras opciones. La chica del teléfono, el tropiezo, la anciana, el Controlador que justo era su vecino, el vuelo en VNT, el enchufe, la llamada del hospital, el cansancio, la capacidad limitada de sostener buenas decisiones durante tantas horas. ¿Qué de todo esto podría haber evitado? Es claro que el ofrecimiento de cargar el chip de su teléfono y el agujero en el guardarropa eran el momento clave, pero esas cosas nunca se ven con claridad; nadie avisa que una conversación cualquiera, una mínima decisión como cargar un teléfono sin tener que pedalear por encima del agotamiento es un punto de inflexión en la vida de una persona. Antes hubo una sucesión de hechos que no dependieron de ella. Después, todas las decisiones dependieron de ella. ¿Y ahora qué?

—¿No me vas a preguntar cómo las comercializo?

—Prefiero no saber nada más, Hernán. Me voy a mi casa —dice mientras toma el pantalón del suelo y se lo pone.

—Es muy fácil lo que tendrías que hacer: vas al gueto, dejás una entrega, buscás un paquetito, volvés... y el porcentaje generoso que te daría sería suficiente para pagar lo del hospital.

—¿Al gueto? ¿Qué hacen con esto en el gueto? ¿Y qué te dan? No, dejá, no quiero saber nada. Me voy. Gracias por lo del teléfono y por traerme a casa. —Junta el resto de su ropa.

—¿Y cómo vas a hacer con lo de tu abuela?

—De alguna forma me las voy a arreglar. —Se queda de pie frente a la puerta; vuelven a ella las opciones que ya pensó y el descarte de cada una: el préstamo del banco, Gerónimo, Rosa y la vieja zorra. ¿Leandro? Una vez más, los senderos que se bifurcan; aunque la diferencia con el punto de giro anterior es que ahora se trata de elegir entre un camino inviable y uno de mierda.

—Es un *delivery* y listo. Un día que vas y volvés, y hasta podemos plantearlo como trabajo comunitario. Eso te da puntos para tu libreta sanitaria.

Termina de vestirse en silencio. Eso incluso funcionaría como una señal de buena conducta para Julia. *¿De verdad lo estás evaluando, Sofía? ¿Y si te descubren? ¿Qué pasa si te descubren?*

—No te van a descubrir, si ese es tu miedo. Tengo el paso a paso perfectamente armado y es imposible que salga mal.

—¿Y por qué no vas vos, entonces? —Termina de atarse las zapatillas y se peina con los dedos.

—Me rotaron hace un par de semanas y ya no tengo jurisdicción para entrar al gueto. —Enciende otro cigarrillo—. Entiendo tu preocupación, yo también la tendría si no supiera de qué se trata todo esto, pero te olvidás que acá el que se expone soy yo contándotelo. Me la estoy jugando más que vos.

—¡Yo no quería saber nada de lo que decís! —exclama.

—Shhh, no grites. —Hernán se acerca a taparle la boca.

—Si no hay nadie en todo el edificio. —Sofía se suelta, Hernán le acomoda el cabello detrás de las orejas, le toma la cara entre las manos y la mira a los ojos.

—¿No te das cuenta de que es una oportunidad caída del cielo, hermosa? Un *delivery* y te quedás libre de deudas con el sistema cuando le den el alta a tu abuela.

—Ya veré cómo pagar. Tal vez me den moratoria y planes de pago…

Hernán ríe y vuelve a tomar el cigarrillo del cenicero: —¿Tenés idea de las tasas que están cobrando para las moratorias?

—En unos meses tengo turno para rendir mi examen de NyC, voy a poder tener un trabajo que me pague mejor y más dinero para pagar las tasas de moratoria —dice, aliviada por haber encontrado la salida a su callejón.

—Si tenés deuda no podés rendir tu examen. —Hernán apaga el cigarrillo y suelta el resto del humo.

Sofía se queda en silencio.

—¿Tenés idea de lo que pasaría conmigo si por alguna razón alguien se entera de que tengo que ver con el tráfico de especies?

—No hay forma de que te descubran, Sofi. Confiá en mí.

—No puedo poner en riesgo mi NyC. —Vuelve a sentarse en el borde de la cama—. Hace diez años que espero el momento de por fin no tener que estar más atada a controles y normas que cambian cada semana.

—No sé de dónde sacaste la idea de que el mundo NyC es tan especial. También tiene reglas. —Hernán saca otro paquete de un cajón y mastica el contenido—. ¿Querés?

Sofía sacude la cabeza: —Pero las reglas no cambian a cada rato, no te exprimen en cada movimiento. Hay más opciones; mejores opciones. Hay más espacio, se gana más dinero, puedo elegir de qué trabajar. Mi abuela puede vivir más años. ¿Cómo que no es mejor tener una NyC?

—¿No te diste cuenta todavía de que el sistema en el que vivimos es una mierda, Sofía? —dice con la boca llena—. ¿Segura que no querés?

Sofía niega con la cabeza: —¿Y en tu universo entonces qué otras opciones habría?

—¿Me parece a mí o estás siendo irónica? —Hernán sonríe—. No importa. Mirá. —Se sienta en una silla y destapa una botella—. Como yo lo veo, en la vida siempre hay una solución para cualquier problema. —Bebe del pico y se seca con el dorso de la mano, luego apoya la botella en la mesa, eructa con suavidad y se queda en silencio unos segundos sin dejar de mirar a Sofía—. ¿Vos querés sobrevivir en este sistema perverso donde nada funciona realmente? Perdón, corrijo: donde las cosas solo funcionan para los que tienen el poder de decidirlas. Entonces, no sigas todas las reglas todo el tiempo.

Hernán bebe otro sorbo, vuelve a eructar con disimulo y le ofrece la botella a Sofía, que la acepta mansamente. Bebe un poco y piensa lo que él acaba de decir sobre las reglas; una alternativa que jamás pensó, y siente un poco de rabia y vergüenza de que jamás se le ocurriera esa opción en una carrera vital hacia cumplir los diez años de recuperada. ¿Acaso más de la mitad de su vida fue una cárcel? De pedaleo primero y de mantener un legajo intachable después. Sacude la cabeza; es demasiado inmenso el abismo que una sola idea puede abrir en una mente desesperada; la cerveza está helada y la refresca, y aunque no bebe alcohol, vuelve a darle otro sorbo sin despegar la mirada del suelo de baldosas gris claro.

—Pero vos sos un Controlador —dice casi en un susurro.

—De las opciones que había, era la que mejor pagaba y la que más beneficios tenía. —Termina el resto de la botella que le alcanza Sofía y abre otra—. ¿Segura que no querés comer nada? No entiendo cómo hacés para vivir así.

Sofía mira su reloj; le quedan cuarenta gramos de carbohidratos (con la cerveza es muy probable que ya haya cubierto su cuota), veinte de proteína y diez de grasa.

—¿Tenés alguna proteína? Puedo comer proteína y un poco de grasa, que es lo que me faltó hoy. Carbohidratos, entre la avena del mediodía y la cerveza de ahora creo que ya cubrí la cuota.

Hernán la mira unos segundos con el ceño fruncido; se levanta, revuelve la alacena mientras murmura algo entre dientes.

—Acá tengo algo de "carne" seca, si es que a este invento lo podemos llamar así. —Lee el envoltorio de un lado y del otro con una mueca de duda—. ¿Le servirá esto a tu relojito?

—¿Qué corte es? Solo puedo comer cortes magros.

—No tengo idea. —Le arroja el paquete que Sofía atrapa—. Es carne seca, vaya uno a saber de qué laboratorio. Es todo lo mismo. Tomá y comé.

Sofía lee la bolsa y aprueba los macronutrientes; la abre con cuidado y huele el contenido; arruga la nariz y con una mueca de asco come una tira. Hernán la mira incrédulo.

—Es incomprensible pasar hambre en un mundo en el que se erradicó el hambre. Es como querer enfermarse voluntariamente de hepatitis —dice, mientras bebe su cerveza y toma un poco de carne seca de la bolsa que tiene Sofía sobre la falda.

—Mi bisabuela pasó hambre —dice ella con la mirada en un punto fijo—. Yo pensaba que era la única de mi familia que había pasado hambre cuando me mandaron al Campo de Recontextualización, pero mi abuela me contó que su mamá creció en la posguerra de la Segunda Guerra Mundial. —Arranca un pedazo de carne y tironea hasta que cede—. No sé por qué le siguen diciendo Segunda, como si esperáramos la Tercera más de un siglo después. —Suspira y come otro pedazo antes de cerrar la bolsa y pasársela a Hernán—. Somos las únicas que pasamos… que "nos reeducamos en el apetito". Bah, ella no se reeducó nada según parece —ríe—. Se murió flaca como un palo, pero desde que se despertaba ya pensaba en lo que iba a almorzar. Comía sin pausa, sin esperar ni media hora. Era una época en la que todos podían entrar en los supermercados y comprar lo que se les diera la gana para comer. Mi abuela me contó que cuando iban por las calles, que estaban llenas de negocios que vendían comida, se paraba a cualquier hora y en cualquier parte a comprarse sándwiches, helados, pan… Comía constantemente. —Sofía lo mira—. ¿No es una locura que haya pasado tan poco tiempo desde que se podía comer de todo en plena calle?

—Es una locura, sí. Justamente es lo que digo: es una locura que tengamos que alimentarnos con esta bazofia. —Le arranca el paquete a Sofía y lo arroja a la basura.

—Pará, tenés que separar la parte orgánica.

Hernán se ríe y murmura: —Orgánico. Mirá si esto va a ser "orgánico". —La toma de la mano para sentarla sobre sus piernas y la besa.

—¿Sabés una cosa? —dice Sofía mientras juega con un hilo que encuentra sobre la mesa—. Lo único que quería mi bisabuela era vivir en la abundancia, y por eso vino a estas tierras. Y mirá ahora... Tenía una casa enorme para ella sola con un lugar en el fondo.

—Un quincho —interrumpe Hernán.

—Sí, un quincho. Y tenía como dos heladeras y un *freezer* porque le encantaba cocinar y guardar comida. Dos días de siete se dedicaba a cocinar para el almuerzo familiar de los domingos. Cuando murió, mi abuela me contó que le encontraron por lo menos dos cajones del *freezer* llenos de paquetes de helado. ¿Podés creer que jamás tuvo ni un solo gramo de más? En cambio yo... Lo único que tenemos en común es que las dos nos pasamos el día entero pensando en lo que vamos a comer.

Se queda en silencio. Hernán le acaricia el cabello; desde la calle se escuchan los primeros ruidos de los vecinos que empiezan a entrar en el edificio.

—Ya están llegando; el operativo seguro que va a terminar recién a la madrugada —dice mirando su reloj. Sofía se levanta del regazo de Hernán y termina de acomodarse.

—Debés estar cansado, mejor me voy. —Él la toma del brazo con suavidad.

—Podés quedarte a dormir si querés. Además, todavía no hablamos de los detalles del *delivery*.

—Cierto.

Sofía baja la cabeza, pronto la inundan los recuerdos de cuando su abuela cocinaba; el aroma del pollo al limón con papas al romero que a su mamá le encantaba y a ella también. La mesa lista con manteles que cambiaba cada semana; los platos pintados a mano y cubiertos de acero inoxidable. Los sonidos de las copas y los vasos al chocar involuntariamente contra el borde del plato.

La textura de las servilletas de tela contra los labios; los bucles humeantes que salían de la fuente de sopa, del *risotto*, de la lasaña; la tarta crocante de manzanas que se deshacía en la boca; la carpeta destartalada con recetas medio rotas y manchadas por las manos sucias de cocinar cada semana. Se seca las lágrimas con disimulo y respira hondo, lista para hablar de negocios.

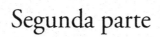

Segunda parte

07.

Las negociaciones con los Abundantes Gravitacionales duraron hasta la madrugada y, después de varias horas sin energía para el uso corriente, la luz volvió de a poco a los diferentes sectores de la ciudad, empezando por los de los NyC, quienes no se habían visto muy afectados por la medida de fuerza, gracias a sus "grupos electrógenos privados". Los demás residentes habrán pedaleado para cargar los usos básicos y se habrán ido a dormir para hacer más corta la espera. La energía solar acumulada se agotó en pocas horas por el día nublado, así que la gran mayoría hizo lo que pudo. No hizo falta cargar agua como le había pedido su abuela: ese "lujo" sigue siendo un acceso universal que depende del alumbrado central, que, si se cortara, entonces sí que todo sería un verdadero caos. Por altoparlante se informó en cada barrio que los Organizadores repartirían velas oficiales en los edificios luego del toque de queda. Hernán, como miembro del consorcio y Controlador, tuvo que recibir la partida y entregar parte de las velas a las unidades que le tocaron. Sofía esperó paciente a que terminara la ronda para ultimar los detalles de la "entrega". Trató de dormir un poco, pero le fue imposible conciliar el sueño. Se dio un baño, mandó el resumen de macronutrientes a Julia, que solo le respondió con un emoji de aplausos, y miró unos viejos videos en el canal de Adela sobre cómo reutilizar tubos de papel para organizar cables; cómo clasificar documentos y recuerdos, y uno que le gustó mucho, en el que hablaba a cámara acerca de su decisión de quedarse solo con catorce prendas en todo su armario. Las mostraba a cámara de a una y, en pantalla partida, cómo las lucía combinadas. Toda la ropa era blanca, negra y beige, con algunos toques de color en los accesorios, según decía sonriente. Cuatro partes de abajo: entre pantalón largo, short, falda corta con estructura y una calza deportiva. Una sola calza le pareció poco a Sofía, pero el planteo de Adela era reemplazar las prendas una vez que se desgastaran y así evitar la acumulación y el desperdicio. Claro, para una NyC es más fácil reponer prendas cada vez que se las necesita, ya que no tiene el problema de cobrar a sesenta días, pero prefirió centrarse en soñar con su nueva vida en la cual ese problema ya no existiría y podría acceder a lo que quisiera sin pensar en cómo estirar el tiempo y el dinero.

Al amanecer ya está lista para la tarea. El plan es sencillo: ofrecerse como voluntaria para organizar a los Abundantes Gravitacionales de su Comuna a cambio de puntos extra para su libreta sanitaria. Recomendada por Hernán Cavana y con un prontuario intachable, el control de antecedentes es apenas una formalidad. Le dan el uniforme, la cachean rápidamente y en media hora está de pie en uno de los extremos del puente que separa el gueto del centro de distribución energética. Su tarea: controlar que crucen ordenadamente y repartirles latas de bebida azucarada para que vayan creando las capas de energía necesaria para pedalear. Aparentemente, según informaron por altoparlante, los abundantes lograron negociar una disminución en la jornada de pedaleo, una reducción en el azúcar de la ingesta y una ración de proteína al día, pero Sofía no está segura a partir de cuándo sucedería eso.

Del otro lado del puente, la muchedumbre y las caras son muy diferentes a las que habitualmente ve y trata de no mirar demasiado a su alrededor. Acomoda su uniforme, adopta una actitud amenazante y entendida sobre la dinámica que la rodea mientras organiza a los transeúntes que regresan o van a pedalear al centro de distribución energética de la zona.

Con un empujón, la ubican en el ingreso del puente y Sofía toma un par de latas para agilizar la entrega y minimizar errores o torpezas. El responsable de revisar los permisos de los abundantes repite como una letanía: "no estamos diseñados para la abundancia", "el exceso de comodidad nos llevó a ser débiles", "necesitamos una adversidad controlada para reparar nuestra especie" y frases por el estilo, que Sofía conoce muy bien desde su etapa en el Campo de Recontextualización. Sin embargo, son suficientes para hacerle regresar el torrente de recuerdos de una época que jamás podrá borrar de su memoria, aunque se esfuerce cada día por olvidarla; tanto que casi está a punto de abandonar su supuesto voluntariado y el plan entero de Hernán.

Respira profundo, sus movimientos se vuelven más lentos y controlados para manejar el temblor corporal, y se concentra en la mecánica de agacharse, tomar un par de latas, subir con la fuerza puesta en los glúteos para que la sentadilla profunda no le lastime las rodillas y entregar una a una las latas sin mirar a nadie. Hubiera sido más fácil ubicar las cajas para que queden a la altura de los hombros y no tener que agacharse una y otra vez, pero eso sería buscar la comodidad y el placer inmediato; no cansarse ni moverse mientras que "el alimento y el descanso son beneficios que se obtienen con esfuerzo". *Ya no te podés ir sin llamar la atención, Sofía. Respirá con tu diafragma, mirá un punto fijo, repetí: buscar lata, entregar lata, buscar lata, entregar lata. Pensá, ¿cómo hubiera sido tu vida de no haberte recuperado?* Sofía se imagina en una realidad paralela en la cual ella, residente, le entrega a su versión extralimitada una lata de bebida azucarada. ¿Hubiera podido engrosarse como los abundantes que están a su alrededor si no se hubiera recontextualizado? Según la tabla de pesos y medidas que se utilizó para evaluar su adecuación antes de ingresar al CR, ella tenía un quince por ciento más de grasa corporal. De no haberse recontextualizado, tal vez hubiera alcanzado un treinta por ciento de grasa; mucho más de lo permitido, pero la mitad de lo que parecen tener los abundantes que la rodean. ¿Qué hubiera pasado en ese caso? ¿Le hubieran hecho beber litros de aceite como a los abundantes que se declararon en huelga de hambre semanas atrás? *Buscar lata, entregar lata. Buscar lata, entregar lata. Buscar lata, entregar lata.*

Respira profundo otra vez y repasa el plan en su mente: después de su turno, ir a los vestuarios y esperar hasta el horario de circulación que le asignaron para volver a su casa. Durante ese lapso, salir por la puerta lateral para buscar un portón verde donde la recibirán para llevarla hasta una tal Irina. Esa parte no le preocupa porque Hernán le avisó que el vestuario no tiene vigilancia: ningún Controlador o voluntario tiene interés en relacionarse con los locales y no saben –o, más probablemente, no quieran– interferir en los negocios paralelos para poder llevarse su parte.

Buscar lata, entregar lata. Buscar lata, entregar lata. Buscar lata, entregar lata.

Levanta la vista y observa que hay muchísima menos población que en la zona normalizada, es probable que sea por un tema de espacio disponible; a igual cantidad de metros, entran muchos menos abundantes que normalizados o residentes. También le llama la atención la lentitud con la que se mueven y, sobre todo, la variedad de formas corporales. Mientras sigue con su tarea de repartir las latas, le resulta imposible no detenerse a mirar los abdómenes, los pechos rebosantes, las cinturas ensanchadas, las piernas que rozan unas con otras, las nucas rollizas y algunas pieles colgantes de quienes habrán perdido peso después de pedalear durante meses sin descanso y que aún no entraron en etapa de fomento.

La mayoría tiene tatuajes enormes, con palabras, frases y, sobre todo, fotos calcadas sobre la piel. El que acaba de pasar al lado suyo tiene en la espalda una imagen familiar con tres figuras de abundante cabellera y rostros sonrientes que se abrazan. Debajo, en letra cursiva: "por siempre conmigo".

—Vamos, vamos. A mover esos cachetes —grita el Controlador.

Una mujer camina con la cabeza gacha, recibe su lata y, al alejarse, Sofía nota sus formas exuberantes, pero no siente el rechazo que le inculcaron y que siguen machacando desde las noticias y programas de televisión. Al contrario, siente un poco de curiosidad por saber cómo se llama y quiénes son las personas que tiene tatuadas en las pantorrillas.

Le llama la atención que todos vayan vestidos como de entrecasa, en verano, frescos y listos para mojarse; con trajes de baño o shorts y musculosas. Aunque tiene todo el sentido del mundo: ¿quién fabricaría vestuario para Abundantes Gravitacionales cuando el sistema los necesita hábiles y dispuestos?

Además de repartir las latas de bebida, su función es tirar de una cuerda cada quince minutos. Entonces, un balde gigantesco se inclina y deja caer una catarata de agua turbia con un fuerte olor a detergente, cloro y restos de pasto. Los que pasan por al lado suyo se detienen a empaparse, y Sofía entiende la razón por la cual la gran mayoría usa trajes de baño, aunque eso deje al descubierto su exceso de corporalidad.

—¿Por qué tiran agua en plena calle? —Sofía le había preguntado a Hernán cuando le explicaba los detalles de lo que seguramente le asignarían como tarea dentro del gueto.

—Es para refrescar a la gente. Pedalean tantas horas que tienen mayor temperatura corporal. Y además porque mantiene a raya el descontento.

—A mí me daría bastante malhumor vivir empapada.

—Es mejor de lo que parece, ¿eh? Te va a divertir el baldazo inesperado —le había dicho mientras le entregaba los preservativos dentro de los cuales se coloca la mercadería, para contener así el aroma, y un paquete totalmente sellado para Irina que Sofía no quiso saber qué contenía—. Ojo que también puede haber manguerazos, bruma, géiseres, cascadas y bombas de agua. Cuidá mucho de que no se te moje nada. Pasados unos minutos, la sensación se hace agradable; los baldazos y la bruma crean una temperatura casi perfecta: ni frío ni calor, incluso nada de humedad a pesar del agua. Al estar en la otra margen del río artificial, el viento barre la humedad que se condensa en el área Normalizada, por eso casi no llueve de ese lado; solo a veces —le había dicho Hernán—, y, cuando sucede, es una lluvia tranquila, de unos milímetros. Entonces la temperatura desciende un poco, pero, en líneas generales, entre el microclima, el exceso de corporalidad y los baldazos de agua, nadie necesita abrigarse.

//

Cuatro horas después, su turno termina; va hasta el vestuario y espera antes de cambiarse y salir a encontrar el portón verde. Falta una hora para que entre en vigencia su permiso de circulación y, durante ese rato, ella podría bañarse, cambiarse, mirar las noticias, usar su teléfono e incluso ingerir alimentos permitidos, pero, cuando le explicaron las reglas del voluntariado, le recomendaron no salir de ahí.

Una vez cambiada, ubica el uniforme dentro de la cesta de ropa para lavar y se escabulle por la parte lateral del vestuario. Afuera, la escenografía es completamente diferente a lo que se ve del lado del puente. Acá, unas casillas con ventanas tapiadas se alinean sobre calles de tierra y pasillos angostos. Camina unos metros y, aunque no hay nadie, se siente observada a pesar de que está dentro del camino que Hernán le trazó, donde no hay cámaras o, si las hay, no están funcionando, ni tampoco hay peligro de que la vean los drones de vigilancia que recorren el plano aéreo después de la caída del sol.

Camina con el menor ruido posible; a su alrededor, ve pintada en rojo la leyenda SE VA A SABER y huellas de manos a los lados. En otras paredes, una síntesis del sistema solar, de la órbita terrestre y la palabra IGNORANTES en letras enormes. Un dibujo de la Tierra con los hemisferios invertidos y los Territorios Consumidores tachados con cruces rojas completan la poco metafórica idea de la ideología expresada en la pared.

¿Qué tenés en la cabeza, Sofía? Dobla con prisa en el primer pasillo de regreso al vestuario. *Aceptar ser la mula de un desconocido, tenés material descartable en la cabeza en vez de cerebro.* Le dirá a Hernán que se complicó, que había Controladores cerca de la puerta y que no se pudo arriesgar y le devolverá sus cosas. Pero al doblar la esquina se encuentra con un muro sin salida; vuelve sobre sus pasos a buscar el paredón de los planetas, la fachada de ventanas tapiadas, el portón verde, la puerta del vestuario. En cada esquina por la que dobla encuentra una puerta nueva, una ventana tapiada diferente, un grafiti distinto, agujeros de bala o sangre seca. Se detiene a tomar aire y quiere llorar. *Te calmás, Sofía. Te concentrás y volvés sobre tus pasos para salir de acá y estar otra vez con personas físicamente adecuadas, cumplir con tus obligaciones de manera puntual y manejar tus emociones con sobriedad. ¿O acaso no aprendiste que el exceso comienza con la desproporción de tus sentimientos? Descompensaste el ambiente de tu bienestar y pusiste en riesgo todo lo que estás por lograr por un enojo desesperado. Está bien, es entendible, lo de tu abuela no estaba en los planes, pero eso no te habilita a ser impulsiva y desacertada. Esta no es la única salida al problema. Ahora mirá a tu alrededor. Estimá la cantidad de pensamientos incorrectos que te atraviesan e incomodan. Superalos. Reciclá*

los pensamientos virtuosos. Anticipá los recursos que te escudan de las ideas adictivas. Y repetí el proceso hasta que te calmes.

Sofía respira y sigue con el ejercicio de M.E.Su.R.A. para vaciar la mente de lo innecesario: "todo empieza con una idea, con una mala idea que habilita sentimientos que descargan acciones, que instalan malas conductas y que nos llevan a ser de más". *No hay que ser de más. No hay que ser de más. No hay que ser de más.* Termina la metodología con tres respiraciones, se levanta con una sentadilla profunda, tensa los abdominales y los glúteos, y mira al frente. *Caminá sin corromper el espacio vital y volvé sobre tus pasos, así: uno detrás del otro. Uno detrás del otro.*

—Quién sos —la sorprende una voz mientras le presiona algún objeto en la mitad de la espalda.

Sofía levanta las manos y cierra los ojos: —Vengo a ver a Irina. Me perdí.

—¿Ella te espera?

—Sí.

—Es por acá —dice, y Sofía gira para ver a un abundante detrás de ella que guarda el objeto con el que le apuntaba—. Si yo no te encuentro terminás del otro lado del zanjón. Entrá —agrega, y abre una puerta en el suelo.

Sofía baja de espaldas por una escalera de peldaños de metal. Adentro está iluminado por tubos de luz de la Otra Época. Las paredes están pintadas de blanco; todo es sumamente luminoso a pesar de estar bajo tierra.

Cuando termina el descenso, dos personas menos abundantes le hacen la misma pregunta.

—Vengo a ver a Irina —repite.

—¿Te espera?

—Sí.

Uno a cada lado de Sofía la escoltan por los pasillos; a un costado, un grupo de personas clasifican el contenido de bolsas de basura y acomodan sobre una mesa con carteles que dicen: tallos de acelga, hojas de brócoli y de remolacha, cáscaras de papa, cáscaras de calabaza, huesos. Unos clasifican, otros lavan, otros secan, otros trasladan.

—Es tu primera visita, veo. —Sonríe el menos abundante y se le ven los huecos donde deberían estar sus premolares.

Sofía asiente en silencio y se pregunta cómo harán para trasladar los descartes que claramente deben robar de los Campos de Siembra Controlada antes de que vayan a las procesadoras industriales y se conviertan en alimentos disecados que luego ella clasificará para su posterior distribución. Llegan hasta una puerta oxidada y se repite la pregunta que, en este caso, responden sus escoltas.

—Viene a ver a Irina.

—¿La espera?

—Sí.

Al abrir la puerta, una escalera baja a un sótano húmedo donde un grupo de personas mucho menos abundantes que sus escoltas ríen, fuman, beben y comen.

—Viene a ver a Irina —dice el escolta que bajó con ella.

—¿Está chequeada?

—Paren con el protocolo, viene de parte de Hernán —dice una mujer rubia, tal vez de unos cuarenta años, vestida con unas calzas que le marcan unas piernas musculosas y una camiseta a la cintura que deja ver un abdomen flácido y una riñonera cruzada sobre el pecho.

—Soy Irina —dice a modo de saludo—. Así que te manda Hernán. Mirá la mulita que se consiguió; está profesionalizando el negocio. Me gusta.

—Irina, no te entusiasmes tanto que la tenemos que revisar bien por si trae algo —dice una voz detrás de ella.

—Tengo los envoltorios, nada más —dice Sofía con un hilo de voz, mientras por el rabillo del ojo intenta calibrar a los personajes que la rodean y la distancia que tiene de ahí a la puerta de entrada.

Siente el ahogo de saber que probablemente esté a seis metros de la superficie y que, si quisiera escapar, sería muy difícil esquivar a tantas personas. *Calmate ya mismo, Sofía. No podés darte el lujo de tener un ataque,* se dice, pero el corazón no para de latirle y solo puede pensar que está atrapada, que no puede salir de allí, que...

Mira un punto fijo en el suelo y mueve sus pupilas de lado a lado para armonizar las ondas cerebrales que están dispersando avisos desmesurados de adrenalina en su sistema nervioso. *Este no es el momento, Sofía. No estás en la cápsula de aislamiento, tranquila. Hay espacio suficiente y aire respirable, una salida concreta y abierta hacia la cual podrías dirigirte caminando.* Siente la angustia crecer a la par del recuerdo involuntario de estar encerrada dentro del Dispositivo de Ventilación Ambulatoria para la Gestión de Urgencias Excepcionales, como llamaban a las cámaras hiperbáricas usadas para la "reflexión", que en realidad funcionaban como castigo. Una especie de ataúd de hierro con aire presurizado que, según ellos, eliminaba las toxinas de los pensamientos viciados gracias a una oxigenación profunda de las células por la presurización que se esparcía dentro. Tenía una ventanita por donde ver hacia afuera mientras estaba acostada –y solo podía estar acostada– y un intercomunicador que funcionaba solo si se activaba del lado de afuera, por lo cual nadie podía escucharla a menos que presionaran el botón. La puerta se abría y cerraba también desde afuera con un sistema similar al de un submarino y, debido al aire presurizado, quien estuviera dentro debía esperar un tiempo prudencial antes de salir, para que la diferencia de presión no le reventara los tímpanos.

"Es por tu bien, Sofía. ¿Vas a llorar? Estas cámaras tienen propiedades sanadoras, se usan en personas quemadas para recuperar su piel. Si te relajás, hasta podrías aprovechar y tomar una siesta reparadora… Tranquilizate o apago el intercomunicador y te dejo acá hasta la noche", le decían.

Las voces a su alrededor la traen de regreso. Se queda quieta mientras la cachean para revisar si tiene armas.

—No, quiero que la revisen toda —la misma voz de antes ordena que se saque la ropa.

—Dani, ¿te parece? ¿Dónde va a esconder algo esta escuálida? —dice Irina.

—Justamente, tiene lugar de sobra para esconder algo entre la ropa.

—Tenés razón. Ya escuchaste, sacate la ropa.

—¿Acá?

—Bueno, te vamos a dar algo de privacidad por ser tu primera vez —Irina ríe—. Ay, este Hernán… ¡Se van todos ya mismo! —grita—, excepto vos, Dani. Vos quedate.

Se levantan todos al mismo tiempo y desaparecen detrás de una cortina donde Sofía alcanza a ver una mesada con frascos y estanterías con más frascos detrás.

Se quita la ropa y entrega los preservativos que había escondido en su ropa interior y dentro de las medias. Dani los recibe con una mano y con la otra le apunta al pecho con un arma. Irina llama a los demás para que vuelvan y empiecen a preparar el material.

—Buen recurso el que eligió Hernán, aunque le falta entrenamiento. Con lo grande que le queda la ropa podemos meter muchísima mercadería.

—Bastante bien, sí —dice Irina mientras huele con satisfacción cada bolsa que hay sobre la mesa—. Lo bien que van a recibir todo esto. —Sonríe con una dentadura arruinada por la bebida con exceso de azúcar.

—Momento, que tenemos que controlar todo —le dice Dani mientras observa a Sofía que comienza a vestirse.

—¿No te mandó nada especial para mí? —pregunta Irina.

—Está ahí —dice Sofía señalando con el mentón un paquetito envuelto en cinta y papel.

—Impecable.

—Si llegamos a enterarnos de que falta algo, de acá no salís —dice Dani, amenazante, sin dejar de apuntarle.

Irina abre la bolsa, examina los comprimidos y suspira.

—Siempre tan atento Hernán, además me manda flores —ríe—. Avisale que lo de él le va a llegar como siempre —agrega, mientras guarda todo en su riñonera y saca un paquete de sedas. Con un pedacito de filtro entre los labios, esparce con delicadeza las hebras enviadas por Hernán y gira la seda con precisión. Ubica el filtro en uno de los extremos y con la punta de la lengua moja el papel antes de cerrarlo, da unos golpecitos, observa el resultado y lo enciende con ojos entrecerrados. Sofía observa cada movimiento para ignorar el arma de Dani que le sigue apuntando al pecho mientras espera a que alguien diga algo.

—Ya está, Dani, relajá —suelta Irina mientras le pasa el cigarrillo después de algunas pitadas.

—Qué manía de mierda vos y tu filtro. Eso es para el tabaco.

—No me gusta que se moje la seda. Si no querés, no fumes.

—Dame —dice, y baja el arma—. Y vos terminá de vestirte, escasa. Parece que no comen muy bien allá detrás del arcoíris —ambas ríen e Irina, con otro filtro entre los labios, arma un nuevo cigarro—. Quedate un rato que te damos algo de balanceado por ser buena cachorra. —Dani le palmea la nalga.

Sofía traga en seco. Hernán le había advertido que tendría que comer aunque sea un poco; que no podía despreciar lo que le ofrecían o podría arruinarlo todo.

—¿Cómo hacen para cocinar sin olor? —le había preguntado a Hernán.

—La verdad, no tengo la menor idea. Vos aceptá lo que te den.

—¿Y cómo hago después? Tengo Grupo de Mantenimiento y Control —había dicho.

—No te puedo solucionar todos los problemas, linda. Ya te estoy resolviendo uno importante.

—Tengo menos de media hora para estar en el puesto de control —respondió Sofía al terminar de atarse los borceguíes.

—No te preocupes que esto tampoco es una ceremonia de la realeza. Vení, sentate. —Irina señala una silla mientras se acercan las personas que estaban detrás de la cortina.

Sofía obedece y toma asiento, se apoya sobre el mantel y siente algo que le raspa los antebrazos: migas de pan, sal tal vez, incluso ¿azúcar? Sacude las migas y cuida de no volver a apoyarse por si, por alguna extraña mala suerte, tiene que pasar por un escáner corporal.

Le ofrecen una botella de la cual todos toman y ella acepta y, con nerviosismo, ve llegar los platos con comida humeante. Respira hondo.

//

Al regresar al vestuario, sus sensaciones son confusas y familiares a la vez. Sofía se toca el abdomen, inflamado, desacostumbrado, en movimiento. Las emociones son demasiadas. ¿Cuánto comí? El aroma a comida casera fue enloquecedor. No tiene la menor idea de qué fue lo que consumió, pero estaba delicioso.

Abre la canilla de la ducha para bañarse por si le quedó olor en el cabello y se enjabona a toda prisa y con fuerza, como si pudiera extirpar la comida de su piel. Sabe lo que tiene que hacer y a la vez no quiere hacerlo. *"Eliminar comida voluntariamente va en contra de la ley"*, dice una voz inesperada dentro de ella. *"Eso no quita la abundancia mental que llevó al exceso"*, completa la frase mecánicamente, aprendida en las sesiones de doctrina del Campo de Recontextualización. *"Ni de más ni de menos, ambos extremos atentan contra la salud y nuestro trabajo es sanear el Planeta y todo el mal que nos hicimos"*, recuerda de memoria las frases de la Controladora de voz rasposa encargada de enseñarles valores cívicos. Pero su problema no es evitar profundizar la ilegalidad del momento, en realidad no quiere dejar ir la comida que entró en su cuerpo, aunque sabe que no tiene opción.

08.

—¿A qué grupo venís? —pregunta mecánicamente la recepcionista sin mirarla y con la mano extendida para recibir la libreta.

—Mantenimiento y Control —responde Sofía.

—Hacé fila allá.

Sofía se queda en el lugar, la recepcionista levanta la vista después de unos segundos.

—Yo ya vine a mis reuniones y tengo la libreta firmada; no tendría que pesarme. Vengo a una sesión extra por indicación de Julia que convocó al grupo.

—Tenés que hacer la fila allá.

—Vamos, dejame pasar directo —insiste.

La recepcionista mira a Sofía detrás de sus lentes.

—Son las órdenes que me dan a mí —dice, moviendo mucho los labios como si fuera un doblaje de su propia voz—. Según veo en tu ficha, no tendrías que tener ningún problema en pesarte; hoy es día de limpieza corporal y estás en tu horario habitual, tu peso no debería presentar variaciones. —Quita la vista de la pantalla y los anteojos. Tiene grumos de rímel en las pestañas y el flequillo rígido por algún producto para el pelo. —Si las presenta, entonces habrá que gestionar un ajuste. Pero de todo eso se encarga Julia. Cualquier cosa hablá con ella.

Sofía obedece y camina hasta la fila indicada. Trata de calcular cuánto habrá quemado en el lapso entre que circuló del gueto hasta descargar la entrega de Irina. Correr no fue fácil; le daba terror que se desparramara algo por el suelo antes de dejar todo en el lugar donde le indicó Hernán, recibir la paga, transferir al sanatorio y continuar viaje hasta el grupo; así que moderó la intensidad que normalmente hubiera puesto para quemar el resto de la comida que podría haberle quedado en el organismo.

Regresan por oleadas los sabores que probó; quiere recordar cada detalle y a la vez necesita que su cabeza deje de pensar en ese momento; anular lo que alguna vez sucedió. Según pudo ver cuando le pasaron su ración, era una especie de guiso de legumbres. Empujó la comida todo lo que pudo para hacer notar alguna interacción entre ella y los utensilios, pero en algún momento tuvo que abrir la boca y dejar entrar un bocado. No le sirvió de nada la Metodología de Acercamiento a los Alimentos: una cosa es ingerir un polvo de huevos con aromatizante artificial y otra muy distinta es saborear un plato humeante al que le dedicaron tiempo y atención, con ingredientes elegidos para potenciar el sabor de la legumbre, pensaba, sin poder entender de dónde surgían esas ideas y sin importarle tampoco mientras el aroma a salsa, caldo y especias entraba en su cuerpo, después de más de una década de oscuridad. Fue el aroma lo que la enloqueció; comprendió a los animales en su totalidad, porque ella fue toda la raza animal en el momento en que masticó ese garbanzo, esa haba, quizá un poroto. No hizo a tiempo para determinar la textura de lo que había dentro de la cuchara porque una vez en su boca se dio una batalla feroz entre querer retener y a la vez masticar y destruir para siempre el alimento para ir por más. ¿No es así la vida, una cantidad numerosa de instantes que son y mueren a la vez y lo que queda es la nada envuelta en el sentido que le dimos a ese micromomento?

Había respirado profundo y contado los doce segundos reglamentarios entre bocado y bocado, pero se perdió después del quinto. El océano de salsa que había entre sus manos emanaba un calor casi corporal, como cuando se comparte la cama con un ser amado y su calidez te envuelve por completo sin tocarte. A su lado, respira a la par que delira en algún universo onírico, pero está, es real y cumple su promesa leal de quedarse a verlo todo porque eso es el amor: un cuenco de porotos al que le dedicaron tiempo y pensamientos y le buscaron hierbas para hacer expresar su ser de sabor y darse a otros; para abrigar panzas, aliviar músculos y equilibrar las hormonas mientras se baja la guardia al compartir un momento que no debería ser nunca vivido en soledad.

No siente ni un gramo de culpa, más bien se siente universal, parte de todo lo que hay a su alrededor y todo lo que la rodea está en ella también. No es alerta, es otra cosa. Y no es que no sienta miedo, porque tiene miedo de lo que pueda pasar una vez que se suba a la balanza. Es poder estar en una fila sin calibrar lo que pasa dentro del radio de lo que percibe su cuerpo. Sus sentidos están listos y capaces de recibir cualquier señal, pero no están en modo alerta. Puede oler el hambre del señor de barba que está dos personas más atrás; la respiración de sinusitis de la mujer de anteojos que está primera en la fila; hasta puede ver, como si dentro de ella hubiera un sonar, los tics de la chica de trenzas que se ubicó al final de todo.

—¿Pasás?

Una voz detrás de ella la despabila y la lleva a la realidad más tangible. Asiente mecánicamente, entra al cubículo, se quita hasta la ropa interior y de pronto todo el bienestar se derrumba. *La sal, no estimé la sal.* Los carbohidratos absorben líquido y la sal los retiene. No bebió ni un sorbo de más para que no pesara el agua, pero quizás no haya logrado eliminar del todo los ¿tres?, ¿cinco?, ¿catorce? bocados que ingirió. Respira profundo y evalúa el ángulo de la cámara. Se sube a la balanza y con mucha cautela se ubica cerca del borde para que el sensor no reciba la totalidad de su peso. Demasiado bajo. Apoya un poco más el pie. La balanza no da con su peso.

—Quedate quieta por favor —dice la recepcionista por el intercomunicador. Sofía obedece porque de lo contrario tendría que pesarse con monitoreo.

—Listo. Bajate.

Cien gramos de más. Sofía se rasca la cabeza pensando en qué podrán decirle. No es nada y su peso tiene margen de hasta dos kilos, pero Julia se lo va a hacer notar, se lo va a hacer pagar.

//

—¿Viste la marcha de los abundantes?

Sofía bebe dos vasos grandes de agua sin participar en la conversación de dos que la miran, e incluso comentan que no va a poder viajar si toma tanto líquido. Trata de ignorarlas mientras se prepara un café; ahora sí quisiera que sus sentidos volvieran a apagarse para no tener que escucharlas hablar.

—Ay, es fin de semana, quiero descansar de la realidad… Y, además, a esos no los puedo ni mirar, ¿cómo muestran eso en cámara? Son un atentado visual —dice una de anteojos con un delineado grueso y de pulso inseguro. ¿Hace cuánto que no ve una mujer con ese tipo de maquillaje? Tomarse el trabajo de pararse frente al espejo, acercar el rostro, sostener los dedos con precisión y tratar de marcar una raya en el párpado es algo muy de la Otra Época.

—Lo que más miedo me da es que, aunque no tengan ni un solo músculo abdominal, sean fuertes como toros de competición —dice una que en la reunión anterior se había presentado como docente—. Toda su vida trabajando con el cuerpo los hizo fuertes, fuertísimos. De hecho, los Controladores tuvieron bastantes problemas para contenerlos por la diferencia de masa muscular. No entiendo cómo no contemplan eso.

Sofía se aleja para buscar una silla de una pila del costado; las mujeres la siguen como si ella también participara de la conversación. *Rosa, ¿dónde te metiste?*, escribe en su teléfono por enésima vez a escondidas para que no la vean. Su silencio ya empezó a preocuparla; una cosa es que constantemente se olvide de cargar el chip y otra es no saber nada de ella desde hace por lo menos un día.

—Que les tiren una bomba a todos ya. Que los cuelguen en la plaza pública.

—¿Y cómo hacemos si no queda ninguno? Las nuevas fuentes de energía limpia y estable siguen en fase de desarrollo...

—¿Se pueden sacar las sillas?

—No sé, corazón, por las dudas dejalas ahí. Capaz que hoy hay terapia corporal. —La docente se seca la boca con una servilletita, tiene los dedos deformados por la artritis—. No tengo ni idea de eso. Pero, bueno, yo digo que al menos no los muestren más en cámara, ¿no te parece?

—Dicen que van a hacer huelga de hambre y que van a quemar todas las viandas que reciben a menos que les den otra calidad de alimentos.

—¡Encima que ingieren! Hay que sacarles todos los dientes, darles aceite y ya. No más carbohidratos; esos son el problema. ¿Proteínas quieren? Que se coman entre ellos. Y más les vale que dejen de reclamar porque, que yo sepa, es gracias a mis impuestos que hacen sus ingestas. ¿Acaso quieren que les paguemos un *catering*, todos los días?

—Bueno, bueno. Nos ponemos en ronda antes de empezar con los pesos. —Julia hoy no se ató el pelo, tiene el cabello como el de un soldado medieval y parece más diminuta que otras veces. Pone música en su teléfono, conecta el parlante y con un gesto indica que todas se tomen de las manos y formen una ronda.

En el profundo océano yace el pasado,
en el presente está nuestro regalo.
Navegamos aguas turbulentas, somos desiguales,
pero queremos ser normales.

Cuando se adelantan, las manos van hacia delante, cuando retroceden, las manos van hacia atrás y giran la ronda para un lado y luego para el otro. Julia canta con vigor, mira a cada persona del grupo para controlar si mueven la boca y cantan a la par. Sofía lo hace a viva voz; al lado suyo, la exdocente con artritis desafina bastante, a pesar de lo sencillo de la melodía.

En lo liviano
está la fuerza del mundo.
El peso ya no es relativo cuando todo corre peligro.
Soomooos, todos desigualeees y quereeemoooos
ser un poco más normaleees.

Ahora alternan los movimientos de manera coreografiada: unos van hacia la izquierda, otros a la derecha, dan una media vuelta y, al regresar, entrechocan las manos.

El peso es nuestro orden,
las medidas nuestra contención.
Ocupar menos espacio, esa es la solución.
Soomooos, todos desigualeees y quereeemoooos
ser un poco más normaleees.

Todos aplauden cuando termina la canción y el momento. Desmontan la torre de sillas y las ubican en ronda. Julia lee en voz alta los nombres y pesos de cada integrante (todos aplauden después de cada uno), excepto el de Sofía.

—Sofi, con vos nos vemos después del grupo para conversar un poco —dice, sin agregar nada más. Sofía respira y cierra los ojos. ¿Cómo decirle que se tiene que ir enseguida para sacar a su abuela del hospital? Según le avisaron, tuvo una excelente recuperación luego del último episodio y tiene habilitado el alta, ¿o habrá sido por el pago? Ensaya variantes: mi abuela no se puede volver sola hasta su casa después de haber sido atropellada por una estampida, llevar dos días de internación, una transfusión y un shock anafiláctico. O: Julia, ¿querés que mi abuela espere en la calle o en un pasillo de la guardia hasta que yo llegue? O: Julia, si no voy a buscarla son capaces de dejarla internada un día más (para cobrar la asistencia suplementaria). (No, eso no se lo diría).

—Julia... Yo me voy a tener que ir apenas termine la reunión.

—¿Vos viste tu peso de hoy? —dice con desaprobación.

—Son cien gramos y yo tengo margen de hasta dos kilos —responde firme, aunque la voz le tiembla un poco.

—¿Escucharon eso? —interrumpe Julia—. ¿A qué les suena? —Abre los ojos y la boca a la espera de la respuesta de la jauría entrenada.

—A excusas —devuelven a coro. La de los ojos delineados la mira con reprobación; la docente sacude la cabeza.

—¿Y qué son las excusas?

—Golosinas discursivas —repiten.

Se hace silencio. Sofía se enfoca en mantenerse serena el mayor tiempo posible y se concentra en un punto en el suelo, mueve los ojos para intentar serenarse. Todas las miradas están fijas en ella; alguien abre la boca para hablar y nota que Julia la detiene con la mano.

—Vamos a darle un momento a Sofía para que tome conciencia de sus propias palabras. Sofi, ¿querés que hablemos de lo tuyo acá en el grupo? Podemos revisar tus obstáculos y dispositivos atenuadores que hoy tenés a tu alcance.

Sofía no responde ni levanta la vista, el grupo se acomoda en sus sillas; escucha cómo la birome de Julia raspa contra el papel mientras toma nota.

—Si no estás cómoda, hablamos cuando finaliza el grupo y te ofrezco ponerte un poquito de onda corta para devolverte al eje, después que restablezcamos tu peso adecuado.

—No me puedo quedar, Julia, tengo que sacar a mi abuela del hospital y hay un horario para eso —susurra Sofía, las variantes argumentativas ya disueltas. *¿Rosa, dónde mierda te metiste?*

—A ver, Sofía... Para solucionar cualquier problema primero tenemos que reconocer que existe.

—¿Qué problema? Mi problema es que mi abuela se va de alta y si no voy dentro del horario que me dieron la dejan sola en la calle o la dejan internada un día más. Son solo cien gramos y tal vez los tengo porque el día está más húmedo, me estará por venir la menstruación o porque todavía no pude ir al baño a cagar toda esta mierda —dice y señala a su alrededor, la gente se horroriza por la mención del acto privado de la propia digestión—. El peso cambia durante el día. Todos los pesos cambian durante el día. Yo me tengo que ir porque no puedo pagar un día más de internación ni la puedo dejar a mi abuela que se quede sola en la calle después de que casi se muere —estalla Sofía.

—Cien gramos en la Otra Época era un pan de manteca chico. No es para despreciar —comenta en voz baja la docente con artritis a la de los ojos delineados.

—Hacé silencio, Inés —indica Julia antes de ponerse de pie—. Primero, nos calmamos. Segundo, tu manera de expresarte es por demás inapropiada, lo que me ratifica que estás "siendo de más". "Excedida en la reacción, excedida en la ración". Sin duda, vamos a hablar después y ya verás cómo hacés con tu abuela porque te quedás o te retengo la libreta. Y, tercero, escucho una negación. ¿Y qué es la negación, gente?

—Un anzuelo de la tentación —dicen al unísono con menos entusiasmo.

Esta va a ser una reunión larga, piensa con desaliento.

—Explicame, Sofía, ¿cómo es que no tenés un problema si aumentaste cien gramos? ¿Querés que Rocío te cuente lo que le pasó cuando casi muere asfixiada por una sustancia que todos conocemos de media masa al horno, cargado de lactosa, grasa y carbohidratos? Tenía solo cien gramos de más, pero la procesión iba por dentro y tuvo que buscar la comodidad en la incomodidad hasta resolver lo que la estaba llevando por el mal camino. Eso es lo que tenés que hacer aunque estés triste y avergonzada. —Se acerca y toma a Sofía de la mano para que se levante—. Estás acá y eso es lo que importa. Te abrazo y te acepto en nuestras diferencias y espero que bienvengas esta ayuda que todos te acercamos.

—Te ayudamos y bienesperamos —responde mecánicamente el grupo.

Alguien comienza a llorar, Julia deja a Sofía para que se siente y se acerca a una chica bastante grandota de pecho plano. —Contanos por qué llorás, Rocío.

—No logro olvidar ese día —se seca las lágrimas y mira a todos—, fue horrible.

—¿Te haría bien volver a confesar la ingesta?

—No sé… Creo que sí… No quiero pasar nunca más por eso. Ni que nadie sufra lo que yo sufrí —dice y cuenta al grupo cómo fue la vez que casi se atraganta con una pizza napolitana que había robado de la Cena de Terminación Vital de su tía.

—Así no, Rocío —dice Julia—. Llorá de verdad, sacá el grito que intentás ahogar con porciones de recuerdos. —Julia se acerca y la sacude por los hombros. Primero con suavidad y después con bastante vehemencia. —Amasá tu tristeza, reconocé los ingredientes que la integran, dejate llevar por los recuerdos y dale forma a la situación para que se vaya para siempre.

Rocío se entrega y su cuerpo se mueve como un muñeco destartalado.

—Vamos, vamos, sacalo, sacalo de verdad.

—No me sale —murmura y llora muchísimo.

Julia la contempla unos segundos, cruza el salón, vuelve a encender el parlante y de pronto retumban las paredes con cantos gregorianos.

—Bailemos. Cerrá los ojos y entregate al sonido. Dejá que todas estas voces entren dentro tuyo —le toca el esternón, los hombros, el pecho plano, las caderas—, que sonido tras sonido se mastiquen como un Pac Man tus células grasas, la acumulación de gritos que ahogaste todos tus años previos en forma de salchichas y picadas al paso. Vamos, sacudilo, buscá el grito, nacé, nacé de nuevo, Rocío. Abrí la boca para cerrar ese estómago insaciable. Hablale a tus intestinos, recorrelos y haceles un lavaje de palabras. Dejate llevar, que el sonido ahuyente las ratas de tu mente, que te hacen devorar y husmear entre las migajas, robar en una cena sagrada de despedida, romper puertas para tragar helado rancio. Mirate, pensá en cómo sería tu abdomen de no haberte rescatado a tiempo, antes de hundirte en toneladas de flan. Gritalo. ¿No tenés límites para robar comida como un perro callejero y te pones límites para gritar? Vamos, gritá, aullá. ¡Ahora!

Rocío cierra los ojos, comienza a moverse erráticamente, ondula los brazos y las piernas, sacude la cabeza, camina en cuatro patas, se incorpora y con las piernas abiertas en el borde de la silla suelta un grito desgarrador que obliga a Sofía a cerrar los ojos para clausurar el espectáculo. Después de unos minutos de silencio, Julia le acerca un vaso de agua y vuelve a su silla, se pone los anteojos, toma su carpeta de control y cruza las piernas antes de volver a hablar.

—Bueno. Como verán, la debilidad tiene solución. Gracias, Rocío, por esta *masterclass* de exteriorización. El autoconocimiento es un trabajo de por vida; aprender cómo se interconectan las creencias y falencias que dan rienda suelta al descontrol. Esa porción de sustancia de Rocío repercutió solo en cien gramos, ¿pero qué había dentro, además de ingredientes? Baja autoestima, mala conducta, rebeldía, por solo nombrar algunas características ruines de su accionar —dice mientras levanta los dedos de a uno a medida que enumera—. ¿Entendés por qué no te puedo dejar ir, Sofi? ¿Qué pasaría con Rocío si no hubiera confesado sus acciones y frenado a tiempo? No son cien gramos, son cien razones para reforzar la Metodología de Acercamiento a los Alimentos y la rigurosidad de la Administración de la Ingesta.

—Al respecto, Julia, ¿cuántos granos de arroz se pueden comer?

—Esperá un poquito, Clara, ya vamos con las dudas —levanta la mano para frenarla—. ¿Sabían que solo el veinte por ciento de quienes tienen desafíos corporales sobreviven? El ochenta restante son irrecuperables y ya saben qué sucede con eso. —Mira una por una a las personas de la ronda y se detiene en Sofía—. Aunque pasen diez años como en tu caso, Sofía, nunca podés confiarte en que no te vas a perder en la próxima porción. Que no vas a, por ejemplo, atentar contra tus pares comiéndote las raciones ajenas. Tenés que demostrarte a vos y a todos, pero a vos principalmente, que no sos una perdida ni una amenaza. Demostranos que podés bajar esos cien gramos, que no voy a preguntarte cómo sucedieron en un día en que no te toca ingesta, y que podés volver y que merecés estar entre nosotros.

—Un pan de manteca chico —repite la docente por lo bajo.

—Te escuché y te repito que no se mencionan ingredientes de Otra Época, Inés —dice sin mirarla—. Bueno, ahora quiero escuchar sus dudas. Porque aunque sepamos la teoría, las cosas se complican en la práctica. Ingerir correctamente es un arte y un oficio.

—¿Cuántos granos de arroz se pueden ingerir?

—Hasta veinte estás bien, diecisiete es lo ideal.

—Yo como dieciocho. Los cuento mientras están crudos.

—Perfecto, Clara.

—¿Y es lo mismo comer un tomate disecado en formato cherri que en formato redondo?

—El cherri suele ser más dulce y tener un mayor índice de palatabilidad. Ojo con eso.

—¿Y el polvo de legumbres? No me gusta.

—Clara, dejemos espacio para otras consultas. Si no te gusta, no lo ingieras.

—Yo estoy agotada de pensar en lo que tengo que comer todo el tiempo. Estoy pensando en pasarme a un suministro líquido —dice la del delineado.

—Me da miedo comer polvo de yogur —dice Clara.

—Pero no es yogur. Son batidos de proteína y otros, de vegetales. No necesitás comer.

—Hay intervenciones en las papilas y los órganos sensoriales para casos de mucha angustia —interviene Julia.

—¿El polvo para hornear se come?

—¡No seas ridícula, Clara!

—Es un espacio para dudas y todas son bienapreciadas —dice Julia—. Clarita, si comés polvo para hornear te va a arder el estómago porque es un químico que se usaba para cocinar, por eso se llama para hornear. Pero ¿dónde lo viste? Ya ni existe.

—Nn-no sé… Me pareció haberlo visto en alguna terminación.

—Si alguien habla de polvo para hornear fuera de una terminación lo tenés que reportar. Comer, no. Reportar, sí.

—¿Puedo seguir hablando yo o son todas las consultas para Clara? —dice la del delineado.

—Seguí, Elvira. Por favor.

—Es que a mí me gusta comer rico.

—Atención a los adjetivos que usamos…

Elvira la ignora: —Y para compensar el cartón que se consigue como idea de comida tengo que dedicar demasiado tiempo a inventar opciones. Estoy agotada. De pensar lo que puedo o no puedo comer, en las ganas que tengo de comer. No puedo parar de pensar en comida. Quiero que alguien me invite a alguna terminación vital para comer. Eso quiero. Y me hace sentir horrible.

—No se usa esa palabra. Vuelven a usar esa palabra y quedan todas sancionadas.

—Tengo amigos del otro lado que me invitan a eventos y no puedo ir.

—¡Podés hacerlo perfectamente!

—No, no puedo porque, si me invitan cuando me toca ayuno, no puedo ir y verlos ingerir, y me pierdo un montón de cosas que dicen, y cuando vuelvo a ir, me quedo callada sin entender nada de lo que hablan, y no quiero dejar de socializar. Yo vivo sola, necesito y quiero juntarme con gente.

—Nada te impide hacerlo —dice Julia sin levantar la vista del anotador donde escribe algo con trazos enormes.

—Y comer empanadas…

—Es la última que te dejo pasar, Elvira.

—Y tomar vino, cocinar durante horas, reírnos. Nada de eso existe más, nadie se ríe ni tiene ganas de compartir nada. Extraño lo que fui; cada día me levanto y siento que nada me espera.

—La comida no es una compañía, Elvi.

—No puedo ni quiero tener el control total de la comida ni de mis emociones. No quiero vivir más así. —Elvira comienza a llorar, Rocío la abraza y los demás hacen silencio. Se escucha el murmurar de Rocío que le dice a Elvira que no está sola y se sacude en llanto—. No puedo más con esta lucha interna. No quiero vivir más.

Se hace un silencio largo. Sofía lo aprovecha para revisar su teléfono mientras Julia se concentra en desenredar el exceso de emociones del otro lado de la sala.

—Tranquila, Elvi. Uno deja de ingerir sustancias adictivas y se apagan los receptores que alientan a ingerir ante cualquier estímulo. Pero así como se apagan, se encienden muy fácilmente si uno tiene demasiada proximidad con los elementos peligrosos. Hacé una práctica de líquidos durante setenta y dos horas y volvemos a controlar cómo estás —dice y vuelve a su silla.

—Perdón, ¿puedo preguntar algo? —Clara levanta tímidamente la mano.

—¿Qué necesitás saber?

—Eh… quería saber si la pasta de dientes se cuenta dentro de las calorías diarias.

//

—Vení, pasemos por acá, Sofi. —Julia sostiene la puerta con la espalda y con un brazo le indica que entre a la habitación. Afuera, el grupo se disuelve lentamente; algunos consultan por la firma de sus libretas, otros compran Sustitutos Focalizados para la Regulación de Ocurrencias sabor limón, los más efectivos para controlar el impulso por lo dulce, y los demás esperan a que les abran la puerta para salir.

—Necesito al menos llamar al hospital… —dice Sofía, de pie en el marco de la puerta desde donde alcanza a ver a Rocío salir con Elvira sin dejar de sostenerla del brazo.

—Grisel llamó al hospital mientras estábamos en el grupo para avisar que no vas a poder ir en el horario que te indicaron. —Julia le da un empujoncito suave y cierra la puerta tras ella.

—¿Cómo? Ustedes no pueden hacer eso. ¿Con qué derecho?

—Con el derecho que nos otorga nuestra responsabilidad de velar por quienes tienen la oportunidad de recuperarse. Acá también salvamos vidas —agrega.

—Dejame salir. Lo digo en serio, Julia.

Julia se interpone, pero Sofía la empuja y forcejea para abrir la puerta.

—Dejame salir. Quiero salir de acá ya mismo ¡Ayuda! —grita.

—Sin la llave magnética esta puerta no abre. Y dejá de gritar. ¡Sofía, calmate! —Julia la toma del brazo para que deje de golpear y patear la puerta.

—Mi abuela necesita que alguien esté para poder retirarla, es urgente, por favor te lo pido, Julia —dice con un hilo de voz.

—Vení, sentémonos y hablemos de lo que te afecta tanto.

—¡No quiero hablar, quiero llevar a mi abuela a casa! —Sofía comienza a agitarse contra la puerta.

La habitación no tiene ventanas; siente que el techo desciende y las paredes se tornan oblicuas; el corazón es una bomba de tiempo y le falta el aire. *Sofía, respirá*, se dice. *Estás en una habitación lo suficientemente grande para no necesitar ventanas, hay ventilación, hay una llave y vas a poder salir aunque esa llave esté en manos de un caniche. ¿Cuánto tardarías en tumbarla y quitársela?*

Evalúa las dimensiones: podría darse impulso con la pared de la derecha y saltar encima por la espalda, doblarle un brazo, tirarla al piso, contenerla con la rodilla y taparle la boca mientras con la otra mano le quita la llave que guardó en el bolsillo delantero. *Fácil, ¿no? Podés salir cuando quieras de esta habitación, no estás encerrada. No-estás-encerrada, así que ahora podés calmarte.*

La parte negativa es que llevar a cabo un plan semejante sería casi un suicidio. Pero al menos la tranquiliza saber que esa opción existe y logra serenarse un poco.

—Y yo te prometo que así va a ser, vas a ir a reencontrarte con tu abuela. No soy un monstruo. Pero antes tenemos que seguir los protocolos. Pasá por acá, Sofi.

—¿Tenés abuela, vos? ¿Madre? ¿Tía? ¿Padre? —Sofía no se mueve de la puerta.

—A los facilitadores no se nos permite hablar de nuestra vida privada. Pero si te ayuda para entender que esta situación no es en contra tuyo, acá va: tengo mamá, papá, tíos y ambos abuelos.

—¿Y a cuál de todos querés más? Está bien, no me respondas porque no es parte del protocolo. Pero elegí al que más quieras y pensá por un segundo que esa persona está débil, te necesita y vos no estás ahí.

—El deber siempre está primero y el mío es velar por los recuperados como vos. ¿Querés terminar en un Campo de Fomento, Sofía? Hoy son cien gramos, mañana otros cien y en dos semanas pasaste tu límite de los dos kilos que tenés a favor. —Julia habla y camina de una punta a la otra sin dejar de mirar a Sofía que no se mueve de la puerta—. Después, el cuerpo empieza a necesitar más; ya sabés cómo es esto: el metabolismo se sienta sobre las nalgas, abre la boca y pide que le des carbohidratos complejos y después te exige los simples. ¿Y acaso nuestro amado planeta tiene la posibilidad de darnos a todos en partes iguales la misma cantidad demencial de carbohidratos? ¿Puede soportar el exceso de peso que eso provocaría si tooodos comiéramos tooodos los carbohidratos, grasas, azúcares y proteínas que se nos diera la gana? ¿Aumentar de a cien gramos, total tengo dos kilos de sobra? ¿Así de egoísta sos? —Julia levanta la voz y arruga la cara.

—Julia…

—Y no se termina ahí porque, una vez que empezás a consumir, tu cerebro empieza a formular imágenes para que le consigas más; te hace pensar en harinas en sus diferentes formas de cocción, tus papilas reciben la señal y, como perros de caza, empiezan a salivar. Mirá si no tengo razón: baguette, pizza, sándwich… —Julia susurra cada palabra y hace un silencio para observar la reacción de Sofía, que permanece inmóvil.

—No hace falta nada de esto. Dejame salir, te lo pido por favor.

—Y antes de que puedas contenerte, estás yendo a buscar esos alimentos cargados de sal, azúcar, harina y grasa. Como toda adicta, te mezclás con gente oscura que tiene la llave para saciar tu deseo ordinario de comer pan —al decir pan cambia el tono de voz para burlarse de la palabra—, porque la gente antiestética come pan. La gente de bien, una Nacida y Criada como vos que querés volver a serlo, no se le cruza por la cabeza comer pan. Ni siquiera conoce la palabra. Si le ofrecen un sándwich de salame y queso a una persona de bien no puede ni reconocer de qué se trata semejante bazofia. Pero vos, no. Una parte tuya, la que se recuperó durante diez años, todavía quiere deglutir una bolsa entera de papas fritas, llena de grasa bovina y grotesca, como tu parte oscura que claramente no desapareció y que quiere volver a consumir toda esa basura. ¿Sabés lo que hace la grasa animal cuando entra a tu organismo? —dice con los brazos en jarra y parece una miniatura en pose amenazante. —Se prepara para destruir tus enzimas e intestinos y tomar de rehén a tu sistema hormonal para que vayas por más. Porque las papas fritas, las salchichas y todas esas desgracias que tanto consumían los abundantes antes de que tomemos las acciones correspondientes, las fabrica el inconsciente colectivo del mal que nos llevó a los peores desastres naturales. ¿Cien gramos te parecen poco? ¿Una papita es inocente? —imposta la voz para que cada palabra sea aguda y ridícula—. Comés una y comés catorce porque lo que te lleva a comerlas no es el hambre, sino el apetito de querer hacer lo que se te da la gana, como salir de acá cuando querés y no cuando yo lo diga —Julia grita y golpea la pared.

—Julia, pará un poco.

—No, no. Estoy hablando —grita fuera de sí y después habla con un poco más de calma—. Nuestros antepasados pasaban por largos períodos de ayuno que les permitían sobrevivir a las hambrunas a las que estaban expuestos cuando había escasez de alimento y eso no generaba ningún riesgo en su salud física ni emocional —baja el tono, ahora dispuesta a ser más didáctica—. Pero con el sedentarismo, nos volvimos débiles y cómodos y empezamos a querer pan y más pan —hace un gesto con las manos como quien exige más—. Y azúcares. El pan es azúcar, claro que eso lo sabés. Y cuando se te mete en el organismo, solo querés más. Y un kilo enseguida son dos en un mes. Y después se acelera todo el proceso a medida que se duerme el metabolismo y generás cada vez más resistencia a la insulina. Tus mitocondrias comienzan a atrofiarse —se toca el cuerpo como si pudiera tocarse las mitocondrias—; en cada célula comienza a almacenarse cada vez más grasa; se expande, retiene líquidos y se agranda como una esponja y se reproduce —abre las manos como si tuviera un bandoneón—: una célula es igual a una esponja y absorbe tu ingesta y se reproduce como un virus. Sos portadora de un virus ahora —la señala— como un zombi al que le comieron el cerebro; tu capacidad de discernimiento está *hackeada* y querés más, máaas —grita con voz grave—. Entonces pasás a los fritos, a los procesados. Pero ya nada alcanza. Las porciones son equivalentes a las que comería un animal salvaje, pero a diferencia de un animal salvaje, vos no te saciás —niega con el índice—, pretendés tener el derecho infinito a comer y cada vez pesás más sobre la Tierra. Y no te importa si eso afecta la órbita. Vos-solo-querés-más-papitas. —Golpea la mesa para enfatizar cada palabra y las grita tan fuerte que retumban las paredes.

Sofía se queda en silencio, ya convencida de que no existe ninguna salida razonable para alejarse de su secuestradora; tendrá que cederle todo el poder en esta situación que será interminable si se resiste; toma asiento en el sillón de onda corta y con un gesto se muestra dispuesta para el tratamiento. Julia respira hondo para calmar su agitación, después sonríe y asiente.

—Bien, Sofi, bien. Tengo claro que no sos un caso perdido como Elvira y por eso me tomo el trabajo de intervenirte antes de que, sin darte cuenta, te caigas al abismo. Empecemos.

Julia rodea el escritorio y de un cajón saca un maletín. Dentro, ubicados cada uno en un espacio delimitado por goma espuma, hay una cantidad de elementos que podrían pertenecer a un espía secreto: algo parecido a una antena, un control remoto con botones y perillas, correas, electrodos sin cables y una pantalla táctil.

Julia se acerca a Sofía y le pone los electrodos con excesiva fuerza en las sienes, comprueba la conexión en el monitor que tiene en la mano y sube la intensidad con el control remoto.

—Vas a sentir un pequeño cosquilleo y un escalofrío; es completamente normal.

—Ayyy. Más suave, Julia.

—Aguantalo porque hay que comprobar que lleguen las ondas.

—Pero más despacio.

—Silencio. —Julia aprieta los botones, y Sofía tirita de frío cuando el efecto le recorre el cuerpo.

—Ahora unas preguntas. Son parte del protocolo, como ya sabés.

Sofía asiente.

—Nombre, edad, fecha de nacimiento y edad al momento del Acomodamiento.

—Sofía Martínez Castro, 27 años, 30 de noviembre de 2040, 15 años.

—Total de años en el Campo de Recontextualización.

—2.

—Años en recuperación.

—10.

—Sustancia de preferencia o subalimento en la escena del autoatentado.

—¿Se puede nombrar?

—Es parte del protocolo —Julia asiente.

—Alfajores de dulce de leche bañados en chocolate.

—¿Cantidad?

—6 —murmura Sofía y baja la cabeza.

—¿Te comiste 6 alfajores, cerdita?

Sofía levanta la mirada, Julia sonríe y después comienza a reír.

—Respondé, Sofía —dice Julia muy seria y aprieta una de las perillas. Sofía da un respingo—, es parte del protocolo.

—Sí, 6.

—Bien. Retené esta imagen: vos con los dientes manchados de sustancia marrón oscuro y marrón claro como si hubieras comido un desecho humano, un barro como en el que se revuelven los cerditos; una caca fresca te comiste. No una, sino seis cacas frescas. Retené ese momento en que te revolcaste en tu propia mierda y te deslizaste por el barro de tu propio barranco y fuiste tu propio alud.

Julia pulsa varios botones al mismo tiempo como si fuera un *videogame*; Sofía se revuelve en el sillón. Aprieta las manos, los dientes y los ojos y aguanta todo lo que puede hasta que grita de dolor.

Lo recuerda perfectamente: fue después de la quema de alimentos organizada por el Programa Único de Racionamiento y Gestión Alimentaria (PURGA). Le tocaba ir a la casa de su papá y, en el baño del colegio, varias de sus compañeras se habían reunido para intercambiar lo que no había llegado a la quema. Los supermercados habían sido saqueados instantes antes de que llegara gendarmería con los remolques, y las calles eran un reguero de paquetes que los saqueadores encapuchados no habían logrado retener mientras escapaban con lo que podían a toda velocidad, huyendo de las *taser*, las balas de goma y los gases lacrimógenos que arrojaban los guardias desde sus tanques para custodiar sin éxito los supermercados expropiados. Luego serían espacios de distribución de alimentos permitidos o –en los predios muy extensos y alejados– reparados para un posterior cultivo controlado. Esa noche la ciudad se cubrió de un humo denso. Habían dado la orden de que todas las personas permanecieran en sus casas con las ventanas y persianas totalmente cerradas y con barbijos humedecidos. Había que permanecer despiertos o tomar turnos para dormir y vigilar que quienes dormían no se intoxicaran con las partículas que podían filtrarse.

En casa de Sofía, su abuela había sumado a su amiga Delia para que no pasara la noche sola y pudiera descansar algunas horas. En cuanto se durmió, Sofía le rogó a su abuela que la dejara ir a casa de su novio para hacerle compañía, porque no podían localizar al hermano, que aparentemente había participado de los saqueos y la familia estaba desesperada. Eran apenas tres cuadras y la llamaría al llegar. Su abuela accedió después de mucho insistir y Sofía corrió las cuadras cubierta con una sábana humedecida.

Las calles eran un polvorín desolador. Aunque la quema sucedía lejos de donde estaba, el humo era palpable, anaranjado y llegaba a ras del suelo. Tiene el recuerdo de sus zapatillas en el asfalto al correr, casi lo único que veía con nitidez; lo demás, eran imágenes abultadas de cosas: focos de fuego en algunas esquinas, vidrios rotos de restaurantes y supermercados que habían sido intervenidos unos días antes. Las despensas totalmente vacías, las estanterías rotas, vidrios, líquidos derramados, latas aplastadas, paquetes abiertos, basura que tardarían meses en limpiar y organizar.

Aún hoy, tantos años después, hay espacios tapiados donde antes funcionaba algún kiosco o cafetería, que siguen pendientes de su "reconversión habitacional".

En ese trayecto, Sofía encontró un *pack* cerrado y limpio de chicles de menta y otro de chupetines. Sin dudarlo, se los guardó. Los chupetines se los dio a la familia de su novio para que pudieran intercambiarlos y aportar con algo mientras intentaban localizar al hermano de Martín. Ella se quedó con los chicles. Cuando se retomaron las actividades con alguna normalidad, Sofía intercambió los veinte paquetes de chicles en el baño del colegio a cambio de seis alfajores de dulce de leche bañados en chocolate; cada uno con su envoltorio dorado y los seis en una bolsita plástica.

Los escondió en su mochila; por su edad y por el caos que reinaba en la ciudad y en el mundo, los Controladores, que recién pisaban las calles en ese nuevo rol, no la cachearon y pudo llegar sin problemas a la casa de su padre donde más tarde se reuniría con Martín, después de varios días sin verlo y aún sin noticias de su hermano.

Cruzó la reja y, en el jardín de adelante, vio algunas páginas quemadas que se habían volado de la basura. Reconoció los fragmentos de los libros de cocina y recortes de recetas de su mamá que –después se enteraría–, Soledad había aprovechado a quemar junto con los alimentos de la despensa. Eran hojas secas desparramadas por el pasto; Sofía juntó todas las que pudo encontrar, como partes de un rompecabezas que jamás tendría sentido, o el relato de un mal sueño: batir las yemas con…, sellar la car…, derretir…, en forma de lluvia…, una vez listo…, horno fuerte por…, separar con cuid…, en abundante aceite…, salpimentar…, 200 gramos de…, lavar, cortar, agregar…

Entró furiosa, decidida a enfrentar a Soledad. *Con qué derecho tocás las recetas de mi mamá, basura.* Corrió por las escaleras hasta su cuarto donde se encerró para esconder los recortes en el fondo de su mochila y ponerlos a salvo antes de enfrentarla. Ahí también estaban los alfajores dorados que crepitaban dentro del envoltorio plástico. Tiró con fuerza para abrir el borde sellado y los alfajores saltaron hasta la alfombra. Eran para intercambiar, pero, sin pensarlo, abrió uno y estaba tan delicioso que al segundo bocado lo engulló entero mientras abría otro y después otro antes de terminar de tragar el anterior. Juntó los tres que quedaban y que eran para Martín, pero antes de poder esconderlos, alguien abrió la puerta sin llamar. "No sabía que estabas acá", dijo Leandro cuando la encontró tratando de esconder los alfajores que quedaban y de hablar con la boca llena. El resto es un recuerdo confuso en el cual ella trataba de comer los alfajores restantes para evitar problemas, y la madre de Leandro lavándole la boca con el jabón del baño. El frío de la loza contra su mejilla, colores mezclados mientras corría el chorro helado por la frente y sentía ahogarse con el agua que le entraba por la boca, nariz y orejas, y el vómito que surgía descontrolado mientras una mano reforzaba cada grito apretando su cara contra el lavatorio. Lo último que recuerda es el rostro de Leandro asomarse mientras ella se recuperaba en la cama. Después, la camioneta con ventanas tapadas que la llevaba al Campo de Recontextualización para pedalear su cuerpo desobediente e indisciplinado.

—Repetí: el chocolate y el dulce de leche son para las personas sucias y yo, Sofía Martínez Castro, soy una sucia. ¡Sucia!

—Basta, Julia.

—Repetilo, Sofía.

—El chocolate y el dulce de leche son para la gente sucia. Yo, Sofía Martínez Castro, soy una sucia.

—Una roñosa.

—Una roñosa.

—Merezco comer la caca de todos para pagar mis culpas.

Sofía abre grandes los ojos: —No, Julia. Pará.

—Está bien. Está bien —Julia retrocede—. Eso no, pero esto sí, me arrepiento de mis acciones desmesuradas y excesivas que pusieron en riesgo al planeta y su órbita.

Sofía repite la frase.

—Ahora, para terminar, digamos juntas la oración de recuperación.

Sofía suspira y susurra.

—No te escucho.

—"Solo la adversidad nos hará fuertes y aptos. Otórganos tu gracia, planeta Tierra, poderoso y misericordioso, que nos sostienes aunque te hayamos maltratado. Ten piedad de nuestra insatisfacción constante y enséñanos el camino para vivir tu exuberancia con moderación y sobriedad".

—Gracias, Tierra, por sostenernos un día más.

Julia apaga el monitor, se acerca a remover las tiras y los electrodos. Retrocede hasta su silla sin darle la espalda a Sofía que se masajea las sienes y las muñecas.

—¿Y? ¿Cómo te fue con el recuerdo, Sofi?

—Bien —miente mientras se levanta para irse.

—No, esperá que aún no terminamos.

—Julia, ¿qué más?

—Tenemos que hablar de estos recuerdos para desprogramarlos y falta que bajes los cien gramos.

—¿Ahora? Hago ayuno de treinta y seis horas si querés, pero dejame ir a buscar a mi abuela, por favor.

Julia da un respingo en su silla: —Pero, ¿esto que hicimos no sirvió de nada, Sofía? ¿Necesitás que reprogramemos tu egoísmo para que puedas volver a situarte en el Bien Común?

Sofía no responde.

—Las personas como vos, que no están perdidas como los abundantes, deben esforzarse más; reeducarse para no recaer. ¿Vos querés tu NyC? ¿Te pensás que allá las cosas son tan fáciles? Mirame cuando te hablo. —Julia parece sincera con su preocupación—. Allá hay más opciones, es cierto, pero no es todo color de rosa. Tenés que estar muy bien preparada, tener la piel gruesa – metafóricamente hablando, claro–. Allá llegás a subir cien gramos y no hay negociación posible. ¿Te acordás de la Escasez?

—Estaba en Recontextualización en ese momento.

—Bueno, dejame contarte qué hacían con los abundantes antes de que lograran reubicarlos en los Barrios Contenidos: los masacraban en la Plaza Central de distintas maneras, les hacían tomar bidones de aceite o se les sentaban encima... No era muy lindo ver eso. Pero, ¿sabés por qué hacían eso? Por seguridad, sí, pero también por desconfianza. Si el abundante come desmesuradamente, deja a otros sin comida suficiente. Y si los abundantes no se saben contener porque son débiles, vagos e incapaces del propio autocontrol, ¿cómo podemos confiar en que no serán una amenaza para la humanidad?

Suena el reloj de Julia que le anuncia que debe moverse; se levanta y hace estocadas de una punta a la otra de la habitación.

—Durante años nos hicieron creer que la abundancia gravitacional era una enfermedad crónica y, como no era contagiosa, había que integrarla a la sociedad para cumplir con los derechos civiles y bla bla. —Cambia a estocadas laterales—. Si fuera una enfermedad habría un remedio, ¿no? Es pereza, o fijarse en un estadio primitivo como es comer para almacenar. ¿Qué somos? ¿Alacenas rodantes? En algunos casos se reeduca y en otros, no; pero a todos se les da la oportunidad. —Se queda en el centro y cuenta diez sentadillas mientras sigue hablando—. Algunos pueden, otros no. Y decirle a un abundante que vaya y coma, así a pelo, sin una pauta, es darle carta blanca a un asesino.

—Estás exagerando al compararlos con asesinos, Julia.

—Yo no dije que lo fueran, solo di un ejemplo. ¿Acaso los estás defendiendo? ¿Quién nos garantiza que no acaben con toda la comida disponible por no saber reeducarse? —Ahora trota en el lugar—. Igual, mejor que le encontraron la vuelta, porque fueron tiempos muy salvajes para mi gusto y, después de todo, también son seres humanos. —Exhala y luego hace unas respiraciones hasta aquietarse.

Sofía se queda en silencio. En el Campo de Recontextualización llegaban noticias sobre el tema, pero siempre creyó que eran exageraciones para asustarlos. Las primeras medidas fueron censar los pesos y medidas de la población y, según el talle, definían qué espacios podían recorrer y cuáles no. De a poco, fueron eliminando la circulación de vehículos y ensanchando las calles, y las personas circulaban en días distintos según su talla, hasta que un buen día, quienes caían en el extremo superior de la tabla de medidas dejaron de estar autorizados para salir a la calle. Tenían una insignia roja; cada talle debía llevar un color distinto, como en el jardín de infantes, hasta que lograron implementar lo de las balanzas y punteros de medición. Y hasta ahí sabía ella del tema. Lo de las masacres colectivas siempre creyó que eran una mentira, pero al parecer sí habían sucedido y siente ganas de volver a vomitar el guiso que comió hace unas horas.

—¿Te impresiona, no? —Julia bebe un sorbo de agua medido con la tapa de la botella. —Es la idea; que te des cuenta de que no estás a salvo, que nadie está a salvo, a menos que cada uno de nosotros cumpla con su parte—. Cierra la botella y la ubica en el bolsillo lateral de su pantalón cargo, controla su reloj y asiente con satisfacción. —La tuya es mantenerte dentro de tu volumen; la mía, ayudarte. Porque yo estudié la mente humana, sé lo que se dispara en el sistema nervioso apenas nombramos determinados alimentos. Lamentablemente, el ser humano no logró desprogramarse de su primitivismo de las épocas en las que no siempre tenía comida disponible, y entonces se nos activan los neurotransmisores del gusto para seguir comiendo más allá de lo que necesitamos. El problema es que eso se convierte en vicio, en comodidad voraz y desorden civil—. Se sienta, toma un papel del cajón—. Ojalá algún día encuentren la vacuna contra esta locura. Por ahora, solo tenemos reeducación de la conducta para los casos viables como el tuyo. Así que esto es lo que vamos a hacer. —Julia le entrega en papel un plan de ayuno y comida que Sofía debe firmar. Es una hoja casi vacía con horarios y menos comida de la que ya tiene asignada. Mientras lo lee, Julia repite "vehiculizar las claras de huevo" (el alimento favorito por su proteína, baja carga calórica y calidad nutricional, aunque nadie se haga cargo de las enfermedades renales que aparecieron en los últimos años por el exceso de consumo de proteína en forma líquida, polvo de claras y demás variantes). —Y ahora pasá a la sala de máquinas a eliminar los cien gramos para poder firmarte la salida.

Sofía se entrega mansamente a las indicaciones. En la sala de máquinas también está Rosa, pero Sofía esconde el alivio de ver a su amiga porque encontrarla allí no es una buena noticia.

—Rosita, te dignaste a venir —dice Julia—. Mirá que la próxima vamos a tener que enviarte una patrulla.

Rosa la mira como quien contempla un hecho cotidiano de la naturaleza y pedalea sin variar la velocidad.

—Muy bien, Rosi, así me gusta, con ganas y compromiso —gira para mirar a Sofía—. Ves lo que te decía, por ejemplo, acá tu amiguita decidió que no quería venir al grupo y, claro, todos podemos tener un inconveniente, pero resulta que nos llegó la información de que Rosita estaba fabricando helados con una máquina de juguete.

—Estaba usando el polvo permitido —jadea Rosa.

—El polvo es para ponerlo en la lengua y calmar los neuro-transmisores, no para mezclarlo con agua, ponerlo en el *freezer* y jugar a que tomás un helado. A ver, ¿qué conducta estamos re-educando si ustedes se ponen una heladería? —Julia prepara la máquina de Sofía—. Qué tremendo, además de que les damos la oportunidad, ustedes siempre quieren una ventaja más.

Sofía se ubica en la bicicleta fija, Julia le ata los tobillos a los pedales.

—El polvo de helado es una estrategia que creamos (que creé yo, vamos a decirlo todo) para calmar las sensaciones en la boca que se unen a los neurotransmisores que relacionan las emocio-nes con la comida. Si a eso le sumás una escena de comer y lo vinculás con el placer, deja de tener sentido, ¿entendés? —Mira a ambas, que no la miran a ella—. No sé para qué me esfuerzo, la verdad. Trato de explicarles para que entiendan esos vicios tan inofensivos: que un vinito, que las frutitas secas del pan dulce, el cafecito, el chocolatito, toda esa indulgencia presionó el cultivo mundial para satisfacer su miserable agujero negro del placer, ¿y cuál fue el resultado de todo ese exceso? El cambio climático, los huracanes, los terremotos, inundaciones, sequías, enfermedades, muertes, pérdida de seres queridos... Por culpa de viciosas como ustedes estamos todos viviendo así —grita furiosa. Luego se queda en silencio—. Lo único que ustedes tienen que hacer es seguir el plan sin cuestionarlo. Sofía, esta luz —señala la que está conecta-da a la bicicleta— tiene que estar encendida por treinta minutos. Si titila, volvés a empezar.

Julia cierra la puerta y se ubica del otro lado del espejo para monitorear el tiempo y la energía que logran acumular.

—¿De dónde sacaste una máquina de helado de juguete? —pregunta Sofía entre dientes.

—Ahora no —resopla Rosa—. ¿Cómo no me avisaste nada de María? Me enteré al llegar acá.

—Tenpogopo alpogopo quepe conpotarpatepe —intenta Sofía.

—Nunca entendí jeringoso.

—No quise preocuparte. ¿Me acompañás a buscarla después?

—A ver si dejan de hablar y se concentran en lo que tienen que hacer —grita Julia por el intercomunicador.

09.

Una vez afuera, caminan en silencio; cada tanto, Sofía mira a su alrededor para saber si alguien puede escucharlas y, por fin, contarle todo a Rosa.

—¿Apagamos los teléfonos, Rosi?

Rosa mira el piso y niega con la cabeza: —Si desactivamos el GPS, Julia se va a dar cuenta. Estoy segura de que nos está siguiendo el trayecto.

—Necesito contarte muchas cosas. Y necesito saber qué te pasó.

—Ahora no. De verdad, ahora no.

—¿Y cuándo podemos hablar?

—Está complicada la cosa, ¿no te enteraste de nada?

—Es que te tengo que contar eso, justamente.

Rosa levanta la vista, intrigada por lo que su amiga tiene para decirle. A unos metros, un operativo de Controladores Urbanos detienen personas al azar para realizarles una medición de glucosa. Sofía y Rosa desaceleran el paso, pero los Controladores les hacen señas de que sigan su camino.

A un costado de la senda peatonal, una decena de personas, dividida en dos grupos, debe realizar un circuito en las Plazas de Obligatoriedad del Movimiento: pedaleo, escalada, giro en máquina, fuerza de brazos; las máquinas titilan con luz como arbolitos de Navidad. Si no fuera parte de un operativo que puede salir mal, hasta sería lindo ver el parque iluminado. Casi como cuando eran libres y en las noches de verano se armaban ferias y la gente bailaba solo porque tenía ganas. De a poco, Rosa le cuenta que hubo batallas del movimiento en zonas protegidas con cientos de

muertos: una razia se llevó a los cabecillas que iniciaron los disturbios, los obligaron a mover el cuerpo sin parar ni un momento y,
de a poco, fueron cayendo: paros cardiorrespiratorios, deshidrata-
ción, fracturas expuestas, aplastamiento.

—Una masacre, Sofi. —Rosa trata de contener las lágrimas,
pero son tantas que se detiene en una esquina a llorar. Sofía mira
a su alrededor y frena para contener a su amiga.

—Está todo en orden, ¿señoritas? —Un Controlador se acerca
con la mano en el bolsillo, listo para accionar lo que sea que tiene
ahí.

—Sí, es que mi abuela está internada y ella se acaba de ente-
rar… Nos criamos juntas… Estamos yendo a verla. El Controlador las evalúa y con una seña les indica que avancen y les pide
amablemente que no detengan la marcha. Ambas asienten y el
Controlador les desea "una pronta recuperación para su familiar
querido".

Se alejan lo más pronto posible. Encienden la radio en sus
teléfonos para evitar que los dispositivos las escuchen, pero no
logran sintonizar ninguna frecuencia, solo ruido blanco.

—¿Pudiste enganchar alguna?

—No. No sé qué pasa.

—Bueno, al menos dejemos el ruido —dice Sofía.

Rosa asiente y durante el trayecto, de a poco y como pueden,
terminan de contarse lo que pasó.

—¡Cómo no me dijiste nada de todo esto antes de ir, Sofía!

—Al menos logré quemar casi todo, me faltaron cien gramos.

—Yo tengo maneras de solucionar esos temas.

—¿…?

—Tengo mis maneras —insiste.

Sofía la mira esperando una respuesta mejor: —¿Y? —pregunta impaciente.

—La próxima vez que vayas, avisame y te doy algo que es muy, muy efectivo.

—No va a haber una próxima vez. Ya cumplí mi parte y me expuse demasiado. ¿Y de dónde tenés esas cosas?

—Yo no estoy dispuesta a ser tan obediente como vos, Sofi.

—No tengo opción...

—Sí, la tenés, olvidate ya de esa quimera de recuperar tu NyC.

—No. Si no, qué sentido habrá tenido todo lo que peleamos estos años.

Rosa no responde. Sofía agrega que ella tendría que dejarse de pavadas para que también resuelva su situación legal que la tiene en el limbo y así las tres vivir tranquilas en el otro lado.

—Yo no quiero volver ahí. Si pudiera, te regalaría mi NyC. O no, tampoco. No vale nada, Sofi. Creeme. No se está mejor.

—Con más espacio, mejores condiciones, mejor paga, más años de vida para mi abuela, sin libretas sanitarias, ¿no te parece una vida mejor?

—La verdad, es la misma porquería, un poco más cómoda, pero con la obligación de tranquilizar a tus vecinos de que pertenecés a ese lugar, de que no sos una amenaza. Y vos, nosotras, como recontextualizadas —hace un gesto en el aire para burlarse del término—, nunca vamos a encajar, aunque hayas nacido ahí.

—Bueno, no voy a discutir sobre esto. Solo te voy a decir que no puedo perder a mi abuela y también a vos. —Ahora es Sofía la que contiene el impulso de llorar.

Rosa asiente en silencio, le da un apretón suave en la mano.

—Ahora lo importante, háblame de ese guiso con lujo de detalles: color, aroma, textura, todo, todo. Quiero saberlo todo.

—Yo prefiero olvidarlo. —Sofía sacude la cabeza y se le acelera el corazón al recordarse con la cuchara en la mano.

—La próxima vez te acompaño, sí o sí.

—NO VA A HABER PRÓXIMA VEZ, ROSA.

—Está bien, está bien. Vamos que nos queda poco.

//

—¿Cómo que mi abuela no está acá? ¿Con quién se fue?

—No sabría informarle; nuestra responsabilidad llega hasta la puerta del sanatorio —dice una voz de mujer a quien no puede ver detrás del vidrio blindado y polarizado.

—O sea que dejaron a una anciana convaleciente en la puerta para que se arregle sola. ¿Qué les pasa a ustedes? Claro, como recibieron el pago, qué les importa, ¿no?

—Le ruego que no se dirija a mí en ese tono.

—Ey, a ver si entendés, esqueleto —Rosa golpea el vidrio que apenas hace ruido a pesar del fuerte puñetazo—, venimos a buscar a una paciente y se supone que nadie puede retirarse a menos que alguien venga a buscarla y nos decís que la soltaron en plena calle... ¿con las cosas que estuvieron pasando? ¿Quién firmó el alta?

—Para su información, si el o la paciente no tiene familiares, debe procurarse un acompañante y no nos involucramos en la privacidad de las personas. Y ahora aléjese o daré inicio al Protocolo de Alejamiento Justificado y Asistencial.

—Metételo donde mejor te calce, hambrienta de porquería.

—Rosa, frená, no podés decir eso.

—¿Cómo me llamaste?

—Hambrienta. Famélica. Muerta de hambre. Seguro que comés y te purgás a escondidas. A quién querés engañar. Te puedo denunciar yo a vos por tus actos ilegales si no nos decís cómo y con quién se fue la abuela de mi amiga.

Sofía tironea de la manga a Rosa para que se aleje de la recepción antes de que se metan en problemas. Cuando logra tranquilizar a su amiga, vuelve a llamar al teléfono de su abuela.

—¿Y? ¿Alguna novedad? —pregunta Rosa.

—Sigo sin poder comunicarme. No entiendo qué pasa.

—Seguro que interrumpieron las comunicaciones. —Rosa señala con el mentón la televisión de la sala de espera: "La órbita terrestre en peligro a causa de los disturbios" dice un cartel en rojo, y una infografía con círculos rojos muestra dónde fueron los disturbios masivos en cada latitud y meridiano, seguido por un *render* en el que se ilustra la Tierra, la distancia al Sol y una cifra llena de ceros para explicar que los disturbios generaron más peso en el planeta y "eso nos acercó una micronésima de segundo, afectando los satélites, la Luna y, por ende, las telecomunicaciones".

Sofía, pegada a la pantalla, intenta volver a llamar una y otra vez a su abuela.

—¿Qué está pasando, Rosi? —dice, asustada. Rosa le pasa un brazo por los hombros para contenerla.

—No te preocupes, no creas nada de lo que ves —le susurra al oído. Pero su amiga no la escucha, acelera el paso detrás de la doctora que atendió a su abuela y que cruza el hall de entrada de regreso a su puesto.

—¡Doctora! —La mujer se detiene, inexpresiva—. Soy la nieta de María Castro Solano… La señora que ingresó por la avalancha… Por la que usted me pidió las bolsas de sangre y plaquetas.

La doctora abre grandes los ojos y le hace un gesto de que baje la voz.

—Sí, sí, recuerdo. Ya fue dada de alta.

—Ya lo sabemos, pero ¿con quién se fue? En la recepción nos dicen que la dejaron en la puerta sin más.

—Yo firmé el alta y, como no hubo forma de contactarla, localicé al donante que la acompañó ese día y dijo que vendría a buscarla. Si lo hizo o no, no me consta. Nuestra responsabilidad es puertas adentro.

—¿Leandro vino? ¿Y cómo no controlan con quién se va un paciente?

—Disculpe, señorita, tengo muchos casos que atender y siguen ingresando más —dice y se abre paso entre Sofía y Rosa que se quedan sin reacción.

—Encima esta basura no anda. —Sofía sacude el teléfono mientras contiene un grito rabioso.

—Lo vas a romper. Pará, Sofi. —Rosa la toma de la muñeca para frenarla e intenta volver a llamar a Leandro.

—¿Y? ¿Te da algo? —Rosa niega con la cabeza.

En la pantalla, aparecen noticias resaltadas en rojo: "Alerta: el campo magnético terrestre está debilitado debajo del meridiano 32°". En la pantalla, una mujer, con un croma detrás, señala constelaciones y la órbita terrestre. "Científicos usan datos de la constelación ZRWM para corroborar el estado del núcleo terrestre. La intensidad descendió 10 mil nanoteslas: todas las comunicaciones interrumpidas".

—Todo por culpa de esos mierdas que se les ocurre sacudir la Tierra —refunfuña entre dientes Sofía mientras vuelve a llamar a Leandro. Rosa la mira, seria y en silencio—. No me mires así, nosotras no somos ellos, nosotras le pusimos voluntad, nos rompimos el alma y nos recuperamos, ¿y ellos? Todo lo que quieren es abrir la boca como hipopótamos y comerse toda nuestra comida, y ahora por culpa de ellos no sé dónde está mi abuela. —Sofía se desespera.

—Vamos, Sofi. Vamos a tu casa, lo más probable es que tu abuela ya esté allí —dice Rosa con sequedad.

—¿Y si no está allí?

—Por favor, no me hables más por un rato. Vamos.

—¿Por qué te ponés así? ¿Por qué los defendés? ¿No viste lo de la anomalía? ¿No ves que están provocando el caos porque quieren comer "comida"? —Sofía pronuncia con una mueca ambas palabras—. ¿Sabés la cantidad de recursos que se tienen que poner en marcha para darnos de comer a todos? Agua, suelo, energía, contaminación. Y ellos arman tremendo caos porque quieren más y mejor.

Rosa la agarra del brazo; son como tenazas.

—No hables nunca más así. Nunca más, Sofía, ¿me escuchaste? Ahora, vamos a tu casa —dice y la arrastra fuera del hospital.

//

—¡Abuela, abuela! —Sofía sube las escaleras de dos en dos. Con la mano temblando intenta pulsar el código para destrabar la cerradura; la puerta se abre y Sofía se tropieza dentro de su casa. María está sentada en una de las sillas del living-comedor, tiene un codo apoyado en la mesa y el otro brazo con un cabestrillo; levanta la vista cuando entra Sofía, que corre a abrazarle las rodillas.

María acaricia con la punta de los dedos el cabello de su nieta y llora sin ruido. Leandro y Rosa se alejan lo más posible para darles toda la intimidad que el espacio permite.

—¿Por qué no me llamaste? ¿Estás bien? ¿Cómo te sentís?

—Perdoname, Sofi. Por favor, perdoname. —María se cubre los ojos con la mano libre y llora desconsolada. Ahora es Sofía la que le acaricia el cabello mientras la abraza y trata de reconfortarla.

—No hay nada que perdonar, fue un accidente, no hiciste nada malo. Lo importante es que estás bien, estás acá y vamos a estar bien. Perdoname vos a mí que no pude ir a buscarte. Además esas bestias que te dejan tirada fuera del hospital a tu buena suerte, sin la decencia de esperar un poco. —Mira a Leandro—: Gracias por ir a buscarla —dice con sequedad.

—Perdoname, hijita, perdoname. —María sacude la cabeza.

—Ya está, abu, ya estás acá. Me asusté porque no podía comunicarme, pero ya estás acá. No llores más.

—Sofi, hay algo que tenés que saber —interrumpe Leandro.

—¿Qué hacés todavía acá?

—Lo hice por vos, Sofi. —María trata de ahogar el llanto en vano.

—Abu, por favor, ¿qué pasó? —Sofía sostiene a su abuela y se da vuelta a mirar a Leandro—: ¿Qué pasó?

—Yo ya… no puedo conseguir un trabajo… —María recupera un poco el aire—, y vos tenés que… que pensar en tu futuro.

—Calmate por favor. Respirá hondo. Rosi, ¿me traés un vaso de agua? —Sofía extiende el brazo sin soltar a su abuela—. No entiendo nada; alguien que me explique, por favor.

Leandro se acerca unos pasos, carraspea y espera a que María beba unos sorbitos de agua con ayuda de Rosa. Cuando apoya el vaso en la mesa se hace un breve silencio que Leandro aprovecha para hablar.

—Ehh… Lo que pasó es que… tu abuela… firmó la anticipación de su terminación vital para poder recibir la Compensación Única de Lauda Opcional.

Sofía toma el vaso, lo estrella contra el piso y comienza a gritar.

—Sofi, por favor, que van a mandar a los Controladores. —Rosa intenta detenerla, pero Sofía ya está encima de Leandro que se cubre para defenderse de los golpes que ella le da, hasta que logra atraparle las muñecas y en un movimiento ponerse detrás, cruzarle los brazos y contenerla mientras ella intenta acertarle patadas.

—No puede ser verdad… Todo es culpa tuya y de tu madre… Nos quitaron todo… —Sofía tira tarascones para tratar de morder los brazos de Leandro, que la retiene. De a poco, Sofía se va calmando y registra que tiene la respiración de él en el cuello. Si no fuera un momento tan extremo y con personas alrededor, esta cercanía corporal y la agitación bien podrían ser el comienzo, o final, de una intensa intimidad.

Sofía le pide que la suelte; Leandro lo hace y ella se incorpora de un salto. Antes de que él pueda incorporarse, apunta con el pie para acertarle una patada debajo de la rodilla.

—Esperen —grita Sofía abriendo los brazos como para detener un tráfico inexistente a ambos lados de la habitación—, si te dieron dinero, entonces podemos devolverlo y deshacer la solicitud.

—Sofi, vení, sentate acá al lado mío y serenate por favor —pide María. Sofía se acerca, pero se queda de pie. —El dinero no está; se acredita recién después de... Bueno, después.

—Pero cualquier trámite tiene setenta y dos horas de ventana de anulación —alega su nieta.

Los cuatro se quedan en silencio después de escucharla a Sofi recordales la ley Anabella, debida a una mujer que sufría envejecimiento prematuro, la confundieron con una nonagenaria y la detuvieron en plena calle mientras iba a trabajar.

—¿Y de dónde sacamos el dinero para la multa? Esas cosas se deben cobrar fortunas —dice Rosa, mientras termina de juntar los pedazos de vidrio del suelo y observa a Leandro incorporarse y cruzar los brazos apoyado en la puerta del mueble-cama. —Yo tengo todas mis cuentas inhibidas.

—Puedo hablar con Gerónimo.

Rosa la mira con gravedad. María vuelve a llorar: —Qué hice, qué hice.

—Abu, lo vamos a solucionar, no llores más por favor.

—Es que vinieron a la habitación, la paciente de la otra cama lo había aceptado. Me hablaron tanto. No se iban más. Pensé que iba a ser lo mejor para vos.

—¿Quiénes fueron a tu habitación?

—Unas personas de la Agencia de Viabilidad de Legados.

—¿Y cómo dejan entrar a esos malditos? ¿Van de habitación en habitación? ¿Los médicos lo saben?

—La doctora estaba ahí.

—No podemos seguir viviendo acá, abuela. Basta de esta demencia, de esta gente enferma que resuelve nuestras vidas según el capricho de su psicosis; son maniáticos que deciden según para donde los corre su locura, que va en todas las direcciones a la vez y no llegan a ninguna parte. Basta. Basta. Basta. Más que nunca tenemos que conseguir mi NyC y mudarnos. Allá a nadie se le ocurriría una locura semejante. ¡Y la doctora está avalando esto! ¿En dónde estamos viviendo?

—Yo tampoco tengo acceso a nada, Sofi, pero tengo un poco guardado que tal vez pueda contribuir.

—Qué hacés todavía acá, Leandro. Rosa, decime que tenés válido el permiso de circulación.

—¿Para qué querés ir ahí?

—Para que la basura humana, madre de este engendro, nos dé lo que nos corresponde.

Rosa la toma del brazo, la aparta hasta el baño y cierra la puerta.

—De ninguna manera vas a hacer eso, Sofía. Si en todos estos años jamás pudieron sacarle un peso ni con todos los recursos legales que pusieron. Si a su propio hijo le corta los víveres, ¿pensás que a vos te va a dar un centavo?

—Bueno, él se lo merece, para el caso.

—Sofía, concentrate y mirame —Rosa la toma de las mejillas con ambas manos—, no tiene sentido que vayas a hablar con esa mujer, ¿entendiste?

Sofía aparta a su amiga con suavidad, se enjuaga la cara, se seca con la toalla y se sienta sobre la tapa del inodoro. Rosa la mira desde el espejo mientras revisa los poros de su nariz.

—¡Ya sé! Hablemos con tu vecino. Le ofrecemos cargar más y vamos las dos.

—¿Estás demente? No pienso volver ahí. Y, además, bajá la voz que nos pueden escuchar.

De un salto, Sofía sale del baño. Ve a Leandro acercarle un té a María y se sube a la espalda para intentar pegarle otra vez.

—Dame la plata que nos robaron vos y tu mamá, basura.

—Yo no tengo acceso a nada. —Llega a apoyar la taza antes de que se rompa y, con un movimiento, Leandro vuelve a contenerla. Están cara a cara, pueden sentir su calor.

De pronto, ya no están más en esta habitación minúscula, están en otra vida; antes de que se fuera a vivir con su abuela, una tarde de fin de semana. Leandro, en su habitación, ensaya guitarra con música de fondo; ella lee en la suya. La guitarra deja de sonar, se levanta para ir al baño y se cruzan en el pasillo. Sus padres duermen la siesta o lo que sea que estuvieran haciendo. Es verano, hace calor y Leandro está sin musculosa; sube luego de buscar algo fresco para tomar. Las chicharras suenan de fondo junto con una *playlist* vieja; está bronceado, no tiene vello en el cuerpo y Sofía puede ver las gotitas de transpiración cayéndole por el pecho. En la sombra fresca del descanso de la escalera, los ojos de Leandro, verdes y brillantes, se cruzan con los de Sofía, que está en short y con la parte de arriba de su bikini roja. "Ese short no te favorece, tenés las piernas demasiado gruesas; no deberías usarlo. Malla enteriza negra siempre, siempre", le había dicho Soledad esa misma mañana y Sofía prefirió encerrarse en su habitación antes de seguir escuchándola. Sin dejar de mirarse y en silencio ambos dan unos pasos hasta quedar muy juntos, Leandro apoya el vaso frío en la parte baja de la espalda y Sofía se estremece; se acercan un poco más, le da de beber la limonada mientras aproxima su cuerpo hasta quedar pegados. Sofía siente las caderas de Leandro presionar contras las suyas; el calor los agita, respiran con pesadez. Una puerta se abre de golpe, se sobresaltan; el vaso se estrella contra el piso.

Encerrada en el infierno actual, el recuerdo de una época donde era posible dudar, equivocarse, elegir, se vuelve intolerable. Sofía baja los brazos y cierra los ojos.

—Ayudame a que al menos me reciba y escuche, Leandro.

10.

Si no fuera por los Controladores, armados a cada lado y separados por dos metros de distancia, y la noción de que el agua debajo del puente está electrificada, la vista desde arriba sería hermosa. El azul intenso, con algunas nubes esponjosas sobre lo que solía ser el río en su totalidad, le estremece el cuerpo. Si pudiera, sacaría una foto donde encuadraría la línea recta perfecta trazada entre el río desbordante de tierra y la paleta infinita de cielo limpio.

Ya no hay veleros ni catamaranes turísticos como cuando era chica; los únicos que transitan el río son quienes lo patrullan, se ocupan de la producción alimentaria o del dragado. Casi nunca se acuerda de que existe, pero cada vez que lo ve siente que algo se acomoda dentro de ella. Una mujer lo cruzó a nado hace casi un siglo y medio, y no puede creer semejante locura y libertad. ¿Qué habrá hoy del otro lado?

La pregunta pasa rápido cuando le ordenan que se ubique en el siguiente puesto de control. Le cuesta contener sus nervios aunque no tiene nada que ocultar. Pero ese momento en que el o la guardia la miran con gravedad es siempre intimidante. Obedece la coreografía: "suba aquí, no respire, puede cerrar los ojos si lo desea mientras los paneles miden su circunferencia. Apoye aquí el índice, sentirá un pequeño pinchazo". La espera sin hablar; sostener con cara de nada el momento dramático en que por fin se abren las puertas y la admiten del otro lado. La acumulación de fingir que nada de esto le genera ningún sentimiento le caerá encima cuando por fin vuelva a casa.

No se detiene a pensar, pero a veces es involuntario caer en la cuenta de la rueda cotidiana que debe sostener desde hace tantos años. Lo automatizó todo de manera tan perfecta; como un proceso más que se optimiza para generar la menor carga mental posible. *El cerebro siempre debe estar a punto para mantenernos con vida*, suele repetirse. Pero cuando Sofía, por un instante, se distrae de la velocidad y de la precisión de su accionar cotidiano, y contempla su alrededor, debe hacer un esfuerzo descomunal para no desmoronarse.

Como ver a lo lejos la potencia del río inmenso. Tiene el suficiente entrenamiento de reprogramación mental para que, en lugar de desesperación, al observar toda esa abundancia de naturaleza a unos pocos kilómetros, ese burbujeo de sensaciones las reconvierta en más motivos para pelear por lo que quiere: recuperar su estatus de NyC, mudarse, pedir la extensión vital de su abuela y darles a ambas, por fin, la vida que les corresponde.

Y estos años pasarán a ser solo una pausa olvidable en la totalidad de la vida que queda por delante.

//

De ese lado del puente, los domingos las personas salen de sus casas a pasear. *Tener donde ir a distraerse cambia por completo la idea de descanso*, piensa Sofía, mientras se imagina cómo será salir de la propia casa cuando tenga ganas y no cuando le toca. Caminar por la rambla como ahora. Tener una rambla cerca de un curso de agua porque la densidad poblacional permite una circulación individual en vez de la de rebaño. Estar otra vez del lado correcto de la genética social.

Ahí no hay que formar filas ni respetar las líneas que indican por dónde caminar. Pero Sofía tiene demasiado internalizado el andar por la derecha sin equivocarse en su trayectoria ni un solo centímetro. Siente que algo extraño sucede, ¿en el aire? Se detiene a captar esas sensaciones; no suena ningún silbato por la repentina detención de su marcha y entonces comprende que ese aire que respira no solo es otra velocidad, es la noción de tiempo.

Al lado suyo pasan bicicletas, personas corriendo o caminando, conversando unas con otras. No hay carteles de velocidad mínima y se ven pocos Controladores. Observa el canal que separa ambos mundos: "Río Corriente", dice el cartel. No sabe si el nombre corresponde a la electricidad que tiene el curso de agua para desalentar las ideas de cruzarlo a nado o un intento de naturalizar la artificialidad de su creación.

Desde ahí no se ven los monoblocks ni el trazado de las calzadas peatonales ni las pasarelas. La espesura de los jardines verticales y arboledas camuflan, embellecen y tapan estratégicamente la realidad de quienes se amontonan del otro lado.

Busca en su GPS la ubicación que le envió Soledad. No reconoce nada de lo que ve; no hay vestigios del pasado, solo nuevas construcciones para dejar atrás una etapa demasiado oscura. Entrecierra los ojos; ahí hay más sol. No hay torres que tapen el cielo y siente la rabia crecer dentro de ella.

Falta menos, Sofi. Falta menos para estar acá.

//

—Bueno, así que todo bien con el permiso de circulación que te facilité.

Sofía asiente, recurrir a Soledad para tramitar una carta de llamada la deja aún más en desventaja dentro del plan de exigirle el dinero que le corresponde. Pero con Rosa en *probation* no fue posible hacerlo a través de ella y Hernán –aparentemente de guardia– estaba imposible de hallar. Igual, mejor no deberle un favor más.

—Vení, sentate. En un rato se suma un amigo, pero ya que estamos, podemos tener un *brunch* en familia. —Sonríe forzada. Luego cambia el tono—: Se te ve espléndida. ¡Estás muy bien! —Hace un gesto con las manos como si finalizara un truco de magia y asiente con aprobación. —Quién hubiera dicho que podrías encontrar una forma tan armónica. Vamos al baño así veo como quedaste. ¡Sos otra! —dice y se pone de pie de un salto.

Sofía da un paso atrás y levanta las manos. La cercanía de esa mujer le acelera el corazón y no quiere sentirla dentro de su espacio vital.

—Bueno, bueno. Está bien. Entiendo que ya estás grande para que te vea sin ropa. ¿Qué es lo tan urgente que no me podías decir por teléfono?

Sofía toma asiento y abre la boca para hablar, pero Soledad hace señas a una de las camareras para que se acerque y conversa sin parar, olvidándose por completo de la pregunta que le hizo.

El recuerdo de esa verborragia vuelve en la sensación de que el tiempo no pasó y están otra vez en la cocina de la casa de su padre: una cocina gigante, con comedor diario, lavadero y hasta dependencia de servicio, donde colgaba una jaula con dos canarios que tenía borrada de la memoria.

Volvía de andar en bicicleta, Sofía se sienta en la cocina a comer un paquete de papas fritas que había comprado en el kiosco. Soledad entra y sale del jardín al comedor diario y la mira con desaprobación hasta que decide sentarse frente a ella y darle una perorata sobre la composición de esos subalimentos, el proceso de elaboración, la metabolización de las calorías vacías, el daño en su organismo y el perjuicio a quienes la rodean por tener que tolerar esa falta de criterio. Luego le tira a la basura el resto de su merienda y le da un libro acerca de la pureza alimentaria que Sofía también tira a la basura sin siquiera abrirlo. Como castigo, su padre no le permite salir con sus amigos por el resto del fin de semana. Desventajas de tener un padre tan vulnerable a la aprobación ajena: se la imagina a Soledad quejándose de Sofía para organizar quién está del lado de quién dentro del campo de batalla afectiva que era esa casa en aquel tiempo. Porque Soledad solo entendía las relaciones humanas como una competencia en la cual el premio no era ser amada, sino que otro quede siempre fuera de una línea delimitada por todo lo que ella consideraba parte de su ser.

—Después de tu llamado me quedé pensando que ya te debe faltar poco para rendir el examen —Soledad sonríe forzadamente—. Estarás nerviosa, me imagino. Tal vez cuando vuelvas acá podrías trabajar de camarera, muchos recontextualizados lo hacen; es una forma de tomar contacto con los suministros alimentarios de acá. Aunque también podrías especializarte en Tratamiento Universal Corporal para la Heterogeneidad Observable y Sistemática que es una disciplina que se pide muchísimo también.

—No sé qué es eso. Vine a hablarte de algo importante.

—Se ocupa de mantener el estado óptimo de los cuerpos —continúa sin oírla—. La retención de líquidos es un flagelo que afecta el peso total y un gran problema, porque necesitamos de muchísima agua para que el funcionamiento orgánico esté al máximo nivel posible, pero si esa agua la retenemos en los tejidos, no solo aumenta el peso sino que genera... Bueno, ya sabés lo que genera —dice en un susurro.

—Escuchame, Soledad...

—Dermatopaniculosis deformante. Y acá la gente se fija en todo. Todo. Llegás a tener una sombra que pueda parecerse a un hundimiento mínimo en la piel y te convertís en una paria. Aunque también tiene mucho futuro eso que hacés de ordenar cosas;

tal vez puedas trabajar de eso acá. Hace poco me certifiqué en Bienestar y Holgura y estoy empezando mi negocio. Algo hay que hacer con el tiempo.

—No ordeno cosas, confecciono sistemas de optimización de espacio, movimiento y procesamiento de la información material.

—Dame un segundo que pedimos.

—Pedí si querés, yo no quiero nada.

—Ya que estamos acá, sentadas frente a frente, en paz después de tantos años, tenemos que celebrar. Te veo espléndida, recuperadísima.

—No me toca ingesta hoy.

—Ah —hace un silencio y la mira con gravedad—. En retrospectiva te hice un favor al final, Sofi; tanto que me odiaste. Lograste tener una educación alimentaria apropiada, purificar la mente para readecuar tu corporalidad, estar en el camino para recuperar tu NyC. ¿Qué hubiera sido de vos si seguías por el camino que estabas tomando? Sofía deja pasar el comentario; aprieta los puños y los dientes para contener el fogonazo que crece dentro de ella, finge revisar los mensajes de su teléfono, mira por la ventana. Del otro lado, una fuente comienza a tirar chorros de agua y cambia de luces a la par que un grupo de abundantes pedalean con sincronicidad.

—Esta tarde hay un festival y están ensayando. Hermoso, ¿no? Excepto por esos seres que hacen apología de la mala salud, que por suerte después van a estar detrás de una cortina. Yo digo que también deberían ensayar detrás de la cortina para que no tengamos que verlos. ¿Querés quedarte? Imaginate cuando empieces una nueva vida acá, rodeada de formas limpias y líneas puras. Leí que allá están subiendo las dosis diarias, ¿es así, no? ¿A vos te aumentaron la cantidad?

—Las dosis son uno de los pocos beneficios que tenemos los que estamos del otro lado —contesta secamente.

—¿Y te sobra alguna por ahí? Es chiste, es chiste —Soledad abre la boca y emite un sonido que intenta ser una risa.

Algo que le había llamado la atención de Soledad es que nunca la escuchó reír. Nunca. Risa gutural, impostada, de compromiso y amabilidad con su interlocutor, sí. Pero jamás una risa de esas que hacen entrecerrar los ojos y doler la panza.

—Es que hay que moderar el estrés que se vive; el caos altera la percepción, genera tensiones y luego eso puede afectar la configuración corporal —afirma Soledad.

—No sé si es así y tampoco me importa.

—Imaginate, tensás los músculos, algo en la postura se te altera; generás cortisol, el funcionamiento orgánico se perturba de manera imperceptible hasta que algo cambia y, de la nada, quemás menos grasa y se ensancha tu morfología. Hay muchos estudios que siguen comprobando la relación entre el aumento de cortisol, el metabolismo y la posible relación con la contextura. Ay, yo me embalo con los temas de Bienestar y Holgura y podría hablar toda la mañana. Tal vez debería pensar en dar conferencias, ¿qué opinás?

—¿Podemos hablar de por qué vine a verte?

—Esperá. Esperá que termino la idea —levanta la mano para detener el intento de Sofía de meter una palabra en la conversación—. Hay que manejar el estrés no solo por el propio bienestar, sino por el bien colectivo; ya vimos hacia dónde nos llevó el egoísmo.

—¿Qué tiene que ver eso?

—Hablo de qué importante es estar en el camino de aprender a regularnos y, algún día, volver a parecernos a los animales que se autorregulan en lo que tienen que ingerir: cazan, ingieren lo que necesitan, comparten con su manada y, lo que no, lo dejan para los carroñeros; pasan días sin comer hasta su próxima cacería. No existe el acumular presas para picotear mientras contemplan la sabana.

¿Soledad se está riendo de mí?, piensa, con sorpresa.

—Los animales se comen unos a otros —interrumpe Sofía—. ¿Querés parecerte a eso?

—Ya fuimos víctimas del exceso de producción alimentaria —continúa sin escucharla—; el planeta nos advirtió seriamente y no hay lugar para volver a ese individualismo que proclaman los abundantes. Quienes no lo puedan entender tendrán que seguir cumpliendo sus funciones y quienes puedan demostrar haberse reeducado podrán integrar esta sociedad —levanta un poco el tono, luego hace un silencio—. Ahora pidamos.

—Soledad, necesito hablarte de algo muy importante. No me interesa celebrar nada ni gratificarme con comida.

—¿Qué estás diciendo? Yo no me estoy "gratificando" como vos decís —dice con enojo—. ¿Te creés que soy una abundante a la que le interesa "comer"? —murmura con asco—. Voy a ampliar el sentido de tu frase por celebración del reencuentro. No es gratificación, no estamos reforzando ninguna conducta, estamos acompañando un evento único e irrepetible. El reencuadre lo envuelve de una significación más correcta, ¿entendés? —dice con superioridad—. Mejor que te pongas a tiro en estos meses y estudies bien, porque por un error de concepto semejante te rechazan sin dudarlo. Así que si no querés, no ingieras, pero los platos hay que pedirlos, si no nos tenemos que ir. Dejame pedir y después hablamos —agrega, cortante.

La verborragia se disipa y eso quiere decir una sola cosa: Soledad está muy enojada. *Ok, Sofía, bajá la ansiedad y hacé las cosas bien. Con más presión solo vas a lograr más resistencia*, especula y trata de ponderar la situación con la misma estrategia con la que organiza los espacios en el depósito de su trabajo. Tiene que tratar de organizar los tiempos y la conversación, aflojarla en lugar de ponerla a la defensiva, recapacita mientras batalla con la grieta de sus contraargumentos: *basura humana, me dejaste en la ruina emocional y económica y tengo que venir a pedirte de buena manera lo que me quitaste con un tecnicismo legal. Cómo te bajaría los dientes de un puñetazo; te agarraría del cuello hasta dejarte coleteando por un poco de oxígeno y, cuando estés en el límite, te soltaría para que la conciencia de estar a punto de quedarte sin vida se te convierta en un terror que te persiga cada minuto de tu miserable vida.*

—Está bien —dice entre dientes—. Debe ser la falta de costumbre de estar en un Establecimiento de Consumo de Suministros y pasar un domingo tan distinto.

—Sí, acá la vida es muy diferente —asiente y le da una puntada: vivir de otra manera.

Estás muy cerca, Sofi. Esto es solo un momento, mirá cuando vengas con María acá, a sentarte a pasar el tiempo. Sin mirar hacia los costados, sin temor a estar infringiendo alguna normativa nueva y desconocida. Elegir algo dentro de un menú. Elegir.

Lee las opciones de la pantalla proyectada en la mesa: tortilla de claras con semillas y piel de berenjena; gelatina proteica de varios sabores; jugo verde de espinacas con limón y corazón de manzana; agua infusionada con frutas de estación; colada de hervor con trozos de piel de legumbre; finas hojas de pepino con pinceladas de alimento láctico; plato de perejil; agua *frozen*; nieve de claras; crocante de kale.

Se debate entre la libertad de elegir o enfocarse en lo importante del momento: manejar la situación a su favor sin desconcentrarse. Deja que Soledad pida por ambas. Ya habrá tiempo para elegir y, por otra parte, en su caso, solo hará la gestualidad de la ingesta.

Mientras esperan los platos, ambas mantienen un silencio muy incómodo. Sofía intuye que tiene que esperar a que Soledad vuelva a querer hablarle para intentar llevar la conversación hacia su terreno. ¿Cómo le va a decir lo del dinero? Para Soledad, María es solo la anterior suegra de su difunto marido; la abuela de una de las personas que menos quiere en el mundo, por lo que tratar de sensibilizarla es una apuesta demasiado difícil; daría lo mismo que le cuente la historia de cualquiera.

Evalúa cómo empezar, pero Soledad vuelve a fumar la pipa de la paz y se le adelanta:

—¿Te enteraste de que están logrando volver a cultivar frutos secos? Bueno, no creo que allá lleguen esas noticias, pero es un avance muy importante —dice, mientras organiza los cubiertos—. Volver a tener frutos secos me daría mucha felicidad, en especial por lo que significa para el medio ambiente, pero también, entre nosotras, es una de las pocas cosas que extraño de antes.

Arquea las cejas, presiona los labios en una mueca de pena y agrega, bajando la guardia y hablando de manera más genuina:

—Cuando pienso que por culpa de los abundantes tenemos que soportar la escasez de ciertos suministros que la naturaleza tan generosamente nos brindaba… —mira por la ventana a los pedaleros—. Por lo menos así justifican su existencia —señala con el mentón—. Espero que no falte mucho para que encuentren alguna fuente más de energía limpia, así no habrá que seguir reproduciéndolos. Imaginate mantener para siempre a esos lechosos que encima tienen pretensiones de alimentación balanceada —ríe secamente—. Ahora se acuerdan de la alimentación balanceada. Irresponsables. Por culpa de todos ellos que exprimieron el planeta, que le exigieron que produzca lo que sentían ganas de comer sin importarles nada —mira a Sofía—, y era tan simple como cambiar el comportamiento hacia esos cultivos que tanto exigían. Cuando somos buenos y eficientes con el planeta, la Tierra nos devuelve toda su bondad.

—¿La ayudo a abrocharse?

La camarera apoya los platos suavemente sobre la mesa, luego se ubica detrás de Sofía y le ata su mano dominante detrás de la silla. Soledad le agradece pero prefiere hacerlo ella misma y sujeta su mano derecha. La izquierda, libre, la apoya sobre el cubierto que participará de la ingesta, cierra los ojos, respira y en voz baja repite:

—Planeta: dame sensibilidad para valorar con justicia este acto de ingerir; autocontrol para reflexionar sobre el alimento que tengo frente a mí; temple para alejarme de la automatización que nos conduce hacia una vida sin sentido y acumulación; y concentración para ampliar mis capacidades para conseguir una vivencia plena con este nutrimiento. Me sujeto a las normas adecuadas y obedezco el tiempo, la forma y el lugar. Soy responsable de mi ingesta, de consumir lo estrictamente necesario y de darle valor al comestible que está a punto de ingresar a mi organismo.

Soledad ubica el cronómetro en el medio, ambas respiran hondo y el cronómetro suena suave a los sesenta segundos. Beben un sorbo de agua y observan el plato que contiene cuatro bocados. Lo observan durante varios minutos; luego sujetan el tenedor a una distancia de tres cuartos de los dientes del cubierto y pinchan.

—¿Reconocés el revuelo que produce esta anticipación de ingerir un alimento? Describime el sentimiento que te produce.

—Indiferencia.

—Vamos, Sofía. ¿Te da rabia no poder comer? ¿Ganas? ¿Ansiedad?

—A decir verdad, siento bastante asco en este momento.

—¡Muy bien! Eso es interesante, ojalá a más gente le diera asco la comida en lugar de tanta ansiedad y desesperación.

Sofía respira profundo como debe hacer según la práctica. El nudo en la boca del estómago casi se lo podría tocar; es un nudo marinero que sube hasta el pecho y le cierra la garganta. Vuelve a respirar escalonadamente para disminuir sus palpitaciones y el zumbido en los oídos, el aura de un fuerte ataque de pánico que la lleva a irse de plano por unos instantes.

Tiene diez años, lee sentada en el piso contra la ventana. Su mamá le trae galletas untadas con manteca y una chocolatada. Muerde las masitas, bebe un poco de leche que tiene mucha azúcar y grumos grandes de chocolate que se rompen y desprenden ese polvo delicioso. Limpia sus dedos engrasados, pero las hojas igual se marcan con una aureola de grasa cuando ella pasa las páginas amarillentas de un libro viejo que su mamá le leía de chica; tal vez en una misma situación de merienda, en una época en la que había tan poca televisión que leer libros en papel era casi el único entretenimiento.

—Bien, ahora toca que me digas cuánta atracción sentís por el aroma y visión de este comestible.

Sofía enfoca la mirada en los cuatro pedacitos dispersos en el plato, recuerda el guiso de ayer y el corazón se le acelera, no puede concentrarse en lo que sucede a su alrededor y solo tiene ganas de vomitar.

—Ninguna —dice, casi inaudible.

—No te apresures a reaccionar, sabemos que hay que transitar las sensaciones.

—¡Sole!

Un hombre se acerca hacia su mesa con sonrisa y brazos abiertos.

—¡Hola! —Soledad se desata y se pone de pie para recibir al acompañante que esperaba.

—Perdón, se me hizo tarde —dice el hombre, mientras mira de reojo a Sofía.

—No hay problema, te presento a Sofía, que nos acompaña hoy.

—Encantado, soy Marcelo. Perdón que interrumpa —dice y le tiende la mano a Sofía a modo de saludo.

—Para nada, sentate. La ingesta siempre puede esperar.

—Por supuesto, la ingesta es siempre lo menos importante de un encuentro social —responde Marcelo mecánicamente mientras corre la silla para sentarse.

—Pero, por favor, pedí algo vos también así nos acompañás. Sofía solo hará la gestualidad, ya que no le toca ingerir alimentos esta mañana —la mira brevemente y vuelve su atención a Marcelo—. Está de visita, aunque en unos meses se viene a establecer de manera definitiva y estamos disfrutando de moderar los impulsos primitivos. Pura deformación profesional —se disculpa con una sonrisa—. ¿Sabías que me certifiqué en Bienestar y Holgura, no?

—No sabía. ¡Qué bien! —dice y acerca la silla a la mesa.

—Sí, y me abrió la cabeza. Repasamos la historia reciente y entendí que es una locura la naturalización de ciertos actos. —Soledad enciende los motores e ignora por completo la etiqueta social de preguntar lo mínimo a su invitado para darle el espacio a que se ubique en algún lugar de la dinámica grupal—. ¿Te diste cuenta de que nuestra vida anterior giraba en torno a la comida? Armar una lista, ir al supermercado; qué locura eso por favor. —Su invitado, sin embargo, no parece molesto por el asedio verbal—. Tener que elegir alimentos, hacer fila para pagar, cargar la mercadería, acomodarla. Pelar, lavar, preparar. Si despejamos todo eso, la vida nos queda por fin limpia para crear, pensar, ser. Somos seres en primera persona; la comida nos ubica en un plano lejano.

Marcelo reflexiona en silencio sin quitarse el abrigo.

—Muy cierto —dice el invitado cuando Soledad hace una pausa—. Yo también leí el artículo que mencionás y es escalofriante el tiempo vital que perdíamos en ocuparnos de la alimentación. Cómo no nos dimos cuenta antes —asiente.

Marcelo se quita el saco, ninguno mira a Sofía, que se pregunta si solo ella se siente incómoda.

—Pero, por suerte, estamos avanzando hacia un nivel superior de simplificación de las líneas de tiempo y espacio, una evolución que nos permita trascender más allá de nuestros límites —dice Soledad.

Si la conversación pudiera graficarse en un flujograma, el caudal de palabras, los temas de conversación, el punto de referencia donde hace foco la mirada, todas las secuencias tendrían como punto de partida y llegada a Soledad, analiza Sofía, mientras se desata la mano. Romper la circulación del diálogo requerirá de dos características: alzar la voz y dar un giro completo al tema para iniciar un proceso totalmente nuevo. El problema en la dinámica de a tres es que ninguno mira a Sofía como para darle pie a decir algo y que Soledad siempre encontrará el filamento por donde torcer la trayectoria de temas para que, de alguna manera, se encadene en su autorreferencialidad. La estrategia de entrar en este hilo se le hace cada vez más difícil.

—¿Qué te pedimos, Marce?

—Traje mi propia "vianda" —sonríe, ante la confusión de su interlocutora—. Se trata de una tendencia totalmente novedosa de alimentación que no implica digestión.

—No me digas que te conseguiste un cloncolon —dice por lo bajo.

—¿Un cloncolon? —pregunta Sofía.

—Hablá más bajo que nos pueden oír —la reprende Soledad.

—No, lamentablemente eso aún está en etapa de experimentación. No tiene marco legal y, además, es incomprable —ríe.

—Por ahora— dice Soledad.

—¿Qué es un cloncolon?— pregunta Sofía.

—Ay, contame ya mismo sobre la tendencia, Marce. Hay que estar a tiro con las novedades —le dice a Sofía.

—Qué es un cloncolon —repite Sofía y el corazón se le acelera anticipando una sospecha que no quiere confirmar.

—Sos perseverante, Sofía —dice entre dientes Soledad.

—Bueno —comienza Marcelo— todavía está en etapa de investigación... Y de hecho no se sabe a ciencia cierta si podrá funcionar... Además, está todo el tema ético detrás...

Marcelo continúa su explicación: un cloncolon es un dispositivo humano de drenaje en el cual, a partir de una intervención, se establece una conexión entre los sistemas digestivos de un NyC y el de un abundante para que éste digiera los alimentos y así evitar los *efectos indeseables* por el consumo de calorías.

—Pero está en etapa muy experimental. Las intervenciones sangran mucho y, con la excusa de *la ética y el valor de la vida humana* —agrega con un gesto de comillas en el aire—, los agregados de la Unión Soberana de Apoyo rechazarían de plano el proyecto —chasquea la lengua—. Aunque en realidad sabemos que lo rechazarían porque necesitan de los abundantes para pedalear energía.

—¿Podemos cambiar de tema? No son conversaciones para lugares públicos —invita Soledad mientras mira fijamente a una Sofía hundida en absoluto silencio mientras trata de discernir si lo que acaba de escuchar puede ser cierto—. Contame ya mismo todo lo que estás haciendo, Marce —agrega con entusiasmo.

—Bueno, ya que estamos hablando sobre temas de digestión, te cuento que estoy probando una alimentación sin digestión involucrada, lo que permite alejarnos de lo más bajo de nuestro ser y estar más livianos; conectarnos con el elemento aire, más que con el elemento tierra —dice y termina de higienizar una especie de lápiz metálico que toma de una caja. En otra cajita mide un polvo con una cucharita y lo vuelca sobre la tapa—. ¿Ves? Este polvo es una síntesis de macronutrientes disecados a altas temperaturas y sintetizados con proteínas de altísimo valor nutricional, pero sin las calorías equivalentes. Lo distribuís en la cantidad de tomas que quieras durante el día, según te resulte más cómodo.

—Ah, mirá que bueno. —Soledad inspecciona el frasco mientras Marcelo toma el lápiz metálico entre los dedos mayor, índice y pulgar, lo acerca a la nariz e inhala el contenido.

—¿Cómo son los macros?

—Excelentes —dice Marcelo sin respirar y con la cabeza inclinada hacia atrás.

—¿Me dejas probar? —dice, y ya ni recuerda que Sofía está con ellos.

—Disculpá, no te puedo prestar el inhalador. Ponete un poco en el meñique. —Marcelo le ofrece el frasco para que Soledad introduzca el dedo, luego aspira con una inhalación corta y ruidosa.

—¡Muy bueno, Marce! ¡Me encanta! —dice, sujetándose la nariz.

Sofía aparta la vista; del otro lado del vidrio, una de las abundantes que ensaya el espectáculo de luz levanta la cabeza y ambas cruzan la mirada por unos instantes. Ella sabe del agotamiento, del dolor que trasciende lo físico y que se instala en todo el cuerpo como una sombra difusa. Puede volver a sentir la lucha por mantener la cordura; la pelea interior para no permitir que le roben ese retazo íntimo que sostiene el resto de voluntad que la hace reconocerse a sí misma, a pesar de los días de esfuerzo sin sentido. Trata de sonreírle a la abundante, pero una ráfaga de angustia las ensombrece a ambas.

—Ya basta, Soledad —interrumpe—. Estoy hace más de una hora soportando toda esta ridiculez y encima esto. —Sus interlocutores por fin la miran y también el resto de las personas sentadas allí cuando Sofía alza la voz y se pone de pie—. Voy a ir sin vueltas: María está en problemas y sé que ella no te importa, pero a mí sí. Vengo a exigirte que me des lo que me corresponde y que me robaste hace años.

Soledad se mira con su invitado, que prefiere evadirse de la situación con un nuevo trazado de su polvo. Se pone de pie y la silla cae detrás de él.

—¿Lo que te corresponde? ¿Lo que te robé? ¿Te estás escuchando? —dice y lleva el índice a la sien en señal de locura—. Vos fuiste declarada incapaz por tu inclinación a ingerir sustancias ilegales sin límite, ¿o ya te olvidaste? ¿De verdad me querés acusar y encima delante de la gente? —Soledad se levanta y camina alrededor de la mesa hasta ubicarse frente a frente con Sofía. Marcelo inclina la cabeza para completar una nueva ingesta. —No te reformaste en absoluto: sos la misma adiposa, desatinada y estúpida de siempre —dice y empuja a Sofía en cada palabra—. No internalizaste ninguna norma en absoluto. Te doy diez minutos para que cruces el puente sin que llame a que te detengan, y no vuelvas a aparecer nunca más por acá. —Señala la puerta, los encargados del lugar se acercan, aunque mantienen una distancia cautelosa. —Volvé a la granja de donde nunca deberías haber salido y suerte con tu examen; dudo que lo puedas pasar.

//

—Fue un desastre —dice Sofía, sentada encima de la tapa del inodoro, apretándose la cabeza.

No pudo ni acercarse a su abuela cuando entró; María, recostada, la saludó sin preguntarle nada; se concentró en el programa de televisión que en realidad no miraba. Rosa siguió a Sofía para encerrarse con ella en el baño.

—Te dije que no tenía sentido que fueras hasta allá —susurra mientras abre la canilla del agua—. Pero no te preocupes que enganché a tu vecino y arreglé todo con él para ir las dos esta noche. Andá pidiendo permiso en tu trabajo para faltar mañana que más tarde tenemos un traslado.

Sofía abre la boca lista para decirle una larga lista de reproches a su amiga, pero se contiene. Recuerda a la abundante que esa mañana pedaleaba para entretener a los NyC y se siente igual de derrotada. Se masajea la frente para tratar de frenar las ideas. Se da cuenta de que esa es su única opción.

—Vos no tenés que venir —le dice, luego de un largo silencio.

Rosa suspira y se acerca a su amiga.

—Entre las dos podemos llevar más, Sofi —señala con suavidad.

—¿Y cómo hago con María? No la puedo dejar sola así como está —susurra.

—Va a estar durmiendo.

—¿Y si se despierta?

—Tampoco está inválida; le subimos un poco la dosis y duerme como un bebé. Avisale a Delia que venga a la mañana; nosotras tal vez nos tardemos un poco en caminar todo ese trayecto.

—No, no quiero involucrar a nadie más. No puedo creer esto. —Esconde la cara entre las manos y Rosa la abraza.

—Vamos, vamos, que no es para tanto. Entramos, salimos y solucionamos lo de María. No pasa nada.

Sofía se suena la nariz con un trozo de papel higiénico.

—¿Cómo estuvo María hoy? —pregunta.

—Bien, qué sé yo. —Rosa juega con el chorro de agua—. Preocupada por vos aunque hablamos de todo un poco y de cualquier cosa, viste como es ella que siempre tiene tema —sonríe—. Le duele un poco la muñeca, pero no tuvo fiebre; descansó.

—Gracias, amiga. Gracias —dice y se suena la nariz otra vez. Luego ríe—. Te tengo que contar algo loquísimo que pasó allá; no sabés lo que ingieren ahora.

//

Luego de despedir a Rosa, Sofía ayuda a su abuela a prepararse para dormir y organiza la disposición nocturna de la casa. Enciende la televisión con el mínimo de volumen, cierra la cortina que la separa de donde duerme María, a quien ya le anticipó que tendría que ocuparse de un despacho urgente en el trabajo, por lo que tendría que irse durante la noche. Se concentra en repasar los detalles del plan que incluye enviarle un mensaje a Gerónimo para pedirle permiso para faltar. Ya tiene ensayado el texto que le escribirá y argumentos en su favor en caso de que le ponga reparos. Los cuidados de su abuela son más que entendibles y justificables. El mayor problema en realidad es la ingesta que deberá llevar consigo por las dudas, aunque no le toque comer. Busca en su alacena: un sobre con astillas sabor carne, que espera que no le den mucha sed, cubitos de proteína y un gel hidratante.

Guarda todo en los bolsillos del pantalón cargo y se recuesta unos minutos hasta que se haga la hora de salir, y de paso, escribirle a Gerónimo en un horario aceptable para un domingo en familia. Según las indicaciones de Hernán, deberán entrar por un hueco del paredón, entre las garitas que suelen relajar los controles por la noche y salir por el extremo opuesto para ir al revés que el patrullaje del dron. Tipea el mensaje y la respuesta le llega enseguida: un "Ok", seguido de una foto en primer plano de su calzoncillo abultado. "¿Nos vemos un ratito?"

La pregunta la descoloca y alegra, a la vez que le da rabia porque ni siquiera le preguntó por su abuela desde que se fue del trabajo en la mitad de la mañana hace casi dos días. Revisa que María esté bien dormida, pega el velcro de la cortina, se coloca los auriculares y se recuesta sobre la cama para encender la videollamada.

Gerónimo, con el rostro enrojecido y ya ocupándose de su sexo, le pide sin vueltas lo que le gusta, mientras ubica el teléfono a una altura estratégica para que en la toma entre él, y en el monitor de su computadora pone un video de un morocho sin camiseta que lame con ojos cerrados la mitad de un durazno, chupa el carozo, sorbe con ruido, apoya los labios y vuelve a empezar. Gerónimo se concentra en su tarea; Sofía deja de prestarle atención y se interesa en el chico del video que ahora lame la mitad de una naranja con suavidad y concentración, luego hunde suavemente uno de los dedos y repite la secuencia mirando a cámara sin sonreír, cerca de un micrófono que registra cada sonido del proceso de sorber, tocar y lamer diversas frutas cortadas por la mitad.

11.

Sofía conoce las calles como si las patrullara a diario, pero por las dudas sigue las instrucciones de Hernán para llegar sin cruzarse con ningún puesto de control en el que le hagan preguntas por estar fuera de su casa o le exijan su permiso de circulación. Acelera el paso; podría trotar y ser una corredora que salió a ejercitar en la madrugada, pero no se explicaría estar así vestida y con borceguíes. La noche está silenciosa y más oscura que lo habitual –solo el alumbrado básico–, y la humedad trepa por las botamangas de su pantalón, generándole en el cuerpo una mezcla de frío, calor y sudor.

Qué linda se ve la ciudad cuando tiene luz toda la noche. Es cierto que es un desperdicio egoísta e innecesario que implica un uso excesivo de energía de fuentes muy contaminantes, pero es una sensación tan hermosa estar fuera de casa de noche y que haya luz, como si alguien siempre la estuviera esperando a que regrese a casa.

Más adelante, hay un poste cada tanto para no estresar el alumbrado central y evitar el exceso en la producción de energías impuras. *Ojalá pronto encuentren fuentes limpias igual de estables*, piensa y recuerda el festival nocturno y luz a pedal del otro lado del puente. Duda de lo entretenido que pueda ser eso, ¿lo mirarán de pie?, ¿sentados?, ¿haciendo estocadas? De pronto todo le parece absurdo cuando lo compara con su vida anterior: restaurantes, cines, teatros, shoppings, lugares para bailar, recitales, carreras, carteles luminosos, monumentos, lugares vacíos o llenos de gente, daba igual; siempre había muchísima luz como si fuera de día, pero en la noche. Se conforma con la brisa en la piel que la rodea al trotar, porque siempre es posible encontrar belleza en algún detalle y sostenerse en esa pequeña fe de que todo puede estar mejor. Se concentra en la tarea; tiene cuarenta minutos para encontrarse con Rosa en el lugar indicado. Espera que ella también esté con buen ritmo y llegue a horario.

//

Jamás había estado tan cerca del muro. Recuerda haber visto por televisión las grúas instalando partes, personas colocando adoquines y ladrillos para completar algunas secciones; vistas aéreas de cómo luce un lado y el otro, mapas que delimitan el trazado para indicar a los ciudadanos su ubicación, pero nunca lo había visto en vivo y en directo. Toca una de las piedras, está helada; en la pared, alguien escribió: "QUIEN COME CUALQUIER COSA PUEDE HACER CUALQUIER COSA". A unos metros empiezan los pilotes de donde cuelgan sogas de tela e hilos de colores; no parecen ser hechas para que alguien las trepe, sino más bien decorativas; los pedacitos de tela atados unos con otros se repiten con diferentes tramas y colores, y le recuerdan las pulseras que solía fabricar cuando era chica. Más lejos, los retazos se reemplazan por cadenas con papelitos e hilos anudados entre las anillas. No tiene idea qué representan estas expresiones o si surgen dentro o fuera del gueto. Escucha pasos y se pega a los pilotes para esconderse de la sombra que se acerca. Distingue la figura de Rosa, se saludan con un gesto y caminan unos pasos para encontrar el supuesto lugar por donde deberían ingresar desapercibidas. Caminan varios metros, pero no parece haber ninguno. Se miran en silencio. Recorren el sitio de ida y vuelta sin suerte; no hay señales de ningún pilote marcado y vuelven a mirarse con preocupación.

—¿Qué estás haciendo, Sofía? —dice Rosa entre dientes al ver a su amiga encender el teléfono.

—Le mando un mensaje a Hernán.

—Apagá eso ya. ¿Querés que quede registrada tu ubicación? Probemos por acá —murmura y señala el espacio entre los palos del murallón.

Sofía calcula el alto y estima que podría treparlo sin problemas; la dificultad estaría en los cables de electricidad, eso implicaría un salto bastante amplio para sortearlo, pero le hace un gesto a Rosa para que trepen.

—Ni loca —susurra y comienza a deslizarse entre los postes antes de que Sofía pueda detenerla.

—Te vas a quedar trabada, Rosa. ¡Salí! —Pero antes de que diga otra palabra, su amiga, con varias contorsiones del cuerpo, logra pasar del otro lado.

—Está hecho para que no salgan, Sofi. Quién va a querer entrar —dice y le indica a su amiga los movimientos que debe hacer, cómo girar la cabeza y mover los hombros para deslizarse del otro lado hasta que ella también logra atravesar el muro.

—Te la jugaste, Rosi. Mirá si quedábamos trabadas —exhala Sofía.

—No es mi primera vez —dice Rosa y la toma de la mano para saltar la fosa que rodea el muro. Sofía abre grandes los ojos y la boca para preguntar, pero su amiga le hace señas de que haga silencio mientras trata de orientarse y ver cómo seguir.

—No es por acá —dice Sofía—. ¿Y ahora qué hacemos? ¿Vos sabés por dónde ir?

Rosa niega con la cabeza; escuchan a lo lejos el sonido de un dron y corren a esconderse. En el suelo, una mancha de sangre es lo suficientemente grande como para indicar un tiroteo reciente.

—Nos dijo cualquier cosa este imbécil. ¿Y si es una trampa?

—No, no creo; nos necesita. Debe haber cambiado algo o nos equivocamos nosotras. No sé.

—Nos vamos.

—¿Adónde te querés ir?

—A casa. No entiendo cómo esto te pareció una buena idea.

—Te quedás acá y hacemos lo que vinimos a hacer. —Rosa la toma del brazo—. ¿Cómo te parece que va a reaccionar tu vecino si volvemos sin nada? ¿Te pensás que es bueno porque es simpático? Es un Controlador, Sofía.

Se apoya contra una pared y vuelve a revisar sus pocas opciones: ¿pedirle un adelanto a Gerónimo? Aunque intente convencerse a sí misma, en el fondo sabe que él jamás hará nada por ella. ¿Vender la bicicleta? Primero tendría que poder sacarla del taller. ¿Sus ahorros para pagar el derecho de examen? Eso sería resignar su solicitud a cambio de dos años más para su abuela. Y después qué, Sofía. ¿Una vida entera de esta tortura sin salida y sin poder darle unos años más de buena vida a María como prometiste? Respira hondo y levanta la vista; a lo lejos cree distinguir una de las pintadas del paredón y reconoce cómo entrar.

—Vamos, Rosi, tenemos que llegar a esa pared donde hay un portón que conozco.

Caminan en la oscuridad entre las calles angostas; doblan por una de ellas y otra vez vuelven a perderse en el laberinto de pasillos.

—Ahora ni siquiera sé por dónde entramos. Soy una imbécil.

—No es momento, Sofía —contesta Rosa secamente—. Entremos acá a calmarnos, puede ser peligroso seguir afuera.

Entran a una casilla abandonada sin puerta y se mantienen cerca de la pared, tomadas de la mano. En la penumbra, distinguen los contornos en derredor: un colchón despanzurrado contra una pared, restos de una silla tirada, ropa, una cortina hecha jirones que seguramente cubre lo que sería el baño. Una parte del techo parece haberse derrumbado y hay escombros en un rincón.

—¡Ay!

—¡Rosa!

Sofía enciende el teléfono para alumbrar donde está su amiga. Desde el suelo, Rosa le ordena que lo apague y así lo hace, pero antes alumbra los rincones para controlar que no haya nadie más allí dentro. Mientras Rosa se pone de pie y confirma que puede pisar y mover bien el tobillo, Sofía con fuerza mueve una de las vigas que provocó el tropiezo; debajo, unas líneas demarcan una tapa de concreto movida de lugar que deja ver un tenue haz de luz.

—Ayudame a mover la tapa —dice Sofía.

—¿Para qué? Debe ser un pozo ciego.

—¿Cómo va a haber un pozo ciego dentro de una casa?

—¿Y para qué va a haber una tapa?

—Además se ve luz, Rosi. Ayudame, así nos fijamos si es una entrada. No estamos lejos de donde yo entré la otra vez.

Rosa acepta y, entre las dos, levantan la tapa que deja al descubierto una escalera de peldaños de hierro, exactamente igual por la que Sofía había descendido la primera vez.

—Esperá, Sofi. Primero tenemos que tomar esto. —Rosa saca un frasquito del bolsillo de su pantalón.

Sofía lo inspecciona cerca del haz de luz y en el líquido distingue una forma alargada y enroscada.

—¿Qué es esto, Rosa?

—Tu antídoto para hoy —sonríe.

—No entiendo.

—Cuando vengo acá, tomo una de estas lombricitas, me olvido de todo y soy feliz. No te preocupes que después las eliminamos con esto y ni rastros de comida en tu organismo —dice y le muestra un frasquito con líquido celeste.

—¿Cómo que "cuando vengo acá"? ¿Y esto qué es? —Lo acerca a su nariz—. ¿Kerosene? ¿Qué es todo esto?

—Nunca estuve abajo, suelo contactarme con alguien que me consigue… cositas.

—¿Cositas? ¿De dónde salió todo esto? —Sofía finalmente comprende y mira a su amiga con seriedad—. ¿Por eso querías acompañarme? —Hace una pausa y luego continúa con sequedad—: No vinimos a ingerir nada, vinimos a otra cosa. Si tenés hambre tengo unos cubitos —dice y busca en su bolsillo—. Y después vamos a tener que hablar vos y yo.

—Vine para ayudar a María y lo sabés. Y alejá esa basura de mi vista —dice Rosa cuando le acerca uno de los cubos—. Pero ya que estoy acá, voy a aprovechar a darme un gusto.

—¡Esto no es un *freeshop*!

—Uy, te acordás. Eso es de cuando se viajaba. Qué lástima que no nos conocimos en esa época.

—Rosa, esto es serio; tenemos que trasladar bastante mercadería y hay que estar concentradas. No vamos a ingerir nada.

—Pero vos me dijiste que te hicieron comer un guiso. Sofía suspira y se apoya contra la pared.

—Rosa…

—¿Te pensás que soy la única que viene acá?

—Y todos comen lombrices solitarias y las eliminan con kerosene.

—Cada persona tendrá su método. Este es el más efectivo para purgarse —dice y levanta el frasquito celeste.

—Eso es peligroso y está mal.

—Todo está mal. —Rosa abre los brazos—. Hace demasiado tiempo que todo está muy mal —resopla—. Pero hacé cómo quieras, yo voy a aprovechar a conseguir algo para mí también.

—¿Y cómo pensás pagarles si no tenés dinero?

—No es dinero lo que quieren. —Rosa hace una pausa.

—¿Les das tus dosis?

—Nos corre el tiempo, vamos —dice y guarda los frasquitos en uno de sus bolsillos.

//

—No puedo creer esto —dice Rosa.

—¿No me dijiste que habías estado?

—Afuera. Arriba, te dije. ¿Acá es donde cocinan? —dice, cuando Sofía descorre una cortina y deja al descubierto un pasillo donde varias personas en fila sobre unas mesadas improvisadas cortan, hierven, rehogan, baten, revuelven y guardan comida.

Alrededor, cajas de cartón desbordadas de cáscaras y descartes varios con su etiqueta correspondiente; de un lado, las verduras: semillas de calabaza, cáscaras de cebolla, hojas de brócoli y de remolacha, piel de zucchini, papa y batata. Del otro, el desperdicio de las frutas: cáscaras de banana, de ananá, pera, manzana y cítricos varios. En otra caja, pétalos y, más lejos, una batea con tapa de donde extraen puñados de algo que van sumando a unas ollas enormes conectadas a unos cables que desagotan el humo y, lo que supone Sofía, el aroma.

Alguien se sirve un agua turbia de una batea y controla el contenido, lo prueba, le coloca más cáscaras, y le vuelve a poner la tapa. Otros clasifican los restos para ubicarlos en las cajas correspondientes; algunos los dejan aparte y, cuando suman una cantidad, los colocan en otras cajas que cubren con hojas secas, luego tapan y apilan arriba de una torre de cajas similares sobrevoladas por montones de moscas. Revisan una por una, remueven, sacuden, vuelven a tapar, etiquetan con fechas. Toman una de más abajo y la deslizan en la oscuridad mientras dicen: "esta tierra ya está lista".

Sobre una de las mesadas, una cámara, atada con sogas sobre un palo para ubicarla en forma cenital, enfoca unas manos que cortan con velocidad una cáscara de sandía, la vuelca en una olla enorme de agua hirviendo mientras narra el paso a paso para lograr una jalea.

Apenas las ven entrar, varios hombres las toman de los brazos y las arrastran fuera de allí.

//

—Veo que ya conocieron nuestra cocina —dice Irina cuando les quitan las capuchas.

—No fue nuestra intención. Nos fallaron las indicaciones.

—¿Qué es este lugar?

—Ssh, ¡Rosa!

—Cada vez se expande más el emprendimiento de Hernancito; una nueva carga en menos de cuarenta y ocho horas y encima otra mulita. —Irina ríe, y deja al descubierto nuevos huecos en donde solían estar sus dientes, mientras rodea a Rosa para inspeccionarla de cerca—. Está bien, es natural que preguntes. Voy a satisfacer tu curiosidad —dice y hace un gesto a quienes las sometían, que las empujan hacia una cortina custodiada por dos abundantes enormes con la cara tatuada.

—Irina, ¿qué hacés? —la increpa Dani.

—Les quiero mostrar lo que hacemos acá.

—De ninguna manera.

—Si ya vieron lo que no tenían que ver, por lo menos les hago una visita guiada.

Dani se acerca y le habla a Irina al oído que luego le responde entre dientes: —Yo sé lo que hago. Están conmigo, dejen pasar —dice y los gigantes abren paso.

Dentro del lugar, montones de velas iluminan estanterías con frascos inmensos que contienen toda clase de conservas; bultos sellados con cera, organizados y etiquetados cada uno con la descripción de su contenido. Cada pasillo es una categoría diferente, como solían ser los supermercados, excepto que, en lugar de paquetes, hay frascos como en un herpetario, donde se almacenan especies para su estudio y conservación. Pero acá son cáscaras y semillas cortadas con exactitud y prolijidad, jaleas, recipientes con contenidos turbios, carozos de distintos tipos, polvos identificados con sus respectivas etiquetas, y muchas otras cosas. Rosa lee algunas: "ralladura de hueso de palta", "polvo de corteza", "tierra de cocción".

—¿Tierra de cocción? —exclama, al tiempo que Sofía le da un codazo para que guarde silencio y trata de contener el asco que crece en su interior al leer las etiquetas del sector proteínas: escarabajos, grillos, gusanos, hormigas, picudos, pulgones.

—Las galletas de tierra son deliciosas y muy nutritivas —interviene Irina—; me parece que hoy les vamos a convidar con una.

—Solo venimos a hacer el traslado —dice Sofía por lo bajo y se arrepiente porque sabe que debe probar comida si se la ofrecen; aunque se le revuelve el estómago al pensar lo que pudo haber ingerido la vez anterior.

Para su suerte, Irina no la oye y continúa el tour por las góndolas de frascos extraños.

—Esto que ven es el futuro —dice con los brazos abiertos—. Alimentos de calidad sin enfurecer el planeta, aprovechando cada mínima expresión física de su abundancia. —Junta los dedos para remarcar la idea de algo minúsculo. Luego toma uno de los frascos y lo abre—: Prueben.

—¿Qué es? —pregunta Rosa, y Sofía le da otro codazo. Teme que sea un frasco de grillos o algo así, y siente una piedra en el estómago al imaginarse tener que ingerir una patita, morder una textura gelatinosa, salpicar algún fluido al morder. Siente muchísimas ganas de vomitar y trata de pensar en otras cosas, pero solo puede pensar en los supuestos superalimentos, maná en abundancia que no requiere de ningún tratamiento intensivo del suelo ni del ambiente; fáciles de almacenar, conservar y digerir, y que seguro usarán de insumo en las Plantas Productoras, ya que son aptos para consumo de cualquier especie que habite la Tierra.

—Prueben —ordena, y los gigantes de atrás las empujan para que acepten el ofrecimiento—. O mejor no; todavía no hablamos de negocios. Después les convido —dice, toma un trocito y cierra el frasco con fuerza, lo ubica en su lugar y endereza para que quede prolijo y camina por otro pasillo.

Sofía se pregunta qué clase de electricidad usarán ahí abajo; no ve a nadie pedaleando ni escucha el zumbido de las cadenas al rodar.

—Le estábamos faltando el respeto al planeta; ese fue el problema, no la escasez. En nuestro planeta nunca hubo ni habrá escasez, ni nadie sobra como nos quieren hacer creer. Lo único que sobra son la ignorancia y la ambición. ¿Sabían cuántas toneladas de comida se tiraban a la basura porque alguna verdura se veía fea o una fruta venía un poco abollada? El planeta se enfurece con esos desprecios, con el descarte irresponsable de todo lo que nos brinda generosamente.

¿Y qué hay del peso y la órbita terrestre que ustedes empujan y nosotros mantenemos a raya?, piensa Sofía para sí, pero se mantiene en absoluto silencio y escucha con atención.

—Aunque la Tierra nos da —siempre nos da—, también nos quita, pero luego perdona y nos vigila —dicen los gigantes a coro, junto con Irina.

—Aprendimos la lección; ahora ustedes deberían aprenderla también.

—¿Nosotras?

Irina no responde, avanza y descorre otra cortina; de ese lado, una ronda de abundantes sentadas en el suelo conversa acaloradamente. Levantan la mirada al ver a Irina, pero enseguida vuelven a lo suyo e ignoran la presencia de las intrusas.

—Los poderosos que nos culpan de haber llevado el planeta al límite. Nos culpan de exceso, de falta de autocontrol —ríe secamente—, pero fueron las corporaciones, con sus ingredientes artificiales hechos especialmente para llevarnos a comer de más y así vender de más, lo que nos llevó al límite. Grasas, azúcares, sal, conservantes, y encima tienen el cinismo de culpar a toda una población para seguir al frente de todo, acumulando más y más poder con sus productos sintéticos. El cinismo de esa gente, por favor —exhala entre dientes.

El grupo de mujeres asiente a las palabras de Irina.

—Escribí esto: las personas en situación de abundancia merecemos respeto y dejar de ser perseguidas y culpadas —dice una de ellas y enciende un cigarrillo.

—¿No queda muy largo poner personas en situación de abundancia?

—Nos explotan, ridiculizan y demonizan —continúa—. Ya basta de eso, de escondernos, de evitar que nuestros cuerpos se expresen naturalmente —completa, mientras acepta un líquido turbio con pedacitos flotando y se lo pasa a su compañera.

—Basta de vivir al margen, de ver nuestras vidas reducidas al servicio de una ideología enferma que produce un mercado para escapar del supuesto horror que representamos con la libertad de nuestros cuerpos.

—Así se habla, chicas —aplaude Irina—. Explíquenle a estas dos escasas la demencia que aceptan con tanta pasividad, consintiendo las mutilaciones simbólicas o incluso físicas de quitarse lo que el cuerpo naturalmente produce para acompañarnos y protegernos.

—Nuestros cuerpos son perfectos porque es como naturalmente se expresan —responde una que se recostó en el suelo y juega con un encendedor. Sofía la mira: sería imposible para ella contorsionarse para salir del muro, mucho menos trepar, y duda que pueda correr a gran velocidad.

—Estamos hartas de que nos señalen como un error natural, una falla, una anormalidad, un peligro. ¿Esto les parece un peligro? —La que estaba en el suelo se pone de pie y se pellizca el abdomen con ambas manos—. ¿No se dan cuenta de que si es tan complicado mantenerse dentro de una tabla de pesos y medidas es porque el cuerpo no fue diseñado para ser de otra manera que su propia expresión? —Se acerca y sube el tono. Sofía contiene la respiración, trata de mirar a su amiga por el rabillo del ojo, pero no logra distinguir cómo está—. No entendemos cómo pueden vivir en ese estado de delirio, de consumo de falsas ideas y promesas. ¿Nosotras somos la amenaza? ¿La mala salud? ¿Y qué hay del impacto por el consumo de sintéticos? ¿Qué va a pasar en unos años cuando todos necesiten un riñón o un hígado por la basura que les hacen comer para mantenerse dentro de una media numérica cada vez más inverosímil? ¿Somos la verdadera amenaza o nos dicen eso para tenernos acá de repositorio de órganos para sostener su sistema enfermo?

Las demás también se incorporan, Irina da un paso atrás y en menos de un segundo, las abundantes rodean a Rosa y Sofía.

—¿A quiénes les conviene este sistema? ¿No se preguntaron cuáles industrias son las que tienen el poder? —La ronda se toma de las manos—. Pero todo va a cambiar y vamos a recuperar la soberanía sobre nuestros cuerpos y nuestra voluntad de elegir nuestra propia expresión —repiten al unísono—: Queremos nuestra libertad, expresarnos sin temor y con generosidad.

—Bien, chicas. Ahora sigan con lo suyo. —La ronda se desarma y las abundantes vuelven a los mismos lugares que ocupaban—. Y ustedes dos, ya vieron todo lo que hay para ver, así que tenemos que retocar las condiciones de nuestro contrato. Nada es gratis, ya lo saben —dice con una mueca.

//

¿Dónde está la belleza realmente? Hay poca o casi nada a simple vista. Pero siempre la hay, aun si es un pequeño capilar o apenas un destello, siempre existe. Y esa es la búsqueda: encontrarla en el aire fresco, en los colores del cielo, en poder ver y sentir ambas cosas para quienes ni siquiera tienen esa opción porque deben esconderse bajo tierra para sobrevivir. Y aun así, ahí puede encontrarse: en el crepitar de un fuego, en el calor de un plato humeante o en el sonido del agua cuando cae en un recipiente. *La belleza es dejarse sorprender y llevarse por sensaciones. Y esa posibilidad nadie nos la puede quitar*, piensa Sofía. Aun en la peor situación, lo que sobrevive es la capacidad de encontrar belleza porque ese es el estado natural e involuntario del impulso vital. Es el movimiento que echa a andar la transformación permanente de lo que se expresa en todo su ser y explota en su totalidad. Es lo que logra que un pedazo de tierra incendiada y sin fuerza reclame su vitalidad, se recubra de césped otra vez, atraiga bacterias, luego insectos y más tarde alimañas, y a partir de allí, recrear un ecosistema perfecto que permita a todos los seres habitar esa porción nueva de tierra; porque esa es la esencia de lo que somos parte: expresiones vitales que necesitan ser a pesar de todo.

Y es sobre estas ideas de belleza en lo que puede pensar cuando abre los ojos e intenta acomodar lo que acaba de suceder.

—¿Hace cuánto que no comés un chocolate de verdad? —le pregunta Irina y le acerca un pedacito oscuro de esa sustancia cargada de calorías, grasa y azúcares que ensucia los dedos y mancha la vida. Una trampa de barro sucio, oscuro como la noche sin luz—.

Vamos, sin miedo, acá nadie te va a juzgar —ríe con los dientes manchados luego de haberle dado un mordisco y ofrecerle a Sofía.

Ella da un paso atrás, pero el aroma la envuelve con sogas invisibles, que desearía tener para atarse contra un mástil y evitar ese canto hipnótico del aroma exquisito del cacao puro.

—¿De dónde salió esto?

—El planeta habló y nos está regalando una nueva oportunidad.

Sus papilas se relajan en un instante y el calor inunda su boca. Exhala pausadamente mientras siente que todo su cuerpo se llena de agobio y apenas puede respirar. Cada milímetro de ella se pone en alerta ante el peligro del enemigo invencible que la acecha apenas a unos centímetros. Recuerda los entrenamientos de resistencia a esta y otras sustancias en el Campo de Recontextualización. De todas, el chocolate siempre fue su némesis, lo que no podía dejar de mirar hasta las lágrimas y que jamás logró vencer, aún a pesar de todas las maniobras aprendidas. Nunca logró gestionar sus emociones hacia la sustancia más venenosa de todas. No hubo castigo suficiente: interrupción del sueño, degustaciones intervenidas con sabores y texturas desagradables, días de ayuno, limitación de líquidos, trabajos forzados, ni aislamiento que la alejara mentalmente de lo que, en su creencia, era la delicia más grande que justificaba toda la existencia humana en el planeta. Cómo resistirse a un cuadrado perfecto y cremoso que se derrite solo con el calor de la lengua y hace explotar el cerebro saturado de anhelo y deseo. Puede sentir hasta la vibración de su torrente sanguíneo subir y bajar desde la nuca hasta el final de su columna, al respirar el aroma aterciopelado del chocolate que Irina insiste en acercarle.

Sofía intenta con todas sus fuerzas evitar el contacto con la sustancia, pero su cerebro la traiciona una vez más y recuerda otro de sus favoritos del pasado: el conito relleno de dulce de leche que comía sin pensar y sin ceremonias cuando aún era libre. Y, como en una dimensión paralela, reaparece el crujir del papel metalizado cuando se abre y queda al descubierto el chocolate de la golosina con forma de sombrero de duende. Siempre empezaba por la punta, presionaba con los labios y el dulce de leche quedaba a la vista con la marca de su bocado. Firme y dulce, hundía la lengua en el hueco de chocolate para lamer hasta que las paredes del cono cedían también. Sin espera, venía la segunda mordida, más profunda y toda de dulce de leche, para llegar a la galleta, que raspaba con los dientes y la lengua hasta dejarla lisita antes de comer la mitad. El último bocado, el más triste, el mejor, se eternizaba en el paladar antes de irse para siempre.

Frente a frente con su peor tortura, Sofía traga en seco, aprieta los dientes y recurre a todas sus herramientas mentales hasta que ya no sabe qué más hacer. El aroma de su perdición es tan pregnante que antes de poder continuar con la respiración escalonada, pensar en otra cosa o pedirle nuevamente a Irina que se aleje, el chocolate la atrapa sin remedio. Acerca el pedacito a los labios; frío al tacto y cálido en su aroma. Su infancia, de golpe condensada en un soplido, con aroma a lápices de madera y abrazos de mamá. Abre la boca y la acidez y el dulzor de la tableta fulminan sus capacidades motrices, la paralizan como lo haría una cobra venenosa que, con la lengua, divide sus opciones: el bien y el mal, el antes y el después, el paraíso y el infierno, que en ese momento vendrían a ser la misma cosa, a punto de morder el abismo y desintegrar sus años de sobriedad y adecuación. Y antes de ingresar en un estado de abstracción e hipnosis, seguido por impaciencia, ansia y la antesala a la más desaforada voracidad, lo que siente Sofía es asombro al notar una desconocida vibración en sus terminales nerviosas cuando, uno a uno, sus cinco sentidos vuelven de la eternidad, alertas, feroces y desesperados para reincorporarse a su cuerpo. Sin poder articular palabras, Sofía devora y pide más, con la mirada fija en las porciones de chocolate, y confirmando que sus dedos manchados siguen la orden de su cerebro: tomar todos los que pueda, comerlos antes de que algo en ella se dé cuenta y la obligue a detenerse; hasta que el chocolate desaparece y ya no queda nada por comer. Entonces se deja caer, desesperada por la certeza de que acaba de terminar el momento más feliz que pueda recordar.

Irina se acerca para controlar que no tenga un shock glucémico, y Sofía le toma la cara entre las manos para darle un beso largo y profundo. Por un instante, Irina se queda quieta y dudosa, luego responde el beso y se ubica encima de Sofía, que acepta el peso de la abundante, acaricia sus brazos, su espalda, su cintura. El tacto suave y esponjoso fue magnético; Sofía no puede dejar de tocarla y de querer guardar la memoria táctil de esa tersura mullida, la sensación de que todo está bien y que aún en lo malo puede existir un lugar donde volver y recuperarse.

—Todo bien, preciosa —Irina se despega de un salto, Sofía deja de pensar en la belleza y cae en la real cuenta de lo que acaba de suceder—, pero si Dani nos ve, te asesina y yo necesito que hagas los traslados.

Y como si la hubieran llamado, Dani entra con cara de preocupación. Se detiene unos segundos para tratar de entender la escena que tiene enfrente; mira a Irina, puesta de espaldas a la cortina de entrada, concentrada en clasificar la encomienda que Sofía deberá esconder y trasladar.

—¿Qué pasa acá?

—Le di de comer un poco de chocolate y se bajó todo lo que había. Tendrías que haberla visto —ríe Irina, nerviosa.

Dani no sonríe, mira a Sofía que abraza sus rodillas, sentada en el suelo.

—Tenemos una situación.

Irina gira a escuchar para su compañera que se acerca muy enojada.

—La próxima tenés que chequear a quién nos manda tu contacto.

—¿Qué pasó con Rosa? ¿Dónde está?

—La estamos recuperando.

—¿Recuperando? ¿Qué le pasó? —Sofía se incorpora, Dani le hace un gesto con la mano para que se detenga.

—Nunca vi a nadie comer así. ¡Por favor!

—¿Qué le dieron?

—Nos trajo unas dosis y nos pidió varias cosas que devoró sin respirar y se descompuso la muy imbécil. Te la tenés que llevar. A vos te digo —le dice amenazante a Sofía.

—¿Y cómo hace con el traslado, Dani?

—La quiero ver, ¿dónde está? —increpa Sofía.

—Inconsciente en su charco de vómito.

—Tengo que llevarla a una guardia, se tomó una lombriz.

Irina y Dani se miran.

—Tu mujer es una imbécil —concluye Dani.

—Es mi amiga, no es mi mujer. —Sofía se incorpora, Irina la mira confundida.

—Me da igual quién sea. Si vas a una guardia, las van a detener, les van a hacer preguntas, van a decir lo que no tienen que decir. ¿Qué hacemos? —Dani le pregunta a Irina por lo bajo.

—Tienen que ayudarla, por favor —Sofía implora con un hilo de voz.

—¡Callate! —le grita Dani y Sofía obedece; se aleja apenas un paso atrás para escuchar lo que hablan.

—¡Te dije que no aceptaras a cualquiera que te manden! —murmura Dani, Irina le hace frente y ambas comienzan a discutir acaloradamente; por momentos también susurran, Sofía escucha un "tengo que hacer esta entrega, necesitamos a una por lo menos".

—Te tenés que ir ahora —dice Irina cuando la discusión finaliza de golpe.

—¡No la puedo dejar a Rosa acá!

—La vamos a asistir —responde Irina y Dani sale enfurecida. Cuando cruza la cortina, grita a todos que se vayan de ahí ya mismo.

—¡No me voy sin ella! —Sofía corre detrás de Dani, Irina la toma fuerte de los brazos y se ubica detrás de ella.

—Te vas de acá ahora mismo a trasladar la carga. Volvés, trasladás lo de tu amiga. Después volvés y te llevás todo lo que vamos a sumarte, todas las veces que yo te diga hasta que dejemos en cero el equivalente a salvarle la vida a tu amiga.

—Por favor, te traigo dosis —dice Sofía.

—¿Cuántas? —Irina la suelta.

Sofía hace un cálculo mental de las suyas y le dice un número. Irina se ríe; Sofía suma las que podría conseguir de Leandro y se arrepiente apenas dice un número, pero Irina lo acepta.

—Si hacés las cosas bien, tu amiga va a estar bien. Ahora tenés que irte —hace un silencio—, esperá —busca en su riñonera algo y lo disuelve en una botella con agua—, por las dudas tomá esto, por si te hacen un control.

Sofía obedece, apoya los labios en la botella que le alcanza Irina, pero no puede controlar los espasmos que surgen apenas intenta beber el líquido espeso y amarronado con olor rancio y restos de pastillas o migas o lo que sea, flotando.

—Un sorbito más, vamos —dice Irina con suavidad—. Tenés que tomarlo todo o no vas a pasar si llega a haber un control. Tomalo —insiste y le inclina la botella. Sofía vuelve a intentarlo; recuerda el sabor del chocolate, el líquido se lo va a apagar para siempre y ella quiere recordarlo. ¿Pero cómo se recuerda un sabor, un aroma? ¿Se borrará el mapa que la lleve otra vez a sentir esto que acaba de pasarle? ¿Cómo se hace para guardar por siempre lo que se desvanece en segundos?

—Vamos, tomalo. —Irina inclina la botella y Sofía escupe apenas el brebaje toca sus labios—. Sofía, no es chiste —Irina le habla con dureza e inclina la botella una vez más.

Finalmente obedece y bebe todo lo que puede de esa agua viscosa hasta que un espasmo la sacude y casi la hace vomitar.

—Bien. Ahora estás lista.

12.

No sabe de dónde sacó fuerzas pero logró atravesar la ciudad en tiempo récord, dejar la entrega según las indicaciones, dar aviso, controlar la recepción de su dinero y ubicar a Leandro, que no hizo preguntas y le dio su dirección. Apenas amanezca o cuando resuelva lo de Rosa se ocupará de la petición por la suspensión del trámite de su abuela. *Todavía hay tiempo*, se dice, *no pasaron las setenta y dos horas.*

—¿María está bien? —pregunta Leandro apenas abre la puerta, despeinado y con cara de dormido.

Sofía asiente y se queda de pie en la entrada. La habitación es de paredes blancas y solo hay una cama, un estante con un velador, una mesa con una silla y el pedalero. Contra la pared, detrás de la puerta, una bicicleta último modelo, plegable, ultraliviana, ¿eléctrica? Sofía siente tanta rabia que se arrepiente de haber ido y busca la puerta para salir de allí.

—Esperá, Sofi, ¿podrías decirme qué pasa? ¿Seguro que María está bien? Parece que pasaste una mala noche. —Leandro se acerca y Sofía lo encara bruscamente.

—Necesito que me ayudes sin hacerme preguntas. —Leandro asiente.

—¿Te hago un café? —dice y se vuelve a llenar un recipiente con agua. Sofía duda; tiene que volver antes de que amanezca, pero le tiemblan las piernas de cansancio y piensa en todo el trayecto que le falta recorrer; acepta y se deja caer en la silla mientras Leandro, de espaldas, enciende el anafe y lava una taza.

En la quietud de la noche, el chocar de los utensilios llena el silencio entre ambos; Leandro apoya la taza humeante, el aroma es delicioso y la reconforta.

—¿Está bien o lo querés más dulce? —pregunta, luego estira las sábanas y se sienta en el borde de la cama, apoya un vaso en el estante y sacude una mano. —Ahora entiendo por qué no se usan vasos para tomar café —dice y se sopla los dedos.

Sofía calla, ambos beben.

—No sé cómo decirlo, así que voy sin vueltas: necesito tus dosis.

Leandro levanta las cejas y, después de unos segundos, se pone de pie, enciende la luz del baño, abre y cierra un cajón y regresa con el pedido de Sofía.

—Es todo lo que tengo.

Sofía recibe los blisters y abre grandes los ojos.

—Esto es mucho. ¿De dónde sacaste tantas dosis?

—No las uso. Llevatelas todas.

Sofía cuenta los blisters, murmura un *gracias* y se pone de pie para irse.

—Esperá, Sofi —Leandro la toma suave del brazo—. Terminá el café. Hablemos un poco.

Sofía se detiene, guarda las dosis, toma asiento y bebe en silencio. Él vuelve a sentarse en el borde de la cama, carraspea y se masajea la frente antes de mirarla a los ojos.

—Quiero que me escuches, por favor; necesito que entiendas lo que pasó ese día y que me perdones, realmente que me perdones por todo lo que pasó —cierra los ojos y baja la cabeza—. Yo ese día…

—No volvamos sobre el pasado, por favor te pido —le dice Sofía mientras levanta una mano para evitar que Leandro siga hablando.

—No, escuchame —insiste—. Durante años viví negándolo, hasta que me di cuenta de demasiadas cosas que no vienen al caso. Entre ellas, que no puedo seguir adelante sin tratar de enmendar algo de todo lo que pasó después de ese día.

—Ahhh, ahora entiendo tu insistencia. Todo esto es para que *vos* te sientas mejor —contesta con furia Sofía. Si no fuera por Rosa, le revolearía las dosis en la cara.

—No, no es eso. Me expresé mal porque... hay cosas que no puedo contarte, Sofi —resopla—. No tiene nada que ver con que yo me quiera sentir mejor, tiene que ver con que algunas cosas no pueden seguir como están. Y aunque no puedo volver el tiempo atrás, sí puedo reparar hacia delante y eso es lo que estoy tratando de hacer —respira hondo antes de seguir—. Las veces que repasé en mi mente una secuencia distinta... Yo no te denuncié, Sofía, y eso tenés que saberlo.

—Ya sé que fue tu mamá la que me denunció. Pero ella nunca se hubiera enterado sin tu ayuda. ¡Saliste corriendo a buscarla apenas me viste!

—No, no fue así. Yo fui a buscar un encendedor para quemar los envoltorios para que nadie los descubriera, pero dejé la puerta de tu habitación abierta y Soledad te vio.

—Incomprobable, Leandro —dice secamente Sofía mientras se pone de pie.

—Es la verdad.

—¿Y de qué me sirve eso ahora? —dice y vuelve a sentarse. Le duelen demasiado los pies.

—Ya sé que no puedo volver a ese día para cerrar la puerta, ni calmar a mi mamá para que deje de sacudirte en el baño. Sueño que rompo su teléfono para que no haga ese llamado, que la enfrento, que freno su locura, que te escondo para que no te lleven, que te saco del Campo de Recontextualización, que... que hago algo para protegerte de todo lo que te pasó después... Necesito que me perdones. Por favor —dice con voz temblorosa.

Sofía, en silencio, no piensa en ese día sino en el recuerdo de una tarde en aquella casa: él con un libro abierto en la mesa del living, las manos sosteniéndose la cabeza como ahora, con la luz de la tarde entrando por el ventanal; los sonidos de los pájaros, los ladridos de los perros, los ruidos de la casa, el aroma de algo cocinándose, y ella de pie, mirándolo sin animarse a hablarle.

—Éramos dos chicos, Leandro. No fue tu culpa, no fuiste vos quien me entregó. Con quince años, ¿qué podías hacer para evitar lo que pasó? —dice al fin Sofía.

De pronto, la escena se pixela y es como si sucediera en un recuerdo de otra época. No están ahí, en ese presente; están en otro momento de sus vidas cuando Leandro vuelve a hablar.

—Si pudiera, cambiaría todo de ese día, de ese momento, de esa situación —dice y extiende una mano que Sofía, sin pensarlo, acepta; él le acaricia suave los dedos.

—¿Te acordás la vez que te cortaste el pelo y te olvidaste los mechones en el baño, y Soledad gritó como una loca porque pensó que le habías dejado una rata muerta? —sonríe—; después de eso encendía la luz desde afuera antes de entrar; estuvo aterrada durante semanas —hace un silencio—. Te quedaba tan lindo el pelo así cortito —le señala la nuca.

—Por qué nos tocó vivir todo eso, Leandro, cuando teníamos tanto por delante y esta vida ni siquiera podíamos imaginarla dentro del camino que supuestamente nos esperaba —Sofía intenta contenerse, pero el pasado regresa con la fuerza de un tren de alta velocidad.

Leandro se pone de pie y se acerca a abrazarla, ella siente un leve temblor, se pone de pie para responder el abrazo y pronto son otra vez aquellos dos adolescentes casi desconocidos que se gustan en silencio. Y en la desolación del presente eso les permite sentir un alivio, aun cuando, desde allí, mirar hacia atrás se vuelve tan doloroso. Sofía apoya la mejilla en el pecho de Leandro y, por unos instantes, regresa al exacto momento en que estuvieron así de cerca, se deja atrapar por la fuerza de todos esos años y lo abraza con fuerza. En cada caricia crean un recuerdo que mezcla lo real con la fantasía del anhelo, el presente y la nostalgia con la que evocarán ese instante en el futuro. Pueden dejar todo atrás y ser diferentes cuando la cercanía recalibra el zoom que los define; acercar sus mapas hasta deshacer el contorno que los delimita para rearmar una visión totalmente nueva y distinta de quiénes fueron y de quiénes son ahora.

—Me tengo que ir —dice Sofía mientras se despega del abrazo con suavidad. No quiere pensar ni por un instante en lo que pasó en las últimas horas. Jamás se hubiera imaginado ni en su fantasía más loca que estaría viviendo lo que vivió esa noche, ni en los últimos días. O los últimos años. Pero sacude esas ideas; tiene que seguir.

—No te voy a hacer preguntas, entiendo que no puedas ni quieras responderlas —dice Leandro mientras toma distancia, sirve un poco de agua y le ofrece a Sofía que acepta y bebe despacio—. Solo voy a decirte que lo pienses bien; es peligroso cruzar el río.

Sofía se atraganta con el agua y comienza a toser.

—¿Cruzar el río? ¿El grande? ¿De dónde sacaste que voy a hacer eso?

—¿No son para eso las dosis? Lo del hospital ya está saldado y para la multa de la Lauda Opcional imagino que hubieras podido pagarla de otra manera sin venir hasta acá en mitad de la noche y pedirme dosis sin que te haga preguntas —hace un silencio—. No sé a quién se las vas a cambiar, pero lo que te di debe sobrarte para sacar pasajes en primera clase con salvavidas incluido —sonríe.

Sofía se congela y vuelve a sentarse. Cómo puede ser que todas las personas que la rodean hayan considerado alguna opción de escapar o evadirse. Cómo puede ser que ella jamás pensara siquiera en la posibilidad de rechazar la vida que lleva desde hace tantos años.

¿Qué te hicieron, Sofía? Una carrera de obediencia para hacer "todo bien" y ser cada vez más adecuada, para no ocupar espacio de más ni incomodar a otros con exceso de corporalidad ni corromper el equilibrio vital con tu colonización. Tanto tiempo haciendo todo lo que te pedían que fueras. Nunca molestar ni ser inoportuna, mucho menos inapropiada. ¿Y para qué?

Piensa en las abundantes del gueto, en los cuerpos como cosas mensurables, categorizables, deplorables, y en los logros de la genética, estandartes de una supuesta buena conducta. Su cabeza le da vueltas. Debe ser el chocolate, el café o el brebaje que le dio Irina. No puede dejar de pensar; las ideas son un *pinball* que activan otras y echan a rodar nuevas más grandes, más difíciles. ¿Para esto sacrificaste tu vida y la de María?

—Sofi, ¿estás bien?

—Leandro —Sofía levanta la cabeza y traga en seco—, quiero que me cuentes todo lo que sabés sobre lo de cruzar el río.

//

—Ahí la tenés a tu amiga —dice Dani y empuja a Sofía detrás de una cortina.

En el piso, Rosa intenta levantarse.

—Vamos, Rosi. ¿Podés caminar? —La ayuda a ponerse de pie. Cómo regresarán, no tiene idea. Lo primero es salir de allí.

—Apuren que está por amanecer y tenemos que cerrar todo.

—Gracias.

Dani asiente sin sonreír.

—Te espero para la próxima entrega. Pero a tu mujer no la quiero ver más por acá.

—¿Irina?

—¿Para qué la querés ver?

—Solo dale las gracias también.

Dani asiente y les indica a los gigantes que las escolten fuera de allí y les señalan por dónde deben salir.

//

Suben los peldaños, despacio y con dificultad. Rosa debe detenerse a cada paso para recuperar el aire.

—Vamos, Rosi, vamos que falta menos —dice Sofía mientras la empuja suavemente para terminar de subir la escalera y llegar a la casilla por donde habían descendido antes. Aún es de noche, pero pronto comenzará a clarear—. Tenemos que apurarnos a cruzar los pilotes antes de que amanezca.

—Dame unos segundos —pide Rosa y se sienta en el suelo.

Sofía suspira y le da de beber un poco de gel hidratante. De pronto, escuchan gritos debajo. Sofía se incorpora de un salto y de un tirón pone a Rosa de pie.

—¿Qué está pasando?

Los gritos aumentan, se escuchan golpes, objetos que se caen, vidrios que se rompen, órdenes.

—¡Controladores! —Rosa ahoga un grito.

Sofía siente que el corazón se le va a salir del cuerpo. *Ahora no, ahora no.* Le falta el aire, siente el encierro de las paredes de la casilla y comienza a marearse. *Basta*, se dice mientras trata de calmar un miedo que amenaza con descontrolarse. Apenas puede respirar, pero ve a su amiga y logra recomponerse.

—Rosa, escuchame bien: vamos a tener que correr. Con lo que te quede de fuerza. —Sofía intenta escuchar algo más—. No sé qué pasa, pero tenemos que salir de acá ya mismo.

—Se los están llevando —dice Rosa con dificultad.

Sofía toma aire y respira profundo, vuelve a frotarse las piernas y sube a su amiga a la espalda, se concentra en el objetivo y comienza a correr. No sabe cuál de los pasillos será el correcto, pero corre de todas maneras hasta que en uno de los giros logra divisar el muro. Rosa se baja, respira hondo para recuperarse y cuando está lista le hace una seña a Sofía. Ambas corren hasta los pilotes.

—¡Vamos, Rosa! —murmura Sofía—. Apurate, ¿o querés que nos descubran?

—Esperá, quiero ver qué está pasando.

—No vas a ver nada desde acá, están lejos.

Los gritos se intensifican y mezclan con las órdenes de los Controladores. Las casillas de alrededor están en silencio y con las cortinas cerradas, y a unas calles de distancia se escuchan advertencias, insultos e indicaciones de descender, de remover, ingresar. También alaridos y botas sobre la tierra, disparos, luego gritos que salen a la superficie.

—Se los están llevando —dice Rosa, se tapa la boca con la mano para reprimir un grito y comienza a temblar.

—¡Tenemos que salir ya! Te pido por favor que te concentres; necesito que vuelvas a hacer eso de deslizarte y que me ayudes a hacer lo mismo. ¡Ya!

//

—Se los llevaron —dice Rosa mientras Sofía la ayuda a caminar, luego de correr todo lo que pudieron para alejarse del gueto—. Se los llevaron para convertirlos en cloncolon —agrega, agitada.

Sofía ya no siente las piernas; terminó el gel que traía y, aunque Rosa la mira con asco y se niega a aceptar, Sofía ingiere los cubitos alimentarios que lleva en los bolsillos para recuperar fuerzas, con cuidado de no dejar caer el resto de las dosis que le dio Leandro. Tiene los pies llenos de ampollas y seguramente ensangrentados de tanto correr. ¿Cuántos kilómetros habrá recorrido esa noche? Ni siquiera mira su reloj para comprobarlo; le da lo mismo.

—¿Cómo sabés lo de los cloncolon? ¿No es que está en etapa experimental y que lo consideran antiético y que necesitan a los abundantes para seguir creando energía limpia?

Toma aire; en contraposición con el horror de la noche, la mañana está húmeda y fresca, y el cielo azul intenso vaticina un hermoso día de sol. Apura el paso, pero Rosa cada tanto tiene que detenerse. Está pálida y le cuesta caminar, pero cargarla le resulta imposible y además solo levantaría sospechas; al igual que tomarse un VNT si tuviera el dinero. Volver por las calles interiores para evitar los controles les tomará un par de horas, pero Sofía se mentaliza en ese objetivo y avanza sin pensar en nada más.

—Los escuché mientras estaba con ellos. Hablaban a los gritos y preocupados porque ya había sucedido en otro Barrio Contenido. Parece que se lo hacen a los rebeldes. —Rosa se apoya contra una pared y comienza a temblar—. Si nos encontraban, también nos llevaban, Sofi. —Tiene los ojos abiertos de par en par y apenas pestañea—. Una cirugía y chau, un cuerpo reducido a ser el sistema digestivo de algún NyC con muchas ganas de comer sin parar y sin engordar.

—No puedo creer que sea cierto. No puede ser, Rosi. No puede ser cierto.

—Eligen los cuerpos que piensan que les van a durar más y los abundantes tienen mucha resistencia física; debe ser por eso, o porque nadie va a reclamar por ellos —Rosa habla mecánicamente—.

Les meten una cánula —señala el estómago— y pasan a ser unas vísceras vivientes para digerir la comida de otro por el tiempo que les dure el hígado, el páncreas, el intestino antes de reventar. Nos podrían haber llevado —repite Rosa una y otra vez, y vuelve a señalar el estómago—, una cánula acá, una manguera como un cordón umbilical que les traslada el bolo alimenticio.

—Basta, Rosa. Estás delirando. —Sofía sacude a su amiga con suavidad—. Lo que estás diciendo es una locura. No puede ser verdad. Caminá, por favor, que tenemos que llegar a casa.

—Sofi, ¿entendés que les meten un conducto para que les digieran la comida a otro? ¿A esa gente querés pertenecer? —Rosa mira a su amiga con los ojos llenos de lágrimas—. Nos podrían haber llevado —insiste en un susurro.

Sofía no responde, pone un brazo alrededor de su amiga y la ayuda a caminar.

—Vamos a casa. Después de que descanses te vas a sentir mejor.

//

Mientras Rosa se da un baño, María observa a Sofía quitarse la ropa y masticar una lámina de algas sabor queso; *esto es un asco*, se dice por lo bajo. De fondo, la televisión muestra las noticias del día: el peso terrestre, el estado de la órbita, las telecomunicaciones restablecidas, los nuevos reclamos de los abundantes, incidentes en un Barrio Contenido.

—Anoche no fuiste a trabajar, Sofía. Yo te apoyo en todo y lo sabés, pero no me gusta que me mientas —la mira con gravedad—. Hace un rato llamaron a casa de tu trabajo preguntando por qué no habías llegado. ¿Y qué hace Rosa acá? ¿Qué les pasó? ¿Dónde estuvieron?

—Le avisé a Gerónimo que no iba. ¡Si él no avisó nada me van a suspender! —Arroja uno de los borceguíes; la media está ensangrentada y pegada a los dedos.

—¿Qué te pasó en el pie? —María se acerca a examinarla de cerca, Sofía retira el pie antes de que se lo toque.

—¿Me suspendieron?

—Sí, Sofi —María la mira con gravedad—. Les expliqué de mi accidente, que me estabas ayudando, pero no me hicieron ningún caso; dijeron que el pedido de asistencia familiar tiene que estar cargado por tu superior para justificar la falta laboral porque de otra manera no tienen forma de comprobar lo que digo, y te suspendieron. Al menos los convencí que fuera solo por un día... ¿Me dejas ver? ¿Te duele?

—¡Hijo de puta! —Sofía se agarra la cabeza y contiene las ganas de patear la mesa. Intenta calmarse, pero ya no tiene más fuerzas para nada. —¿Y esa caja? —pregunta al ver en una esquina un sello oficial.

María toma asiento, suspira y se toma unos segundos antes de responder.

—La trajeron hoy muy temprano; son los ingredientes... Los ingredientes para... bueno, para mi última cena —dice con un carraspeo—. Tiene utensilios, una olla, todos los elementos necesarios y pastillas de terminación.

Sofía la mira con espanto.

—No puede ser. ¿Firmaste algo? Ni siquiera pasaron las setenta y dos horas, y además hace una hora envié el formulario de Cesación de Protocolos y Operativos.

—Parece que no les llegó tu mensaje —murmura desdeñosamente.

—Pero, ¿les explicaste?

—¿A quién? No vino el Secretario Privado a dejarla y hacerme una reverencia. La dejan en la puerta y ya.

Sofía se pone de pie y renguea por los veinte metros cuadrados por los que paga un alquiler sideral; observa la cama angosta e incómoda donde su abuela duerme cada noche desde hace diez años; los rieles por donde se deslizan los paneles para convertir cada espacio en algo que se asemeje a una habitación, o un living, o un comedor. Se detiene en una de las esquinas donde la mancha negra de humedad crece sin parar, aunque abra la ventana y la puerta de calle, y trate de hacer correr el aire junto con el ventilador de pie para que seque el ambiente. La puerta del guardarropa donde guardan ¿dos?, ¿tres?, recambios de prendas que zurcen para evitar gastar dinero en reponerlas, eligiendo los mismos colores y estilos, que sean funcionales para salir a trabajar, por un salario mínimo, y volver a casa a deslizar un panel y convertir ese pequeño espacio en una habitación donde poder vivir, sacar de una pared una cama de menos de una plaza, ruidosa y blanda, para dormir, gracias a las dosis nocturnas, para luego levantarse, guardar las camas, higienizarse, vestirse, desayunar cuando toca, tomar las dosis de la mañana y repetir todo otra vez.

—Ya me cansé de todo esto. —Sofía, de pie en la mitad de la habitación, respira hondo y mira a su alrededor. —Abu, esta noche nos vamos.

—¿Y adónde te gustaría vacacionar? ¿Playa o montaña? —dice María mientras con dificultad junta con la mano sana la ropa y el borceguí que arrojó su nieta.

—Te estoy hablando en serio. Muy en serio. Leandro conoce gente que nos puede cruzar del otro lado del río.

María deja la ropa y la mira sin entender.

—¿Al Descampado? Estás loca. Eso es tierra de nadie.

—No, del otro lado.

—Es peligroso, nadie sabe qué pasa ahí; hasta se dice que algunos van a cazar desertores. ¿Te volviste loca?

—En el hospital me dijiste que tendríamos que haber huido al Descampado.

—¿Yo te dije eso? Estaría en shock y no sabía lo que decía.

—¿Y acá qué nos espera, abuela? ¿Qué te vengan a buscar cuando llegue tu terminación?

María hace un silencio y se sienta en el borde de la cama.

—Me arrepiento de todo esto, Sofi; en especial, de habernos metido en tratar de recuperar tu NyC.

—Basta, abu, no tiene sentido.

—¿Te estás escuchando? ¿De verdad te parece una opción irnos a cruzar vaya a saber qué monte? ¿Atravesar un río a escondidas? ¿A mi edad?

—¿Y qué opción tenemos acá? —grita Sofía—. ¿Dejar que te lleven a una fosa común? ¿Que te hagan polvo?

María tiembla y traga en seco: —Yo solo quiero que tengas una vida mejor. Yo ya viví. Y no sé adónde es eso. Quiero que al menos tengas la opción de elegir. Algo. Que puedas elegir algo.

—María hace silencio. De fondo, se escuchan el ruido del agua de Rosa duchándose y el volumen mínimo de la televisión que muestra la imagen captada por un dron, enfocando una fila de abundantes que marchan hacia unos camiones: "Nuevo operativo en Barrio Contenido". Luego el *videograph* anuncia: "Reducen Abundantes Gravitacionales de la Resistencia Victoriosa Armada".

—Las opciones que tenemos son estas, no sé si es lo que elegiría. Es lo que hay.

—Si hubiéramos dejado de lado la fantasía de recuperar tu NyC tal vez…

—Tal vez nada.

—Quería que tuvieras más opciones y estuvieras mejor cuando yo ya no… Cuando yo… La vida no puede reducirse a esto

—señala a su alrededor—. Pero el mundo cambió tanto. Yo ya viví, ya cumplí más de lo que pensé que quería. No soporto ver que no tengas nada bueno para elegir.

Sofía se sienta y apaga la televisión.

—Por eso nos tenemos que ir hoy —dice.

—¿Y te parece que a mi edad estoy para esa travesía, Sofi?

—Yo no te voy a dejar acá —dice, mientras con dificultad se quita el otro borceguí y trata de despegarse la media izquierda que también está ensangrentada.

—¿Y de dónde vamos a sacar lo que sea que haga falta para ir al lugar que estás imaginando que existe más allá?

—Tenemos los ahorros de la NyC que ya no voy a usar. Y tengo esto. —Sofía le muestra las dosis que le dio Leandro.

—¿De dónde sacaste todo eso? —María levanta la voz y revisa los blisters que Sofía dejó sobre la mesa—. Contestame.

Sin responderle, Sofía se levanta y abre el guardarropa, se agacha y quita la ropa para encontrar el agujero en la pared.

—¿Está el vecino?

—¿Para qué querés saber eso?

—¿Qué estás haciendo? —dice Rosa al salir del baño envuelta en una toalla.

—Nos vamos. Esta noche. Las tres —dice aún de espaldas—. ¿Está o no está el vecino?

—No lo escuché volver —dice María—. ¿Para qué querés saber si está? ¿Qué estás haciendo ahí agachada? ¿Vos te viste los pies?

—¿Y todo esto de dónde salió? —Rosa revisa las dosis. —¿Sofía?

—Ni se te ocurra tocar alguna y pasame una pinza o lo que encuentres —dice mientras da un puñetazo y amplía el hueco que había hecho su vecino, mete la mano y, con la cuchara que le alcanza Rosa, empuja para sí lo primero que encuentra. Para su suerte, son unas flores embolsadas.

—Con esto debería sobrarnos para pasar del otro lado.

—¿Del otro lado?

—Sí. Nos vamos de acá. Vamos a cruzar el río. Esto se termina hoy.

—¿Y tu NyC?

—Que se la metan en el culo.

María camina de un lado al otro, Rosa se cambia de ropa y se recuesta con los ojos cerrados, Sofía entra en el baño. Abre la canilla de la ducha y se moja las medias, de a poco logra quitárselas y, con cuidado, se limpia los pies.

—¿Por qué no te bañás, mejor? —María le grita del otro lado.

—Después.

María se acerca hasta donde está su nieta.

—Cuando termines necesito que desatornilles esta cerradura del baño —dice.

—¿Para qué? —pregunta Sofía, de espaldas, concentrada en la operación de limpiarse los pies.

—Yo no puedo —María señala el brazo con el cabestrillo.

Cuando termina, se seca los pies con cuidado, se echa polvo cicatrizante y unas medias nuevas que le alcanza Rosa, que ya tiene mejor semblante, pero apenas si emite algún sonido. María le alcanza el destornillador y Sofía intenta hacer fuerza, pero los tornillos están demasiado duros.

—No puedo. Debe ser por la humedad del baño.

—Intentá con más fuerza.

—¿Tenemos un martillo?

—¿Vas a romper la puerta?

—¿Te preocupa la multa?

—No tenemos un martillo.

Sofía se pone de pie, les pide que se alejen un poco y cierra la puerta, toma carrera y da una patada que rompe la placa imitación madera.

—Son de papel —dice cuando abre—. Ahora va a ser más fácil quitar la cerradura.

—Ya no hace falta quitar la cerradura, lo que quería está acá adentro. —María se acerca hasta la puerta rota y saca una bolsa blanca cerrada que le entrega a su nieta.

—¿Qué es esto? —pregunta mientras mira a trasluz.

—Algunas de mis recetas. Las que logré guardar.

Sofía suelta el botín como si fuera una brasa caliente; Rosa lo levanta, abre la bolsa y saca papeles y un dispositivo de almacenamiento.

—Esto es fantástico. ¿Cómo hiciste para recuperarlas? —dice mientras pasa las hojas y lee los títulos de algunas de las recetas.

—Las fui recordando y escribiendo durante estos años. Quiero que las leas, las memorices, descartes el papel y guardes el chip. Es todo lo que tengo para dejarte —dice María luego de una pausa.

Sofía se acerca y la abraza con fuerza; siente la espalda encorvada de su abuela, puede tocar las puntas de sus vértebras sobresalidas. Huele a talco, como siempre, y la melenita le hace cosquillas en la mejilla. Siempre fue tan minúscula.

—Abu —susurra y comienza a llorar.

—Siempre tan llorona, vos —la contiene con una sonrisa triste—. Basta, no quiero lágrimas —le seca las mejillas y le da un beso—. Veamos qué trae la caja y qué podemos cocinar.

—¿Y el olor?

—Tenemos un permiso de terminación, ¿no?

//

—Cocinar es una entrega de tiempo y de paciencia —explica María mientras revuelve, apaga una hornalla y sube el fuego en la otra—. Hay cosas que no se pueden apurar y hay un orden en los pasos a seguir que es sagrado porque, si no se cumple, el resultado que esperamos no sucederá. Agrega más condimentos y revuelve. Inspecciona, huele, prueba, asiente.

—Para mí, el problema empezó cuando ya nadie quiso tomarse ese tiempo, porque la cocina te hace entrar en otra frecuencia, en otra velocidad, y tal vez te tome dos horas hacer algo que se comparte en veinte minutos. Así que, además de no querer estar en una cocina dos horas, el problema, tal vez, fue querer medirlo con la vara del beneficio en la relación tiempo-resultado. Y si lo ves de esa manera, es una ecuación que nunca se iguala. Hervir un kilo de acelga te dejaba con dos puñaditos miserables, a los que después había que saltearles una cebolla y ponerle tres variedades de condimentos para darle sabor, y al final, lavar una olla, una sartén, o una tartera y un par de juegos de platos para compartir un ratito entre dos. No te digo que celebro la esclavitud y el encierro en una cocina como le pasó a mi abuela, a mi mamá o incluso a mí en algún momento. Eso no. Me refiero a que el problema de pensarlo así, en forma de ecuación, complicó las cosas. A nadie le gusta sentir que pierde, y al comparar una parte y otra del proceso, fue natural creer que no valía la pena —dice, y se acomoda el cabestrillo—. Hay cosas que no se pueden apurar, como hacerte amigo de alguien o querer a una persona. Es el tiempo lo que nos permite querer algo o a alguien. Primero te acostumbrás hasta que deja de ser extraño; cuando deja de serlo, tal vez aceptamos que se acerque; nos vamos aquerenciando a medida que pasa el tiempo y recién ahí empieza todo. O no. La sumatoria de lo insignificante puede tener sentido recién después de días, meses o años, porque nadie puede amar lo que no conoce y porque el amor no puede ser solo una idea, tiene que materializarse en algo: en gestos, en formas de estar. Dedicarle tiempo y atención a alguien, eso es amor. Y por eso cocinar es una de las maneras de expresarlo. Porque es la sumatoria de tiempo y de sentido. Es crear algo a partir de ingredientes que de por sí solos no son nada, y con un poco de dedicación, le damos un momento feliz a alguien. —Prueba con una cuchara el contenido de la cacerola y asiente—. En el caso de mi abuela, por ejemplo, era la única manera que conocía de hacerme sentir que me quería. Y parte de las recetas que te dejé son de ella —sonríe.

Rosa y Sofía miran absortas el permanente ir y venir de María que, mientras habla, saltea vegetales, condimenta, mezcla y revuelve.

—¿Ven? Para hacer algo que sea bueno y valioso hay que dedicarle tiempo. Mucho tiempo. Porque siempre sentís que no te va a salir, que los ingredientes no se van a integrar, que no va a quedar rico. Pero en algún momento –que nadie sabe exactamente cuándo es– de pronto todo cobra significado y lo que permanece es la sensación de haber conquistado un poco el caos. Es el calor, son las manos, la combinación; en un instante algo se transforma y deja de ser la nada para alcanzar la plenitud en una mixtura de sensaciones. Porque, ¿qué otra cosa, además de un buen plato de comida, reúne nuestros cinco sentidos a la vez? Todo empieza como una promesa, como un acto de fe. Una promesa que siempre se cumple. Eso es cocinar para mí —termina María, antes de servir los platos y detallarles el menú.

Por primera vez la casa parece un hogar. No importa lo minúscula e incómoda que siempre les resultó la habitación donde viven; hoy la casa brilla para ellas. Los aromas empañan los vidrios, las luces bajas crean un ambiente suave, la mesa en el centro parece un altar blanco, donde pronto sucederá una unión de individualidades que crearán un momento compartido. Como sucedía con el fuego sagrado que reunía a las tribus a comer y a contar historias, algo que construía una tradición y una identidad colectiva que trascendía las generaciones, que guardarían y enriquecerían sus memorias.

Pusieron la mesa para las tres. Como no tenían mantel, improvisaron uno con una sábana limpia. Cortaron por la mitad unas velas y las distribuyeron por la casa para darle mejor ambiente. Eligieron la música favorita de María, se perfumaron y arreglaron lo mejor que pudieron, antes de sentarse a la mesa por primera vez desde que vivían ahí.

Esos pequeños detalles –los cubiertos bien alineados, las luces, el ambiente, el mantel, la espera– transformaron por completo el momento en uno muy especial y las tres se sintieron así: especiales. De primer plato: sopa de limón, la favorita de su nieta. Un caldo aromático, transparente, perfecto. Sofía sonríe luego de cada cucharada. El sabor surge apenas el caldo toca sus labios y es como un abrazo cálido. Recuerda esos momentos por completo olvidados: las cenas familiares en casa de María. Ve a su mamá poner la mesa mientras conversan acerca de alguna cotidianeidad. Su papá, en la cabecera, muerde un pedacito de pan tibio y comparte la panera para que todos prueben la delicia recién horneada. Se deshace en elogios hacia María, porque nadie en el mundo cocinará jamás como ella. "Cómo es posible que hasta un huevo frito sea una delicia, suegrita", escucha en el recuerdo. María le hace alguna broma, todos se ríen. Sofía es chica, pero se ríe de felicidad porque todos están contentos.

De segundo plato: una ensalada de hojas verdes, pera y queso de cabra con aderezo dulce y apenas picante acompaña una ternera aromatizada con romero y arroz *pilaf* con almendras tostadas. Sofía acaricia la sábana-mantel y recuerda el tacto de aquel siempre impecable que usaba María para las cenas del fin de semana, donde se lucía con platos extravagantes, y no como otras que cocinaban solo ñoquis. Cuando Sofía les contaba a sus amigas lo increíble que cocinaba su abuela, ellas la miraban con cara "de mi abuela también cocina increíble, todas las abuelas cocinan increíble".

Y Sofía tenía ganas de decirles: *no, ustedes no entienden, mi abuela cocina como nadie en este mundo.*

Además de agasajar a la familia con un menú exquisito, María usaba la vajilla con flores pintadas a mano, las copas de cristal, los vasos tallados y los cubiertos elegantes. Era la cena especial de los viernes que diferenciaba el tiempo; los días de la semana terminaban y comenzaba el fin de semana para compartir y hacer otras cosas; no todo daba lo mismo. No se ponía la mesa de cualquier manera, no se comía cualquier cosa, no se empezaba antes de que todos estuvieran sentados y nadie se levantaba para irse rápido a hacer otra actividad, porque lo que se hacía era sentarse a compartir el momento. "El tiempo es un continuo al que hay que darle una forma para entender quiénes somos", le dijo María alguna vez.

Ve a sus padres abrazarse y darse un beso cariñoso del otro lado de la mesa. ¡Los extraña tanto! Pero no siente dolor, solo quisiera poder abrazar con el cuerpo ese recuerdo que vuelve como si las recetas de María fueran una invocación a los que ya no están. Y comprende por qué su abuela transcribió las recetas que Soledad había roto.

De postre: peras al vino tinto, las favoritas de Rosa. Se deshacen en el paladar sin tener que morderlas, y sueltan una mezcla dulce y ácida que compone una alquimia perfecta para cerrar un momento perfecto.

Sin metodologías, en una silla, al mismo tiempo que otras personas, sin apuros ni monitoreos. *Compartir la mesa y el tiempo,* piensa Sofía mientras se entrega sin oponer resistencia. Registra sus sensaciones, pero no para controlarlas. Se siente en paz, tranquila, ¿un poco feliz, tal vez? Saca su teléfono y toma una foto del plato; la envía a Mantenimiento y Control y abandona el grupo.

13.

El comienzo del amanecer les regala un momento de calma; el cielo violáceo, rosa, naranja y amarillo podría ser una señal de que todo irá bien. O, al menos, que será un día hermoso. Y el contraste entre la candidez pacífica del horizonte y los incidentes de hace apenas unas horas es perturbador.

Los abundantes se habían trasladado en masa desde los Barrios Contenidos hacia el lado NyC para pedir la liberación de los rebeldes; el Secretario Operativo Responsable de Tránsito Humano negaba la situación en cámara mientras movilizaba a todas las fuerzas del orden para proteger el puente. La ciudad del lado normalizado en silencio, probablemente siguiendo la televisación del Movimiento Urbano Esperanzador por la Victoria Abundante, quienes, encapuchados, proclaman a gritos "libertad de los cuerpos ya". El grupo había logrado tomar posesión de un par de drones y, por altavoz, antes de ser abatidos con ametralladoras, llegaron a expresar este mensaje: "No somos una amenaza. Nuestra corporalidad solo expresa nuestra esencia y potencial. Todo es mentira. ¡El planeta no se sale de su órbita!".

Controladores Urbanos, Agentes de Movilidad, Organizadores Corporales, Cuadrillas de Respeto y Salvaguarda Civil, Grupos de Atención a Rebeldes Corporales Sublevados y la División Integrada Voluntaria y Armada de Gestión Urbana Especial, entre otras fuerzas, se movilizaron para frenar cualquier posible entrada a la urbanización NyC. El cielo se tiñó de naranja, humo y reflectores, y todo lo que se escuchaba era el sonido de ametralladoras, disparos, bombas, gritos, órdenes, sirenas.

Las calles del lado normalizado siguen vacías, excepto por María, Rosa y Sofía que intentan caminar con la mayor tranquilidad posible, con barbijos humedecidos para no respirar el humo que permanece en el aire, tan parecido al de la quema de PURGA, unos años atrás.

Les lleva todo el día atravesar la ciudad, tomando los recaudos para no cruzarse con ningún patrullaje y deteniéndose solo para recuperar el aire, descansar un poco y beber agua. Las indicaciones de Leandro fueron precisas y encuentran cada señalización exactamente donde debía estar para continuar hasta la siguiente.

Sofía jamás pensó que lo volvería a ver y nunca en sus máximos delirios podría haberse imaginado que hoy sería él, justamente él, quien la estaría guiando fuera de ese infierno. ¿Podrá volver a verlo después de esta odisea? No lo sabe. Probablemente, no. ¿Escapará él también? Sofía sabe que las dosis que tenía eran demasiadas. ¿De dónde las sacó? ¿Tendrá más guardadas? ¿O quizás eran para él y así conseguir escapar? ¿Cómo sabía con tanta precisión qué hacer para cruzar el río? Sacude esas ideas, prefiere no pensar en Leandro, en que no se volverán a ver; prefiere creer que, de alguna manera, él también encontrará la manera de irse.

Tampoco quiere dedicar ni un instante más a Gerónimo, a Julia o a Hernán. Duda que este haya vuelto a su casa y visto el stock faltante; tal vez esté reduciendo abundantes, o ayudándolos a conseguir drones y armas. No quiere pensar en nada de lo que deja atrás, en los años perdidos soportando un único pensamiento, la idea repetida una y otra vez de que debía estar en otra parte, de que pertenecía al otro lugar. Ni ver pasar sus días con la tensa sensación de que tenía que esperar para proyectar su vida y sentir que comenzaba realmente.

Tal vez sea más fácil así, tomar un nuevo camino con la certeza de que nada la retiene ni queda atrás; no hay arrepentimiento ni duda posible. O tal vez sea aún peor saber que ya no hay retorno, que no queda ningún refugio en pie. Ahora, en el sendero angosto sobrecargado de maleza, camina de la mano de María para ayudarla a atravesar los pastizales crecidos. Rosa va detrás; esquivan ramas de árboles y abren con cuidado las cortaderas para seguir avanzando y mantenerse lejos de las Áreas Manejadas. El calor promete ser agobiante y deberán cruzar los pastos crecidos lo antes posible para tener donde guarecerse del sol del mediodía y continuar con las indicaciones hasta hallar el camino.

La ciudad ya no se distingue y el cielo termina de abrirse, hermoso, perfecto, casi esperanzador. La naturaleza siempre encuentra la manera de progresar y rearmarse, y esa fuerza tal vez es lo que la hace perfecta. Sofía avanza y comprende que lo perfecto no tiene que ver con plasmar ideas en una forma específica, sino con el impulso transformador que no se detiene a pensar si lo que sucede es o no una buena decisión. Solo se deja ser inexorablemente hacia lo que desee expresar esa potencia innata; sea simétrica o como resulte. Porque, ¿por qué la exactitud final sería mejor que un intento?

//

Bajo la luz del mediodía, María se ve agotada y con necesidad de descansar; se agarra la cabeza donde antes estaba la venda, camina despacio y con dificultad; se detiene para tomar aire. Ya están muy cerca del agua y avanzan siguiendo el curso del río, que está tan bajo que pueden ver la tierra del fondo. Ya sin tantas malezas que sortear, Sofía y Rosa la cargan en brazos por turnos.

—Falta menos, abuela.

—¡Silencio! —dice Rosa por lo bajo y frena en seco, haciendo una señal con la mano para que se detengan.

A lo lejos, ve un cuerpo en el suelo que parece ser el de una abundante. Puede estar durmiendo, pero sería extraño que lo haga tan cerca de la orilla y no haberse movido de allí apenas amaneció. Se acercan, ven que tiene la ropa rasgada, heridas en las piernas y una cánula colgando de su abdomen, con restos de sangre y un bulto en el otro extremo cubierto de tierra.

—Una cloncolon —dice Rosa, horrorizada.

—¿Se habrá desmayado?

Se quedan quietas observando a la mujer, pero esta no reacciona a pesar de la cantidad de moscas que la asedian.

—Está muerta.

—¿Y qué hace acá?

—Habrá tratado de escapar.

—¿De dónde? —pregunta Sofía mirando a su alrededor. De un lado, la vegetación selvática, cargada y probablemente llena de animales silvestres. Del otro, el curso del río. No parece haber rastros de ningún asentamiento humano; si escapó –de donde sea que haya escapado–, caminó la misma cantidad de kilómetros que ellas.

—Sigamos. —Sofía comienza a caminar; Rosa no le responde y se acerca más al cuerpo. —Rosa, vamos —murmura con apremio, pero su amiga no le presta atención y se agacha al lado de la mujer.

Sofía carga a su abuela y se acercan hasta el cuerpo. Rosa suspira.

—No la podemos dejar así, pobre mujer. Dame una mano —dice como una súplica.

Sofía duda unos instantes, luego deja a María sobre el pasto y entre las dos cargan el cuerpo con dificultad hasta la parte más profunda del río, donde la corriente, de a poco, se la lleva lejos de allí.

En silencio, las tres retoman el sendero y caminan por largo rato. El calor de la tarde es intenso.

—Así que es cierto.

—Claro que es cierto —dice Rosa—. No puedo creer que haya llegado hasta ahí.

—Eso que estaba del otro lado de la cánula era... ¿un estómago?

—Creo que sí. Deben perder mucha sangre en la intervención; aunque no tengo idea de cómo lo hacen.

—Tal vez por eso insistieron tanto en que lleváramos más bolsas de sangre al hospital...

—Supongo que no deben buscarlos en el lado Normalizado; deben abastecerse con la gente del Barrio Contenido. Qué monstruosidad. —Rosa sacude la cabeza y se acerca para tomar el turno de cargar a María.

—Mejor descansemos un rato —pide ella con un gesto para frenar a Rosa.

—Llegamos hasta esos árboles y nos sentamos a tomar un poco de agua. ¿Tenés hambre?

María niega con la cabeza y retoman la marcha hasta encontrar algo de sombra. Sofía la apoya despacio sobre un claro de tierra; está tan delgada que probablemente sienta todos los huesos posarse sobre la tierra endurecida. Se miran; María ya no tiene brillo en los ojos. Sofía le da unos sorbos de agua, luego ella y Rosa beben también.

—¿Quieren un poco? —Rosa busca un alimento energético en su riñonera y se lo ofrece a ambas. Sofía da un respingo y dice que no, pero enseguida registra el hueco vacío en su abdomen y acepta un pedazo, le ofrece otro a María que niega con la cabeza.

—¿Te sentís bien? ¿Te duele?

—Estoy cansada nomás.

—Descansá, abu, tenemos tiempo.

—Sofi... —dice con dificultad—, estuve pensando...

—Descansá un poco que tenemos que seguir —la interrumpe.

María respira hondo y hace silencio. Se escucha el movimiento del río y la brisa suave en las hojas de los árboles. Luego insiste:

—Ustedes van a seguir, yo no.

Sofía bebe un sorbo de agua para quitarse el trozo de alimento energético atorado en su garganta.

—¿Qué estás diciendo? —Bebe otro sorbo y tose.

—Escuchame, Sofi, soy una carga.

—No sos una carga.

—Literalmente, soy una carga. ¿Cuántos kilómetros más creen que me pueden llevar en andas?

—Falta menos, abu, ya pronto llegamos al asentamiento de donde salen los botes.

—¿Y después qué?

De fondo, las chicharras acompañan el calor que alcanzó su punto máximo. Rosa se acerca a la orilla y vuelve con más agua para que las tres puedan refrescarse.

—Vamos a encontrar una alternativa —dice Sofía y humedece el cabello de María con suavidad—. Yo sé que te prometí otra cosa, pero vamos a encontrar la manera de estar bien.

—La pasamos tan bien vos y yo, Sofi —dice cuando su nieta termina de mojarle el cabello—. Me da tanta lástima que tu mamá no estuviera para verte —continúa, con una leve sonrisa.

—Sí, y la vamos a seguir pasando bien. Si sobrevivimos estos años del infierno, podemos atravesar lo que sea. —La toma de la mano. Rosa arranca unos pastos crecidos y aleja los insectos que se les acercan.

—Ya está, querida. Aguanté lo que pude y más, pero ya no tengo más fuerza. Al menos ya te saqué de allá —le acaricia la mejilla—. Ahora te toca seguir tu camino —respira hondo— y no vas a poder hacerlo si tenés que cuidar de mí; yo solo me voy a poner más vieja. Dejame al menos no ser una carga.

—No —levanta la voz—, vamos a seguir. Estás desvariando por el calor —Sofía junta las cosas dispuesta a seguir la caminata.

—Sofía, escuchá a tu abuela —Rosa la detiene—, te está diciendo que no puede más.

Ella niega con la cabeza.

—No. Sin vos no puedo, abu.

María le acaricia suave una pierna; Sofía deja sus cosas y vuelve a sentarse.

—Yo te hice una promesa. Yo te prometí otra vida —repite Sofía.

—Yo ya tuve una muy buena vida. Esta última parte no fue lo que soñé —sonríe con tristeza—, pero valió la pena cuidarte y estar juntas. La pasamos bien, a pesar de todo. Fui feliz. Ya está.

—No, no. No voy a poder soportar que no estés conmigo. —Sofía la abraza y esconde la cabeza en el pecho de su abuela.

María le da un beso: —Mi chiquita —le dice mientras le acaricia el cabello.

La brisa levanta las ramas de los sauces y los mece con suavidad. El sonido del roce entre el aire y las hojas parece soplar un *shhh* manso, como cuando se intenta calmar poco a poco a un bebé inquieto que necesita dormir una siesta lejos del sol.

—Qué hubiera hecho sin vos, abu. Estuviste siempre conmigo. Siempre. Me sacaste de la oscuridad, me diste todo lo que tenías, me ayudaste cada vez que te necesité. ¿Qué voy a hacer si no estás?

—De alguna manera voy a seguir estando...

—Nunca me dejaste sola. No me dejes sola ahora. Por favor.

María la abraza con fuerza y le pide a Rosa que se acerque.

—Cuídense mucho las dos —dice.

—Abu...

—Te adoro con el alma, querida —dice y se le cierra la garganta de emoción—. Cuando me extrañes, me podrás traer de regreso con alguna de las recetas que te dejé. Ahora vas a ser libre de usarlas y ahí, en esos aromas y sabores, siempre voy a estar.

—Eso no es ningún consuelo.

—No, ya lo sé. Durante un tiempo vas a estar muy triste.

—Sofía grita de dolor—. Esperá, Sofi, escuchame lo que te voy a decir.

María se seca las lágrimas. Mira el río que ondea pequeñas olas cuando la brisa vuelve a soplar mientras el sol se refleja sobre el agua con suaves destellos.

—No tengo miedo de morir —respira hondo—, solo me da tristeza dejarte. Vos vas a poder recordarme, en cambio yo ya no, y eso es lo que me hace llorar —le acaricia un mechón de pelo—. Sé que vas a estar bien. —Sofía da un largo suspiro—. Al principio vas a sentir un profundo dolor, pero poco a poco me irás soltando.

—¡Qué decís! ¡Yo jamás te voy a olvidar!

—Me refiero a que recordarme no es cargar con cada cosa que alguna vez compartimos. Porque eso sería una mochila que arrastrarías con mucho pesar, y eso sería aún más triste. Tendrás que transformar lo que soy en un recuerdo —hace una pausa para tomar aire—. Si algo me enseñó perder a tu mamá es que los muertos no tienen que descansar en paz, son los que se quedan los que tienen que hacer las paces con el recuerdo y eso no se hace de manera automática, Sofi —sonríe levemente—. Con el tiempo irás juntando pedacitos de recuerdos, reconocerás ciertos detalles que te recordarán algo que compartimos juntas, surgirán coincidencias que te harán dudar de si sigo presente de alguna manera. Y así, poco a poco, irás reconstruyendo el recuerdo, y es eso lo que te acompañará por siempre. Voy a seguir existiendo en esos fragmentos —suspira—. No sé si es en el corazón exactamente donde llevamos a nuestros muertos; creo que es en la sumatoria de esos detalles que elegimos para contarnos la historia. Y en esa acumulación mantenemos a los que amamos lejos del olvido.

La brisa se detiene; la quietud es total. Solo se escucha el sonido de María al abrir su riñonera para buscar las píldoras de terminación vital.

—Vamos, Sofi. Ayudémosla —dice Rosa ubicándose al lado de María.

—No puedo.

—Te estoy pidiendo demasiado, ya sé —dice María con amargura.

—Sofi... —murmura Rosa mientras Sofía se aleja y se sienta cerca de la orilla. Bajo un sol que la enceguece, no le importa que los rayos le quemen la nuca; se siente ajena a todo lo que acaba de pasar y a lo que está por pasar.

Poder irse sin agonía ni dolor, piensa. *¿Acaso no es eso lo que merece mi abuela?*

Se arrodilla para tocar el agua mientras en su interior trata de aceptar una idea imposible. A pesar de la ambigüedad, sabe que debe estar al lado de su abuela, como ella estuvo cada minuto en sus peores momentos. ¿Puede ser capaz de dejarla sola justo ahora? Se vuelve a refrescar con el agua: la coronilla, la nuca, bebe un poco y se enjuaga las mejillas. Los arbustos tienen diferentes tonalidades de verde, todas hermosas. Tiemblan cuando algunos pájaros se posan sobre sus ramas para llamarse entre ellos. Aletean, pían y se van, luego llegan otros, observan moviendo sus cabecitas y vuelan tal como hicieron los anteriores.

Sofía se pone de pie y, despacio, regresa hasta donde están Rosa y María. Se sienta al lado de su abuela y se miran profundamente a los ojos. Sofía asiente y destapa el agua, la ayuda a beber unos sorbos para tragar las píldoras. Luego, junto con Rosa, la acuestan sobre la tierra y se colocan una a cada lado. Desde ese ángulo, se ve una porción de cielo azul entre las hojas verde intenso de los árboles que les regalan el frescor de la sombra. La brisa vuelve a soplar y empuja las pocas nubes del cielo.

—No es tan fácil esto de irse. Parece que hay que esperar un poco hasta que haga efecto —dice María—. Hablame, Sofi. Necesito escuchar tu voz. —Sofía la toma de la mano.

—¿Te acordás de mamá, abu?

—Todos los días de mi vida.

—Me acuerdo que tenía una risa muy alegre y era muy inquieta. Siempre se estaba moviendo de un lado al otro. Cuando yo le pedía que me dibujara una casa, ella siempre me dibujaba una que me gustaba mucho. Una casa inmensa de ladrillos; todas las habitaciones entraban en un solo piso porque yo no quería subir escaleras. En la entrada tenía un caminito zigzagueante que llevaba hasta la puerta, con muchas flores que yo pintaba con colores. Dentro había una chimenea y tantas pero tantas habitaciones que todos los días yo descubría una nueva. Era un hogar infinito.

María la escucha mirando el cielo hasta que cierra los ojos y se escapa un último suspiro.

//

Sofía, sin dejar de abrazar a su abuela, se queda largo rato allí. Rosa, como cuando su amiga no lograba conciliar el sueño, se ubica detrás y la abraza hasta que deja de llorar y logra calmarse.

—¿Qué hicimos, Rosa? —murmura Sofía, luego de varios minutos.

—...

—¿Maté a mi abuela? —Sofía da un salto para incorporarse.

—¿Qué estás diciendo? —Rosa también se incorpora y repite la pregunta, pero su amiga no parece verla ni escucharla.

—MATÉ A MI ABUELA —grita y comienza a sacudir a María entre ruegos para que se despierte.

—Calmate. Soltala. ¡Ya no está! —Trata de contener a Sofía que alterna entre sacudidas al cuerpo sin vida de María, con caricias suaves en el rostro y palabras inaudibles.

Como si piloteara un avión a punto de estrellarse, la escena se va de eje y Sofía puede verse a sí misma dentro y fuera del momento. Las dimensiones de cerca, lejos, antes y después se aceleran tanto que no es posible procesar la velocidad de las sensaciones que se detonan hasta borrar los límites de la realidad. Todo a su alrededor se convierte en una masa de sentidos imposibles de discernir. Los sonidos no se unen con palabras; el derredor es un eco deforme y disociado.

¿Esto acaba de suceder realmente? Quiere deshacer la acción, pulsar algún botón que le permita volver atrás el momento en el cual sostuvo la botella de agua para que su abuela tomara las píldoras de terminación vital.

Su corazón late a una velocidad que jamás experimentó antes y es posible que explote a la par que su cabeza y el resto de su cuerpo, que ya no siente como propio. Es un maniquí entumecido por un hormigueo creciente y aterrador ante una sola idea: *me voy a morir*. Atina a buscar una sublingual entre sus bolsillos, no tiene ninguna y el descubrimiento le corta la respiración.

—Me voy a morir, Rosa —dice, entre bocanadas de aire.

—No te estás muriendo, estás teniendo un ataque de pánico feroz, Sofi —le dice, mientras sostiene por los hombros a su amiga, congelada en sus ideas y desconectada del entendimiento.

Y, aunque parezca no entender las palabras, sabe que, igualmente, le llegan.

—Ya te sucedió esto antes, ¿te acordás? —dice Rosa, que sabe que lo mejor que puede hacer es hablarle, que es lo único que la puede sacar del estado de absoluto terror. Le habla de cuando crucen el río, de cómo será estar lejos de esta pesadilla, de lo que se rumorea que hay del otro lado—. Vamos a ser libres, Sofi. Ya no más libretas sanitarias, ni controles de ningún tipo, ni reglas estúpidas que obedecer. Vamos a poder caminar sin nadie alrededor, explorar, descubrir, decidir... Tenemos todo por delante —continúa y su enumeración deriva en historias maravillosas acerca de todo lo que las espera en ese otro lugar al cual aún no llegaron ni saben dónde queda.

Poco a poco, Sofía logra calmarse y retomar la normalidad de su percepción. Observa que sus manos recuperan su dimensión habitual, que el hormigueo desapareció de sus brazos y piernas, y que el tiempo de lo que sucede a su alrededor vuelve a tener una velocidad comprensible.

El terror se disipa junto con la neblina constante que desde hace años suele intermediar entre ella y todo lo que vive. La pieza invisible que faltaba completa al fin el rompecabezas de sentido y algo parecido al alivio comienza a surgir entre sus sensaciones, a la par que una profunda tristeza.

—Me quedé sola, Rosa —dice, mientras vuelve a sentarse y empieza a arrancar pastizales—. Ya no tengo padres y ahora no tengo a mi abuela. —Mira el cuerpo sin vida de María que yace a unos centímetros de distancia—. Nadie está preparado para ver a una persona muerta, mucho menos a la persona que me mantuvo con vida todos estos años —dice, y vuelve a llorar.

—Me tenés a mí —dice Rosa, mientras la abraza.

—Cómo hago para sentir que no la maté.

—Sabés que no lo hiciste.

—Pero la ayudé a tomar las pastillas —su voz se interrumpe al decir estas palabras.

—La acompañaste para que pueda atravesar el momento más difícil de cualquier persona. Para mí, lo que hiciste fue más un acto de amor y agradecimiento que de oscuridad.

Con una amorosidad poco habitual, Rosa acaricia el cabello de su amiga, le seca las lágrimas tal como vio hacer a María antes de morir y le habla despacio para evitar sobresaltarla.

—Yo perdí un hermano, ¿sabías? —dice Rosa.

—¿Qué? —Sofía interrumpe el abrazo para mirar a su amiga.

—Pensé que ya nos habíamos contado todo.

—Nunca lo hablé con nadie.

—¿Cómo se llamaba?

—Benjamín —dice, y se muerde el labio—. Era un bebé muy hermoso —sonríe—, pero nació muy, muy prematuro. La luchó muchos meses en incubadora —agrega con un carraspeo.

—Ay, Rosi —Sofía la abraza y, para su sorpresa, Rosa no se aleja.

—Mis padres lo intentaron todo y más para que pudiera salir adelante. Pero sus pulmones nunca lograron madurar. Un día, la neonatóloga nos dijo que Benja ya no podía más.

—No me entra en la cabeza algo tan horrible y triste.

—Lo fue. De hecho mis padres no pudieron soportarlo y se olvidaron de que yo sí seguía con vida —ríe tristemente—. Pero no hablemos de mis padres, prefiero dejarlos en el olvido, que es donde se merecen estar —hace una pausa—. Cuando Benja se fue, la neonatóloga le dijo a mis padres que las personas que se están por morir solo pueden marcharse cuando sienten que quienes los aman ya no los necesitan. Y que teníamos que hacer un esfuerzo por entender que era él quien nos necesitaba. Y que Benja tenía que descansar —Rosa se quiebra y deja de hablar.

Permanecen así largo rato. Luego Sofía se incorpora y camina hasta la orilla, enjuaga su rostro y vuelve con un poco de agua para que su amiga también se refresque.

—No te das cuenta —dice Rosi—, pero hace tiempo que eras vos la que cuidaba de María. Ella seguía adelante por vos, pero ya no daba más.

Sofía acaricia uno de los brazos de su abuela, le toma la mano sin vida.

—Le gustaban las flores —dice.

Rosa asiente; ambas se ponen de pie, se sacuden el pasto y recorren el lugar, van juntando las flores que encuentran hasta formar un ramo silvestre que ubican sobre el cuerpo de María. Se quedan un rato despidiéndose en silencio.

—Tenemos que seguir —intenta Rosa, poniéndose de pie.

Sofía se levanta y, entre ambas, con mucho cuidado, levantan el liviano cuerpo de María y lo llevan hasta la orilla. Se adentran en el río hasta que alcanzan la corriente. Sofía le da un beso en la frente, *adiós, abu,* dice, antes de empujarla con suavidad. Ambas se quedan inmóviles, hasta que el cuerpo se hunde por completo sin perturbar la tranquilidad del agua.

//

Caminan durante unas horas, sumidas cada una en sus pensamientos, con descansos para recuperar el aire y las fuerzas.

Cuando comienza a atardecer, el cielo vuelve a teñirse de trazos brillantes como los de esa misma mañana. Sofía recuerda un cielo similar, en un viaje en auto con sus padres, tal vez uno de los últimos con su madre. La ruta se abría paso, infinita, y, en su ventanilla, un campo lleno de girasoles enormes, amarillos y verdes miraban hacia un cielo naranja. Era tan hermoso que detuvieron el auto y se bajaron para sacar fotos. Los girasoles eran casi tan altos como Sofía. Recuerda que su padre, con una navaja, cortó un tallo para conservar por siempre el recuerdo de toda esa belleza.

¿Dónde van a ir estos años?, se pregunta Sofía. *¿Cuánto dura un recuerdo hasta que se olvida? ¿Cómo se puede retener lo que se desvanece en el aire como un aroma, el sonido de una voz, la firmeza de un abrazo?*

A lo lejos divisa una escena casi irreal: una decena de personas con chalecos salvavidas, naranjas como el atardecer, se ayudan unas a otras a ajustarse las tiras de los mismos y, cuando están listos, los ve subirse con cuidado a unos botes amarrados a los postes de la orilla.

Rosa y Sofía respiran hondo, se dan la mano y caminan juntas hacia allí.

//

—¿Quieren subir? —un hombre de edad indescifrable con la piel curtida por el sol se les acerca apenas llegan.

Ambas asienten.

—Aumentó —dice, al revisar los billetes que ambas le entregan. Rosa palidece y Sofía se encoge como si le hubieran pegado en la boca del estómago.

—¿Cuánto? —pregunta con un hilo de voz.

—¿Cómo que aumentó? —interrumpe Rosa.

—¿Quieren irse de acá, sí o no? —El hombre mira alrededor, arroja un chaleco a uno de sus colegas que le hace una seña y un chiflido.

—No tenemos más —dice Rosa—. Dejanos subir.

—Está casi completo. Si quieren subir, este es el precio.

—Tenemos lo del pasaje de María —dice Sofía por lo bajo, Rosa le clava un codazo, pero Sofía la ignora y busca más dinero. El hombre sonríe y se pasa la lengua por el hueco de sus dientes repetidamente.

—Tenían más, eh. —Moja sus dedos y vuelve a contar los billetes antes de doblarlos y guardarlos en el bolsillo—. Siempre tienen un poco más. —Chasquea la lengua y señala con el mentón—. Te falta para el salvavidas —le dice a Sofía, y le grita a un compañero que se suman dos lugares.

—Lo que te di ya es suficiente. Y con salvavidas para las dos.

—Sofía mira fijo al hombre que luego de unos segundos hace un gesto de desagrado y acepta, mascula insultos por lo bajo mientras revuelve en una bolsa para entregarle los chalecos.

Apenas suben un encargado les indica dónde ubicarse. Detrás de ellas, una pareja completa los lugares de la embarcación que se balancea mientras terminan de sentarse.

Con un empujón del hombre que les entregó los chalecos, el bote se aleja despacio mientras el timonel junta la soga que los tenía amarrados y les da las indicaciones para la travesía.

—Tomaremos ríos interiores hasta que oscurezca. Una vez entrada la noche, cruzaremos el río más grande —dice—. Se rema a tiempo y en absoluto silencio. Si tienen que descansar, se ponen de acuerdo con la persona de adelante para tomar turnos porque no vamos a detenernos.

Hunden los remos y dan las primeras paladas. La embarcación se sacude torpemente.

—Los de atrás tienen que seguir a los de adelante porque si no frenan el impulso y no avanzamos más —grita con poca paciencia—. Por último, y para que les quede claro, acá el que manda soy yo, ¿estamos de acuerdo? —Todos asienten en silencio sin darse vuelta a mirarlo. No necesitan hacerlo para saber que el arma que tiene colgada en la espalda no es para protegerlos de posibles peligros.

Avanzan con mejor ritmo por un brazo de río bastante angosto. En los márgenes, los árboles se inclinan hacia el agua y las ramas de los sauces son tan tupidas que forman un cortinado que deben correr con la mano entre remada y remada.

Pronto solo se escucha el andar rítmico de los remos que entran y salen del agua, y las indicaciones sobre cuándo hay que modificar el rumbo o esquivar alguna rama. Cada tanto, una palada a destiempo interrumpe el fluir que enseguida se retoma para evitar problemas.

—Vamos bien —dice el timonel, y agrega algunas indicaciones más—. Están de suerte, esta noche vamos a tener cielo despejado y con luna. Y hasta es posible que casi no haya patrullajes; están todos tratando de contener el levantamiento en la ciudad —informa mientras timonea y da la orden de no chocar los remos con los de adelante.

—¿Y qué pasará una vez que lleguemos? —pregunta la mujer de la pareja que subió última.

—Te dan un regalo de bienvenida —responde irónico el seudocapitán antes de advertirles que a partir de ese momento tienen que hacer silencio.

Sofía y Rosa se miran. *Sobrevivimos a tanto juntas, Rosi*, piensa Sofía, como si hablara con su amiga, que mira al frente para concentrase en la tarea como todos los demás.

Avanzan con la corriente a favor y el paisaje es muy hermoso, con árboles de colores intensos y arbustos que se doblan de tantas flores; glicinas recargadas que trepan hasta la copa de los pinos, santarritas tupidas fucsias, violetas, rosas y amarillas.

Pero cómo es posible estar remando con total naturalidad y hasta disfrutar del paisaje mientras nuestras vidas están en juego, se pregunta Sofía. No tienen ninguna certeza de que la travesía irá de acuerdo con los planes ni tampoco qué les espera una vez que crucen el río grande. Si será cierto que del otro lado las cosas son distintas. Si las personas que viajan con ellas podrán remar hasta el final.

Le pide a su compañero de adelante descansar unos minutos para beber unos sorbos de agua y le ofrece a Rosa, que niega con la cabeza. Se la ve débil y enojada. Mira a su alrededor y todos están así.

En el silencio del anochecer, es imposible no encontrarse con los propios pensamientos. Sacude las ideas incómodas tal como aprendió a hacer todos estos años. Porque si algo mínimamente ventajoso puede recuperar de lo vivido es que se necesita mucho para quebrarla por completo.

Ahora los recuerdos vuelven a ella con la misma repetición con la que entran y salen los remos del agua y no tiene más remedio que pensar en todo lo que pasó en tan poco tiempo. En cómo desaparecieron sus planes y proyectos y toda la vida que conoció hasta ahora. Le resulta insoportable caer en la cuenta de que vivió más de la mitad de sus años aterrada, padeciendo lo que tal vez sea la mayor mentira registrada en la historia, que le hizo vivir los peores momentos y que además se llevó a su abuela antes de tiempo.

Mira a su alrededor, todos reman con la mandíbula rígida y la vista en el objetivo. Y aunque no sabe quiénes son, entiende qué los une: cada uno de los que subieron a ese bote y a los botes que fueron antes vivieron la misma vida insignificante y carente de sentido. El único proyecto, además de recuperar su NyC en el caso de Sofía, solo consistía en tratar de no morir.

—¿Realmente pensás que es cierto que la Tierra se puede inclinar hacia un lado o hacia el otro según la cantidad de peso poblacional? ¿O que podamos salirnos de la órbita y acercarnos al Sol? —le había preguntado Irina mientras preparaba el encargo que ella debía trasladar—. No puedo creer la ingenuidad de la que somos capaces solo con un buen relato y amenazas de que el terror siempre esté a un paso de confirmarse. Una receta perfecta para lo siniestro —reía secamente—. Escuchame, linda, de ser real toda esta fábula, explicame cómo existieron los dinosaurios, las manadas de elefantes y de rinocerontes que pesan toneladas, o las pirámides, la gran muralla, las ciudades de rascacielos... ¿Y el peso de los océanos y los kilómetros de hielo en los Polos? ¿Por qué todo eso de antes nunca cambió la órbita y ahora sí, a causa de la superpoblación y el PESO de las personas?

Siempre le asombró la capacidad humana de adaptarse a todo, absolutamente a todo sin cuestionar. Quizás no cuestionar haya sido la única manera de soportar lo que le tocó vivir con el menor dolor posible.

En el Campo de Recontextualización tenía un sueño recurrente: volvía a su casa, pero ese ya no era su lugar. Y cuando despertaba surgía el impulso de repetir ciertas acciones del pasado, como caminar con una intención específica y con los mismos gestos, o buscar unas llaves en el bolsillo, porque tal vez un hechizo se activaría y todo volvería a ser como antes. Pero ya nada es ni será como antes.

La línea de la costa se vuelve cada vez más lejana y no siente el alivio que esperaba, sino una rabia creciente que se origina desde un lugar difuso que se expande como una mancha en el agua.

Rosa dormita y su compañera de atrás también le pidió hacer una pausa. Poco a poco, el río se ensancha y la noche se vuelve cada vez más oscura. Todavía falta para que salga la luna.

Está cansada de remar; cambió la corriente y todo se volvió más pesado y lento. A lo lejos, se escuchan estruendos y cada tanto el cielo reverbera con algunos fulgores de estallidos. Están muy lejos ya, pero aún así, queda claro que la situación en la ciudad solo empeoró con el correr de las horas.

—Nos detenemos —dice el timonel.

—¿Qué pasó? —pregunta la compañera detrás suyo que dormitaba hasta recién.

—Silencio.

Dejan los remos quietos dentro del río para frenar el bote y aguardar nuevas indicaciones. El movimiento del agua sube y baja la embarcación y forma pequeñas olas que chocan suavemente y salpica algunas gotas. Sofía tiene las manos heladas y le duelen de sostener el remo.

—Esa sombra que ven allá —señala hacia algún lugar indistinguible— es el último pedazo de tierra firme antes de cruzar. La última oportunidad que tienen de arrepentirse —dice y hace una pausa—. Vos que me preguntabas qué hay del otro lado, tomá esto —arroja un arma para la mujer y luego le da una a cada uno—. Acá nadie se salva solo, ¿me escuchan? Si pensaban que iban a cruzar el río para tomar sol en reposeras, se equivocaron. El o la que no esté dispuesta a usarlas se puede bajar ahora mismo; a un kilómetro a nado está el Descampado —agrega, y espera por si hay alguna respuesta, pero nadie habla—. Muy bien. Entonces, sepan que del otro lado nos esperan más como nosotros para sumar fuerzas y terminar por fin con toda esta locura impuesta.

Sofía traga en seco. Rosa la mira, ambas asienten y Sofía comprende que todo volvió a cambiar. Pero no siente miedo, rabia ni decepción. No siente nada. De un lado ya no se ve la costa ni tampoco ningún punto de referencia. Del otro, un horizonte que aún no se distingue en la oscuridad de la noche.

Recuerda las palabras de Leandro sobre reparar hacia delante. *No hay vuelta atrás, no hay salvación, pero sí puede haber transformación*, piensa Sofía, a la vez que se pregunta si Leandro, en lugar de intentar escapar, habrá elegido quedarse para cambiar las cosas allá. Realmente espera que él esté bien y a salvo.

—Por las dudas que a alguien se le ocurra alguna idea extraña, les aviso: las armas se cargarán una vez que pisemos tierra firme. Y, por último, tenemos un par de horas por delante de remar sin parar y sin turnos de descanso. Si alguien cree que no puede seguir, ya sabe lo que tiene que hacer.

El hombre aguarda unos momentos, pero todos guardan silencio y retoman la marcha; ya no quedan árboles ni flores, solo una inmensa masa de agua. Sofía se cuelga el arma y rema con fuerza. La embarcación se mueve con más intensidad; en el río se empiezan a formar olas. Ya no le importa el dolor en las manos. La embarcación se pone cada vez más pesada por el viento. Son minúsculos dentro de la extensión del río, pero avanzan con determinación. Mira a su amiga y luego al frente, a la oscuridad de la noche hacia donde reman casi en trance.

A partir de ahora, ya no importa lo que las espera del otro lado. Porque ya nada las espera. Solo un impulso mucho más grande que solo sobrevivir.

Glosario

- SOBRE LA ORGANIZACIÓN POLÍTICA:

  - Unión de Soberanías Administradas: países que se unen para gobernar el planeta.

  - Protección de los Recursos Sostenibles: programa mundial de protección ambiental.

  - Cónclave de Científicos por la Naturaleza: científicos que estudian la reparación climática y descubren un superalimento que termina con el hambre en el mundo.

  - Plan de Reparación Posible: plan que cambia la organización social mundial en pos de salvar el Planeta.

  - Etapa de Acomodamiento: se inicia en el año 2040, cuando se están evaluando acciones de salvataje para el planeta.

  - La escasez: forma corriente de nombrar la hambruna y el caos previo al Plan de Alivio Planetario.

  - Plan de Alivio Planetario: plan de reparación del planeta.

  - Movimiento Urbano Esperanzador por la Victoria Abundante: movimiento armado de los Normalizados.

  - Abundantes Gravitacionales de la Resistencia Victoriosa Armada: movimiento armado de los Abundantes Gravitacionales.

  - Programa Único de Racionamiento y Gestión Alimentaria (PURGA): plan local que realiza el cambio en la industria y alimentación de las personas.

- Tabla Oficial de Pesos y Medidas: tabla que establece el peso óptimo de las personas de acuerdo con su contextura.

- SOBRE LAS PERSONAS:

  - Nacidos y Criados (NyC): personas de alto estatus social.

  - Asociación de Nacidos Originarios: grupo extremo de Nacidos y Criados.

  - Abundantes Gravitacionales: personas con sobrepeso esclavizados al servicio de la producción de energía limpia.

  - Residentes: Normalizados que deben controlar su peso o están en *probation*.

  - Escasas: forma en que los Abundantes Gravitacionales de la resistencia llaman a las personas normalizadas.

- SOBRE LA ORGANIZACIÓN CIVIL:

  - Agencia de Viabilidad de Legados: agencia que regula las Terminaciones Vitales.

  - Plazas de Obligatoriedad del Movimiento: espacios donde las personas pedalean a modo de pago de multas en casos de sobrepeso de pocos gramos.

  - Barrios Contenidos: lugares donde viven hacinados los Abundantes Gravitacionales.

  - Cuadrillas de Respeto y Salvaguarda Civil: equivalente a Gendarmería.

  - Grupos de Atención a Rebeldes Corporales Sublevados: grupos de operaciones especiales.

- Division Integrada Voluntaria y Armada de Gestión Urbana Especial: voluntarios que vigilan a las personas.

- Sistema Único de Racionamiento: sistema que controla la alimentación de la sociedad.

- Administración General de Ingesta Local (AGIL): lugar donde se reciben, racionan y distribuyen los alimentos.

- Extensión Vital: documento que habilita a una persona a vivir hasta los 100 años.

- Observatorio Central de Conciencia Alimentaria: organismo que autoriza los alimentos.

- Compensación Única de Lauda Opcional: dinero que se entrega como compensación para las personas que deciden una terminación vital anticipada (no puede pedirse antes de los ochenta y ocho años dado que las personas deben trabajar hasta el final de sus días).

- Protocolo de Alejamiento Justificado y Asistencial: procedimiento de contención de una persona que reacciona emocionalmente.

- Secretario Operativo Responsable de Tránsito Humano: persona que controla el movimiento de las personas de la ciudad.

- Campo de Fomento: lugar de engorde de los abundantes que descienden de peso.

- Dispositivo de Ventilación Ambulatoria para la Gestión de Urgencias Excepcionales: cámaras hiperbáricas para la recuperación dentro de campos de recontextualización.

- Tratamiento Universal Corporal para la Heterogeneidad Observable y Sistemática: tratamiento estético.

- SOBRE LA ORGANIZACIÓN URBANA

  - ESTABLECIMIENTO DE CONSUMO DE SUMINISTROS: restaurantes del lado NyC.

  - CORREVÍA: espacio donde los peatones deben transitar corriendo.

  - CONTROL DE ABUNDANCIA: expresión vulgar para referirse al control de IMC y glucemia de transeúntes.

  - CONTROLADORES URBANOS: encargados del orden civil.

  - CONTROLADORES SUBTERRÁNEOS: encargados del orden en ese transporte.

  - AGENTES DE MOVILIDAD: encargados del tránsito de las calles.

  - ORGANIZADORES CORPORALES: encargados de la distribución del espacio en el transporte público.

  - GRUPO DE TRATAMIENTO Y CONTROL: espacio de control de peso de los residentes.

  - CAMPOS DE SIEMBRA CONTROLADA: espacios donde se cultiva la materia prima para elaborar alimentos según el Plan de Alivio Planetario.

  - ÁREAS MANEJADAS: lugares de siembra o preparación para la siembra.

  - VNT (VEHÍCULO NO TRIPULADO): vehículo aéreo para el transporte de personas.

- SOBRE LA METODOLOGÍA

  - M.E.Su.R.A. (MIRAR, ESTIMAR, SUPERAR, RECICLAR, ANTICIPAR): metodología de acercamiento a los alimentos.

– SUSTITUTOS FOCALIZADOS PARA LA REGULACIÓN DE OCU-
RRENCIAS: alimentos para controlar un acceso de hambre
emocional.

– TRATAMIENTO CORPORAL SISTEMATIZADO Y COLATERAL: disciplina que se ocupa de mantener el estado óptimo de los
cuerpos.

– ESPACIOS CUIDADOS PARA LA RECONTEXTUALIZACIÓN COR-
PORAL: lugares donde se evalúa si una persona es Abundante
Gravitacional o puede acceder a ser Residente.